edition
tingeltangel

MORDS GIPFEL

Heidi Rehn
Harry Kämmerer
Friederike Schmöe
Marta Donato
Markus Richter
Alexandra Kolb
Wolfgang Schweiger
Beatrix Mannel
Bettina Brömme
Bernhard Hagemann
Nicole Eick
Daniela Esch
Arno Wilhelm
Manuela Obermeier

KRIMIS AUS DEN BAYERISCHEN BERGEN

High Noon am Osser / Harry Kämmerer   5

Erst, als du tot warst / Friederike Schmöe   26

Am Geigelstein ist Musik / Daniela Esch   45

Gipfelkunst / Beatrix Mannel   63

Absturz eines Schwarzrocks / Marta Donato   80

Schattenkind / Alexandra Kolb   100

Das Geständnis / Bettina Brömme   115

Der Kofall / Bernhard Hagemann   137

Die Königshütte am Ochsenälpeleskopf / Markus Richter   154

Wanderzeit / Arno Wilhelm   169

Zwischenfall am Teisenberg / Wolfgang Schweiger   195

Übern Rand / Nicole Eick   214

Gottesurteil / Heidi Rehn   234

Öha / Manuela Obermeier   245

Harry Kämmerer

High Noon am Osser

Heiß. Viel zu heiß. Für April. Mittagszeit. Stefan Brandner liegt auf dem zurückgekurbelten Fahrersitz seines alten *Audi Quattro* Baujahr 1992. Der steht auf dem Parkplatz der verlassenen Mahler-Alm, Südhang Großer Osser. Missgelaunt starrt Brandner durch die fliegenschlierige Windschutzscheibe. Da schwärmen immer alle von der unberührten Natur des Bayerischen Walds, die Touristenprospekte zeigen geschwungene Bergketten und blühende Wiesen. Die nackte Realität sieht prosaischer aus. Steppengras und karge Baumstämme mit ein paar letzten vertrockneten Ästen stechen wie Mikado-Stäbchen in den blassgrellen Frühjahrshimmel. Seit vielen Jahren schon ist die Landschaft so mitgenommen – Orkanschäden, Borkenkäfer und die verdammte Trockenheit. Dazu passen die mäandernden Hardrockklänge der Wüstenrockband *Kyuss* aus den Boxen von Brandners hochgerüsteter Soundanlage. Der Bass lässt die Türverkleidungen erzittern.

Brandner schwitzt. Denkt an einen Western im Sergio-Leone-Style. *Für eine Handvoll Suppe.* Oder: *Hartes Land für harte Kerle.* Ist er das, ein harter Kerl? Äußerlich mit den Tattoos auf den Unterarmen durchaus. Vom Keks her aber sensibel. Sonst würde er auch nicht so mit seiner Job- und Lebenssituation hadern. Oder ist das einfach nur heulsusig? Blöde Midlife-Crisis. Aber auch kein Wunder angesichts seines einst so facettenreichen Status als Polizist, Discobetreiber und Sänger der HipHop-Metalband *Kings of Fuck*. Tja, der Lack ist ab. Längst haben Frauen kein Glänzen mehr in den Augen, wenn sie ihn sehen. Außer seine Mutter. Und das kommt vom Kiffen. Trudi weigert sich standhaft, alt beziehungsweise erwachsen zu werden und wohnt aktuell bei ihm in der alten Mühle, weil ihr Vermieter sie rausgeschmissen hat. War ja auch keine wirklich gute Idee, in einem Mehrparteienhaus Tantra-Seminare zu geben. *Trudi's Tantra Time.* Wahnsinn! Hoffentlich will sie die Kurse nicht in der Mühle fortsetzen.

Wenn wenigstens sein Job Perspektiven bieten würde. Er macht, was anfällt: mal Alkohol am Steuer, Fahrerflucht, ein bisschen Crystal, Sachbeschädigung. Bagatellen. Hier im Bayerischen Wald passiert ja nix. Und wenn ausnahmsweise doch was los ist, ist er nicht dabei. Wie heute Morgen, als die Meldung reinkam, dass ein Geldtransporter samt Besatzung mit über einer Million Euro bei Lam verschwunden ist – die Wocheneinnahmen von *WoidlaFun,* dem großen Vergnügungspark direkt an der tschechischen Grenze.

Komisch – wer karrt denn heute noch so viel Cash durch die Gegend?, überlegt Brandner. Aber klar, der Funpark ist ein guter Ort für Bargeld, mit seinen Nachtclubs und dem großen Casino. Da fragt keiner, woher die Scheine kommen, wer da sein Geld wäscht. Das Verschwinden des Geldtransporters rief jedenfalls die Kripo aus Regensburg auf den Plan. Gefahndet wird nun nicht nur nach dem gepanzerten Transporter und seinen zwei Insassen, sondern auch nach einem silbernen *Nissan Micra,* der anderen Autofahrern wegen überhöhter Geschwindigkeit auf der Lamer Straße aufgefallen war. Wahnsinn, müssen sich die Räuber heute schon auf die sechzig PS eines Kleinwagen-Oldtimers verlassen? Brandner hätte sich gerne an der Fahndung beteiligt. Aber leider bestand kein großes Interesse an lokaler Unterstützung. Hat ihm sein Chef ausdrücklich mitgeteilt, als er heute Morgen seine Mithilfe angeboten hatte. Die Kripo mag offenbar keine Dorfcops. Vielleicht war auch nur *seine* Mithilfe nicht erwünscht? Kann schon sein. Denn sein Chef Schwarzmüller ist ein elender Schleimer und tänzelt jetzt bestimmt um die Kollegen aus der großen Stadt herum: »Darf ich Ihnen noch ein Tässchen Kaffee bringen oder wir wär's mit einer Leberkässemmel, also der süße Senf bei uns …?« Der Volldepp. Muss ich wenigstens keine niederen Dienste ausführen, denkt Brandner. Ist ja schließlich mein freier Tag.

Auf der Mahler-Alm war er lange nicht mehr. Als Jugendlicher hatte er immer mal wieder mit seinen Schulfreunden Zeit hier verbracht. Guter Ort, um ungestört zu feiern. Sie hatten zwei Kästen Bier und ihre Schlafsäcke mit dem *Unimog* von Georgs Vater hochgebracht, außerdem Dosenravioli und ein bisschen was zum Rauchen. Und einen fetten Ghettoblaster. Die Almhütte ist echt heruntergekommen, denkt Brandner. Aber auch noch nicht so, dass man nichts mehr daraus machen könnte. Liegestühle, gute Musik, ein paar Drinks und Currywurst mit Pommes – und fertig ist die Geschäftsidee. Er als Hüttenwirt? Wäre das besser, als eine Landdisco zu betreiben? Naja, dann müsste er zumindest nicht mehr bis vier Uhr arbeiten, was aktuell immer noch dreimal die Woche der Fall ist. Bis vor ein paar Jahren hat er das lässig weggesteckt, heute ist der Morgen danach immer eine elende Quälerei. Tja, er wird halt nächsten Monat auch schon vierzig. Mit einem Fuß im Grab.

Brandner sieht eine langgezogene Staubfahne vom Bergwald aufsteigen. Da drüben fährt jemand mit hoher Geschwindigkeit talwärts. Scheint von der alten Mine zu kommen. Der Fahrweg ist eigentlich gesperrt. Brandner dreht die Musik runter und hört einen Kleinwagenmotor aufheulen. Der Wagen hat offenbar die Landstraße erreicht, denn die Staubfahne reißt ab. Reifen quietschen, ein Motor heult hochtourig auf. Kurz darauf ist es still. Brandner will die Musik gerade wieder aufdrehen, als es knallt. Er macht die Musik ganz aus. Ein Schuss? Naja, wäre nicht gerade ungewöhnlich für die Gegend. Der eh schon versehrte Wald hat aktuell mit einer deutlichen Überpopulation an Wild zu kämpfen. Nicht gut für die zarten Triebe der wenigen Jungbäume. War das wirklich ein Schuss? Frühjahr ist doch Schonzeit. Was ist da los? Eindeutig zu viel Action für eine einsame Berggegend. Brandner ist unschlüssig. Da drüben ist eine verlassene Versorgungshütte unterhalb der alten Mine, wo bis in die fünfziger Jahre Erze gefördert wurden. Es gab sogar mal Pläne für ein Schaubergwerk. Hat man dann aber beim Silberberg gemacht, der leichter zu erreichen ist. Soll er checken, was da drüben los ist? Keine zwei Kilometer Luftlinie. So schwierig ist das Gelände nicht, oder? Einen Rest berufliche Neugier hat er noch. Er will schon die Jacke anziehen, dann wirft er sie wieder ins Auto, denn es ist verdammt schwül. Er schließt das Auto ab und stiefelt los, einen steilen Hang hinunter. Ein Sprung über den Bachlauf und er taucht in den Bergwald ein.

Schon auf halber Strecke ist er komplett durchgeschwitzt, hat sich die Jeans am dornigen Gestrüpp aufgerissen und ein paar Schrammen zieren seine tätowierten Unterarme. Als er die Versorgungshütte bei der Mine erreicht, ist er erschöpft. Hier war er seit Ewigkeiten nicht mehr. Als Jugendliche sind sie immer mal wieder in die Stollen geklettert und haben sich die vermoderten und verrosteten Hinterlassenschaften der Bergleute angesehen, bis dann der Eingang von der Gemeinde mit einem schweren Holztor und einem Vorhängeschloss versperrt wurde. Brandner hat Durst. Hinter der Hütte verläuft ein Bach, soweit er sich erinnert. Aktuell nur ein müdes Rinnsal, aber besser als nichts. Er trinkt gierig. Sieht sich um. Kein Mensch. Naja, waren es eben Wilderer, denen die Schonzeiten egal sind. Dafür der ganze Aufriss. Aber irgendwas beunruhigt ihn, ein Gefühl, eine Ahnung, dass hier irgendwas nicht stimmt. Er schaut sich die Hütte näher an. Fenster und Tür sind zugenagelt. Er späht durch die Ritzen der Latten vor dem Fenster. Sieht ein paar kaputte Stühle, einen dreibeinigen Tisch, Scherben, Müll, alte Zeitungen.

Brandner setzt sich auf die Steinstufen vor dem Hütteneingang und sieht auf die Höhenzüge des Bayer- und Böhmerwalds im

Nachmittagsdunst, auf die verwaschenen Silhouetten der sanften Gipfel. Das Licht ist jetzt weicher, nicht mehr so grell. Die Landschaft strahlt eine tiefe Melancholie aus. Gefällt ihm, passt zu ihm. Vielleicht ist er deswegen nie von hier weggegangen. »It's better to burn out than to fade away." Wer hat das gesungen? Neil Young, der alte Zausel? Egal. Er lauscht den Grillen. Ihr Zirpen ist untermalt von einem anderen Sound, einem Summen und Schwirren. Brandner hat feine Ohren. Möchte man gar nicht meinen, wenn man in einer Metalband spielt und eine Discothek betreibt. Aber auf seine Ohren hat er immer achtgegeben. Dieses Summen, was ist das, was bedeutet das? Er hebt einen Stock vom Boden auf und schleudert ihn ins Gestrüpp. Eine schwarze Wolke fetter Fliegen steigt auf. Er geht hinüber, der Fliegenschwarm umkreist seinen Kopf. Er fuchtelt hektisch mit den Armen und steigt durchs Unterholz.

Der Atem stockt ihm, als er den Mann sieht. Ohne Gesicht. Zerfetzt von einer Ladung Schrot aus nächster Nähe. Die klaffende Wunde, wo einmal Kinn, Mund, Nase, Wangen, Augen waren, ist über und über mit Schmeißfliegen bedeckt. Brandner dreht sich weg und kotzt ins Gebüsch. Na super, da werden sich die Jungs von der Spurensicherung aus Regenburg freuen, wenn sie anrücken. Aber das wird dauern. Denn er kann niemanden anrufen. Sein Handy ist in der Jacke im Auto. Perfekt vorbereitet. Er sieht zu dem Toten. Plötzlich bewegt sich ein Bein, scharrt über den Boden. Brandner gefriert das Blut. Was ist das? Das Bein zuckt noch einmal. Brandners Augen sind weit vor Panik. Dann zuckt nichts mehr. Der Mann muss doch tot sein? Der Schuss fiel vor einer guten halben Stunde. Man kann doch nicht so lange …? Brandner zittert am ganzen Körper. Vielleicht hat er sich getäuscht? Eine mechanische Muskelkontraktion? Bestimmt. Wer ist das? Selbst wenn der Mann aus der aus seinem Dorf wäre, er würde ihn nicht erkennen – ohne Gesicht.

Brandner ist ganz in Gedanken versunken, als er das Brummen eines Automotors hört, das harsche Runterschalten des Getriebes. Er sieht die Staubfahne. Kommt der Täter zurück? Nein, das kann nicht der Täter sein, der Schuss fiel erst, nachdem das Auto ins Tal gefahren ist. Was geht hier vor? Hektisch schaut sich Brandner um. Der sturmgeschädigte Wald bietet kaum Schutz, die paar Büsche auch nicht wirklich. Er rennt zur Hütte und versteckt sich dahinter, späht um die Ecke. Ein *Landrover* kommt auf dem staubigen Vorplatz der Hütte zum Stehen. Ein Mann in Combat-Hose mit schwarzem T-Shirt steigt aus. Er winkt in Richtung Mine. Brandner sieht nach oben. Auf dem schmalen Pfad durch den Bergwald kommt jetzt noch ein Mann. In der linken Hand lässig eine Schrotflinte. Brandner schluckt. Wenn der Typ ihn gerade überrascht hätte! Der Mann trägt einen dunkelblauen Overall. Als er die Hütte passiert, kann Brandner auf dem Rücken den gelben Schriftzug lesen: *MONEYLOCK*. »Täter, nicht Opfer«, murmelt Brandner. Lautlos.

»Wo sind die anderen, Andi?«, fragt der *Landrover*-Pilot.

»Joe ist in der Mine.«

»Und Peter?«

»Der ist da drüben im Gebüsch.«

»Was macht er da? Kacken?«

»Nein, äh, Mike, es gab da ein kleines Problem.«

Sie gehen ein paar Schritte ins Gebüsch.

»Ach du Scheiße! Andi, was soll das?«

»Der war voll aggro. Hat mich bedroht …«

»Ganz super. Du verlierst die Nerven und knallst ihn einfach ab.«

»Es war keine Absicht, Mike. Aber Peter hat sich so aufgeführt. Ich wollte nur, dass er das Maul hält. Ich dachte, das Ding ist gesichert. Das war ein Unfall. Echt!«

»Bin gespannt, ob der Richter das auch so sieht.«

»Was willst du damit sagen?«

»Dass du ein verdammter Pfuscher bist. Knallst Peter ab – aus Versehen, haha – und kotzt daneben ins Gras.«

»Ich hab nicht gekotzt.«

»Der Peter war's wohl kaum. So ohne Gesicht. Du bist so ein Depp! Die Kotze ist wie ein genetischer Fingerabdruck. DNA zu Saufuttern. Ganz toll!«

»Nochmal: Ich hab nicht gekotzt.«

In Brandners Kopf braust es. Er hat alles verstanden. Auch, dass hier offenbar noch eine weitere Person ist. Jetzt ist von den beiden Typen nichts zu hören. Es ist ganz still. Brandner spitzt die Ohren. Hört ein leises Klicken, ein Scharren. Vom Hüttendach? Plötzlich fällt eine marode Holzschindel vom Dach auf die Steinstufen. Erzeugt einen hellen Klang wie bei einem Xylophon. Brandner presst sich an die Wand. Wenn die Typen auf die Idee kommen, hinter die Hütte zu schauen, ist er geliefert. *BAMM!* Schrot prasselt gegen Holz. Schwarze Federn und andere Geflügelkleinteile fliegen durch die Luft. Auch Tiere leben hier gefährlich, denkt Brandner und atmet tief durch.

»Deine Scheißballerei! Du bist ein verdammtes Sicherheitsrisiko!«, schimpft einer der beiden Männer.

»Wehe wehe, fette Krähe!«, lautet die launige Antwort des Schützen.

Brandner lugt wieder um die Ecke. Die zwei Männer stehen sich gegenüber. Der Schießwütige hat die Schrotflinte in die Hüfte gestemmt, der Typ aus dem Geländewagen hat jetzt eine Pistole in der Hand. Schwüle Nachmittagshitze, am Himmel giftiges Orange. Eine Windbö wirbelt Staub auf.

»Der *Micra* ist weg. Mike?«, fragt der Mann mit der Flinte.

»Baggersee, beim Kieswerk. Unterstes Parkdeck. Die Kiste findet keiner.«

»Das ist gut. Und jetzt tu bitte die Pistole weg, die macht mich nervös.«

»Du musst ja reden.«

»Zwei Patronen waren im Lauf.«

»Verstehe. Eine für Peter, eine für den großen schwarzen Vogel. *Komm, großer schwarzer Vogel.*«

»Hä, bist du besoffen?«

»Das ist ein Lied. Von Ludwig Hirsch. Ösi-Liedermacher. In dem Lied geht's um den Tod. Klingelt da was?«

»Was soll da klingeln?«

»Dreimal darfst du raten.« Mike grinst und richtet die Pistole auf sein Gegenüber. Andi starrt ihn an, schaut genau in Brandners Richtung, der zu überrascht ist, um in Deckung zu gehen. Andi öffnet den Mund. »Da …« – PENG! Die Kugel aus der Pistole durchschlägt seine Brust, schleudert ihn nach hinten. Brandner presst sich wieder an die Hüttenwand. Was ist das hier? Ein Tarantino-Film? Nein, das ist kein Kino, keine Zeitlupe, keine Schnitte, alles echt: der beißende Geruch des Schießpulvers, das Wimmern des Schwergetroffenen. Brandner lugt wieder um die Ecke. Der Schütze zieht den Verwundeten ins Gebüsch, wo schon das erste Opfer liegt.

PENG!

Gnadenschuss. Brandner ist schockgefrostet. Und jetzt? Wird der Schütze ins Auto steigen und verschwinden? Worum geht es hier? Der Überfall auf den Geldtransporter, klar. Streit um die Beute. Brandner ist gerade Zeuge eines kaltblütigen Mords geworden. Und er kann froh sein, dass der Mann erschossen wurde, bevor er rausposaunen konnte, dass sich da wer hinter der Hütte versteckt.

Der Schütze verschwindet nach oben in den Bergwald. Brandners erster Gedanke: Auf und davon! Oder? Ihm fällt ein, dass da noch einer sein muss. Die Typen hatten von einem Joe gesprochen, der sich oben in der Mine aufhält. Das muss der zweite von dem Geldtransporter sein, denn der Mann ohne Gesicht trug keinen Overall. Wird dieser Joe jetzt auch noch erledigt? Das kann Brandner nicht zulassen! Er folgt dem Killer auf dem steinigen Bergpfad und sieht, wie er sich an dem schweren Vorhängeschloss am Stolleneingang zu schaffen macht. Haben die ihren Komplizen eingesperrt? Offenbar. Der Mann verschwindet im Stollen. Was hat der vor? Noch mehr Gewalt? Wird es einen weiteren Toten geben? Wenn ich Depp nur mein Handy dabei hätte!, denkt Brandner. Aber das brächte auch nicht viel. Niemals wären die Kollegen rechtzeitig hier. Er muss verhindern, dass noch mehr passiert. Er muss handeln, jetzt! Brandner schleicht zum Eingang, nimmt das Vorhängeschloss und wirft es in den Wald. Nicht, dass er plötzlich in der Falle sitzt. Er betritt den dunklen Stollen. In etwa zwanzig Metern Entfernung sieht er einen Lichtschein von rechts. Wie eine Katze bewegt er sich lautlos vorwärts. Er erreicht den Durchgang, wo der Mann abgebogen ist, hört zwei Stimmen.

»Hey Mike, was soll der Scheiß? Tu die Waffe weg!«

»Joe, irgendwas sagt mir, dass du unser kleines Geheimnis den Bullen erzählen wirst.«

»Tu ich nicht. Und dass Andi Peter erschossen hat, erfährt auch keiner. Ich schwör.«

»Du steckst doch mit Peter unter einer Decke. Bevor ich mit dem *Nissan* weg bin, hat er so Andeutungen gemacht. Von wegen, was passiert, wenn er auspackt. Andi sagt, dass er ihm gedroht hat.«

»Sagt er das? Wo ist Andi?«

»Auch nicht mehr unter uns.«

»Nicht dein Ernst.«

»Doch. Todernst.«

»Warum?«

»Hatte seine Nerven nicht im Griff. Gefährdet das alles hier. Also, wo ist das Geld?«

»Wo soll es schon sein? Hier, in der Tasche. – Du, das ist ja jetzt gar nicht so schlecht.«

»Was?«

»Naja, die Beute geht nur noch durch zwei. Für jeden von uns eine halbe Million. Wie klingt das, Mike?«

»Interessant.«

»Eben. Und jetzt mach mir endlich die Scheiß-Kabelbinder ab. Die tun weh.«

»Nein, die bleiben dran. Weißt du, ich trau dir nicht.«

»Du mir? Was soll das werden? Willst du mich ebenfalls abknallen?«

»Nein, viel besser. Ich lass dich einfach hier. Ist doch ein schöner Ort, um sich Gedanken zu machen. Mal so grundlegend. In aller Ruhe.«

»Das machst du nicht!«

»Und wie ich das mache.« Mike nimmt die große schwarze Tasche an sich. »Danke fürs Aufpassen. Und viel Spaß noch.«

»Hey, jetzt warte doch! Mike!«

Mike schließt die Tür an der Stollenabzweigung. Der rostige Riegel knirscht, als er ihn vorschiebt.

Am Ausgang des Stollens flucht Mike. Der Nachmittagshimmel ist jetzt pechschwarz. Blitze zucken. Erste Regentropfen platzen im Staub. Mike ist sichtlich verwirrt, als er das Vorhängeschloss nicht sieht, überlegt warum. Ein gewaltiger Donner reißt ihn aus den Gedanken. Er hastet den holprigen Pfad hinunter.

Im Bergwerk ist es still. Brandner tastet sich im Dunkeln zu der Tür und schiebt den Riegel zurück.

»Mike! Ich hab gewusst, dass du nur Spaß machst!«

»Ich bin nicht Mike«, lautet die Antwort.

»Wer ist da?!«

Brandners Feuerzeug flammt auf und beleuchtet sein Gesicht.

»Wer bist du?«

»Das ist egal.«

»Was willst du?«

»Mal sehen. Ich bin noch unentschieden.«

»Lass mich laufen. Ich geb dir Geld.«

»Was für Geld?«

»Heute Morgen wurde unser Geldtransport überfallen. Die Typen haben das Geld hier versteckt.«

»Hatten, mein Lieber. Die Kohle ist gerade zur Tür rausspaziert. Und erzähl mir keine Scheiße, von wegen Opfer und so. Ich hab euch eben gehört. Das war dein Komplize Mike, ist doch so, Joe?«

»Kennen wir zwei uns?«

»Noch nicht wirklich.«

»Wir müssen verschwinden, ehe Mike zurückkommt.«

»Warum sollte er das?«

»Er kommt zurück, wenn er das mit dem Geld merkt. Dass er es nicht hat.«

»Wo ist das Geld?«

Joe deutet mit den gefesselten Händen nach links. Im Schein des Feuerzeugs sieht Brandner eine halbverrottete Holzkiste. Er öffnet sie und zieht einen schweren grauen Plastiksack heraus. Randvoll mit Geldbündeln.

»Was ist in der Tasche, die dein Kumpel mitgenommen hat?«

»Ein paar Lumpen, was hier so rumlag.«

»Das hast du mit deinen Fesseln gemacht. Respekt.«

»Ja, das hab ich mit meinen Fesseln gemacht, du Schlaumeier. Und wenn wir jetzt schnell verschwinden, haben wir auch eine reelle Chance. Sonst seh ich da schwarz«

»Okay, dann sag ich dir jetzt mal, wer ich bin. Ein Polizist.«

»Oh.«

»Ja. Oh. Genau. Was ist dir mehr wert – Geld oder Leben?«

»Ich scheiß aufs Geld, wenn ich hier lebend rauskomm.«

»Das ist die richtige Einstellung. Aber die Hände bleiben gefesselt. Ich mach dir die Fußfesseln ab. Das Geld nehm ich. Und später leg ich ein gutes Wort für dich ein, wenn du keinen Scheiß machst. Hier geht es nicht mehr um einen Überfall, hier geht es um zweifachen Mord. Bei einem war ich Augenzeuge. Dagegen ist der Raubüberfall Kinderkacke. Hast du mich verstanden?«

»Ja, hab ich. Jetzt mach mir endlich die Fußfesseln ab! Wir müssen hier weg!«

Brandner schmilzt mit seinem Feuerzeug die Kabelbinder auf und hilft dem Mann beim Aufstehen. Dann nimmt er den Sack mit dem Geld an sich.

Aus der Stille des Stollens geht es hinaus ins tosende Chaos. Draußen wütet ein heftiger Sturm, Äste wirbeln durch die Luft, Sturzfluten ergießen sich auf den geschundenen Bergwald. Keine Möglichkeit, jetzt loszugehen. Der Boden bebt. Ein knirschendes Geräusch, ein Rucken und Rütteln geht durch den Berg.

»Was ist das?«, fragt Joe.

»Ein Erdrutsch.«

Sie starren durch den dichten Regenflor. Bei der Hütte unten steht noch der Wagen. Was hat der solange gemacht, die Leichen besser versteckt? Jetzt flammen Scheinwerfer auf, der *Landrover* macht einen Satz, stoppt abrupt, ist abgesoffen. Der Hang stöhnt. Jetzt schießt der Wagen los. Vollgas. Brandner sieht, warum: eine gewaltige Schlammlawine stürzt den Berg hinab. Das Auto hat keine Chance, es wird von hinten erfasst, überschlägt sich, wird mitgerissen und verschwindet in der schwarzen Walze aus Erde, Gestrüpp, Bäumen und Felsen.

»Karma«, sagt Joe.

»Was?«, fragt Brandner.

»Naja, Mike hat es verdient. Das Arschloch.«

Brandner zuckt mit den Achseln.

Sie gehen ein paar Meter in den Stollen zurück und hocken sich an die Wand, um abzuwarten, dass der Sturm sich legt.

»Hoffentlich stürzt das Ding nicht ein«, murmelt Brandner.

»Machst du mir die Hände frei?«

»Ich denk nicht dran.«

»Glaubst du, ich hau dir hier eins über die Rübe? Warum sollte ich das tun?«

»Wegen der Kohle. Dein Kumpel war auch nicht zimperlich.«

»Ich tu dir nichts, du hast mich schließlich da rausgeholt.«

»Wir sind noch lange nicht raus aus der Nummer. Aber während wir hier sitzen und warten, kannst du mir ja schon mal erzählen, was ich verpasst hab. Was war der Plan?«

»Naja, eigentlich war es ganz einfach. Joe und ich fahren für ein Geldtransportunternehmen. Heute Morgen nach dem Abholen der Kohle im Casino sind wir auf der Landstraße überfallen worden. Die zwei Typen haben uns hierher gebracht.«

»Das ist die offizielle Version. Und wie lautet die inoffizielle?«, fragt Brandner.

»Wir wollten die Kohle erstmal hier im Stollen deponieren. Weil draußen ja alles voller Bullen ist. Mike sollte die Karre entsorgen, mit der wir hierhergekommen sind, und den *Landrover* holen. Falls wir mit dem *Micra* doch irgendwo aufgefallen sind. Ich war oben im Stollen, als draußen irgendwas schiefgelaufen ist. Ich hab den Schuss gehört. Ich wollte runter, aber da kam Andi schon und hat mich mit der Waffe bedroht und mit den Kabelbindern gefesselt. Ich wusste, dass etwas Schreckliches passiert war. Er hat mich eingesperrt. Und nach einer Ewigkeit tauchte Mike hier auf. Und dann du.«

»Wie hätte euer Plan eigentlich weitergehen sollen?«

»Naja, Peter und ich, wir wären morgen wieder aufgetaucht, irgendwo im Wald, wo uns die Räuber ausgesetzt haben. Wir hätten uns zum nächsten Dorf durchgeschlagen und der Polizei erzählt, was passiert ist.«

»Eure bis ins Detail abgesprochene Geschichte. Und das Geld ist weg. Spurlos verschwunden.«

»So war der Plan.«

»Ganz dünn. Meinst du, ihr seid die ersten, die so ein Ding drehen? Die Fahrer sind immer verdächtig.«

»Und wenn. Man hätte uns nichts nachweisen können.«

»Ich sag dir eins: Das war ein Scheißplan. Vor allem, weil einer dem anderen nicht traut. Jeder wollte die Beute für sich alleine. Was seid ihr bloß für Arschlöcher.«

Joe sieht das inzwischen ähnlich, denn er erwidert nichts. Sie schweigen.

Als sich der Sturm legt, checken sie die Lage. Der Anblick verheerend – auch wenn die goldene Abendsonne und der aufsteigende Dunst einen gnädigen Mantel über das Chaos breiten und die kaputte Landschaft weichzeichnen. Ein paar Vögel pfeifen irritierend fröhlich. Brandner sieht zur Hütte hinunter. Die gibt es nicht mehr. Der Erdrutsch hat alles verschluckt, die Hütte, den *Landrover*, auch den Ziehweg. So kommt man nicht ins Tal.

»Hast du ein Handy?«, fragt Brandner.

»Hast du keins?«

»Nicht dabei. Also?«

»Hat mir Andi abgenommen.«

»Egal. Wir müssen rüber zur Mahler-Alm, das steht mein Auto. Das sind zwei Kilometer Luftlinie.«

»Schwierig?«

»Auch ohne Erdrutsch.«

»Alternativen?«

»Nein.«

»Okay, dann gehen wir. Machst du mir die Fesseln von den Händen ab?«

»Nein. Gehen kannst du auch so.«

»Warum warst du eigentlich da drüben?«

»Dezentrale Ermittlungstaktik.«

»Hä?«

»Wir haben überlegt, wohin die Räuber in dieser Gegend verschwinden könnten. Ich bin zur Mahler-Alm gefahren. Fast hätte ich ja recht gehabt.«

»Und warum bist du dann hier rüber?«

»Wegen dem Schuss.«

»Sonst hätten wir eine Chance gehabt?«

»Was redest du für einen Scheiß? Du kannst froh sein, dass du am Leben bist. Wer solche Kumpels hat, braucht keine Feinde.«

»Okay, Mister Superschlau. Und wie ist jetzt dein Plan, also, was passiert mit mir?«

»Wir gehen rüber und fahren zu unserer Dienststelle. Dann erzählst du, was passiert ist. Die wahre Geschichte. Aus der Nummer kommst du eh nicht raus. Solange du nicht für den Tod deiner Komplizen verantwortlich bist, wird die Haftstrafe überschaubar ausfallen.«

»Überleg doch mal: Die anderen sind weg. Und sie bleiben weg. Es gibt keine Spuren. Schau dir das Chaos doch an. Niemand weiß, was hier passiert ist. Und wir teilen die Kohle.«

Brandner schüttelt den Kopf. »Denk mal weiter! Wenn du auftauchst, bist du wie durch ein Wunder der einzige Überlebende. Kompletter Schwachsinn. Die werden dich sowas von in die Mangel nehmen, das hältst du nicht durch. Und am Ende glauben sie, dass du deine Komplizen auf dem Gewissen hast.«

»Ach komm«, versucht es Joe nochmal. »Das Unwetter hat alle Spuren beseitigt.«

»Wenn du so weitermachst, leg ich kein gutes Wort für dich ein. Oder ich sperr dich wieder in die Mine. Und du kannst warten, bis meine Kollegen dich abholen.«

»Ist ja gut. Dann gehen wir jetzt endlich los.«

»Nach dir.«

»Hä?«

»Ich bleib lieber hinter dir. Dann hab ich dich im Auge.«

»Aber du kennst den Weg.«

»Ich sag dir schon, wo's langgeht.

Sie steigen durchs Unterholz, klettern zwischen großen Felsbrocken hindurch. Es ist sehr mühsam. Überall Hindernisse – umgeknickte oder geborstene Bäume, Geröll, Matsch, fast undurchdringliches Gestrüpp. Brandner kommt der Rückweg viel länger vor als der Hinweg. Die Million im Müllsack hat ein erstaunliches Gewicht.

Als die Almhütte endlich in Sichtweite kommt, ist es schon fast dunkel. »Wir haben es gleich geschafft«, sagt Brandner.

»Da bin ich mir nicht so sicher«, meint Joe und deutet nach vorne. Brandner rückt auf. Jetzt sieht er es auch. Der schmale Bach hat sich in ein reißendes Gewässer verwandelt, um ein Vielfaches breiter als vor ein paar Stunden.

»Scheiße!«, flucht Brandner. Er überlegt: Gleich ist es stockfinster. Jetzt am Bachlauf absteigen durch das verwüstete Gelände mit diesem Typen, erscheint Brandner als keine gute Idee. »Wir müssen über den Bach, wir suchen uns einen Baum«, sagt er und versucht dabei ruhig zu klingen.

»Wir zwei heben doch niemals so einen Baumstamm«, sagt Joe und deutet auf die verkeilten Baumstämme und ihre ausgreifenden Wurzeln.

»Wir müssen schauen, ob irgendwo ein Baum in den Bach gestürzt ist.«

Sie finden tatsächlich eine entwurzelte Fichte, deren Krone über das gurgelnde Wasser bis zur steilen Böschung gegenüber reicht.

»Der hält uns doch nie aus«, sagt Joe.

»Wir steigen ja nicht gleichzeitig rüber«, meint Brandner und wirft den Sack mit dem Geld über den Bach auf eine Felsstufe.

»Was machst du da?«, fragt Joe irritiert.

»Ich brauch beide Hände frei. Ich geh zuerst.«

»Ja klar, jetzt plötzlich.«

»Halt die Klappe.«

Joe hält ihm die Handgelenke hin. Brandner zögert kurz, dann nickt er. Er holt sein Sturmfeuerzeug raus und brennt die Fesseln auf.

»Du wartest, bis ich drüber bin!«, weist er Joe an.

Joe nickt und sieht skeptisch auf den dürren Baum.

Brandner hält sich an den Ästen fest und tastet sich vorwärts, setzt die Füße zentimeterweise auf dem Stamm nach vorn, der sich gefährlich biegt. Die filigrane Krone wird in die schlammige Erde auf der anderen Seite gedrückt. Ob das hält?, denkt Brandner und sieht skeptisch in das gurgelnde Wasser. Zentimeterweise kämpft er sich voran und erreicht die andere Seite, rutscht dort auf dem durchweichten Untergrund ab, findet gerade noch Halt und schließlich sicheren Stand. Er gibt Joe ein Zeichen, ihm zu folgen.

Auch Joe arbeitet sich konzentriert voran. Er macht das besser als ich, denkt Brandner. Nein, kurz vor dem Ufer bekommt Joe offenbar Probleme.

»Ich häng fest!«

Brandner sieht, wie sich Joe vergeblich abmüht, seinen rechten Fuß aus dem Geäst zu befreien. Er gerät gefährlich ins Schwanken. Brandner klettert den rutschigen Hang nochmal runter, hält sich an einer Wurzel fest und reicht Joe die Hand. »Halt dich fest!«

Joe greift nach Brandners Hand. Mit aller Kraft zieht Brandner. Joe schafft es zu ihm ans Ufer, sinkt erschöpft zusammen.

»Alles okay?«, ruft Brandner gegen das Tosen des Wassers.

»Danke, geht schon. Der Knöchel.« Joe deutet auf seinen linken Fuß.

Brandner stutzt. Links?

»Die paar Meter schaffst du noch.«

Joe grinst ihn an. Und schubst ihn. Brandner stürzt nach unten in die Baumkrone, greift panisch in die Äste. Die Äste knacken und brechen, er bleibt im Geäst hängen. Unter ihm gurgelt das Wasser. Brandners schnappender Atem beruhigt sich kaum. Was für eine verdammte Scheiße! Wenn er in das reißende Wasser fällt, ist das Spiel aus. Nur weil er diesem Arschloch geholfen hat. Aber noch ist es nicht soweit! Seine schmerzenden Hände umklammern dürre, nadlige Äste. Wütend schreit er nach oben: »Du verdammtes Arschloch!«

Joe präsentiert den Plastiksack, lacht laut und dreckig. »Na, du Zipfel, läuft nicht so super, was? Wie lang schaffst du das? Bestimmt nicht lange. Bei der Strömung – ganz schlecht.«

Brandner wundert sich, wie klar er die Worte trotz des tosenden Wassers versteht, Joes schneidende Stimme brennt sich in seine Gehirnwindungen. Er fühlt sich wie in einem Katastrophenfilm. Nicht in der Hauptrolle des Helden, der überlebt.

Joe setzt seinen Monolog fort: »Weißt du, niemand weiß, was hier am Berg passiert ist. Ich tauch in ein paar Tagen wieder auf. Stell dir vor: Ich kann mich an nichts erinnern. Der schreckliche Überfall, maskierte Männer, Betäubungsmittel und so. Viel besser als der ursprüngliche Plan.« Er greift auf das Felsplateau und schnappt sich den Sack mit dem Geld. »Eine Million. Ohne Teilen. Ohne lästige Zeugen, der mich verraten könnten. Na, wie klingt das für dich?«

»Beschissen. Du Arschloch! Behalt die Kohle und hilf mir gefälligst! Von mir erfährt niemand was.«

»Ich behalt die Kohle und du hältst die Klappe?«

»Ja, jetzt mach schon!«

Brandner ist zu weit weg, um Joe die Hand zu reichen. Joe findet am Ufer einen längeren Ast und streckt ihn Brandner entgegen. Der greift danach, verfehlt das Ende. Versucht es nochmal. Das gesplitterte Ende des Astes reißt ihm die Hand auf. Brandner schreit. Jetzt merkt er, dass Joe mit dem Ast nach ihm stochert. Beim Versuch, den Stock abzuwehren, verliert Brandner den Halt, sackt tiefer ins Geäst, hängt nur noch eine Handbreit über dem Wasser. Joe hört nicht auf, stochert weiter. Panisch starrt Brandner zu ihm ins Dunkle hoch, sieht nur Joes Silhouette – wie ein wütender Krampus mit Rute und Sack. Schon kommt die neue Attacke. Er wehrt den Stock ab, greift ihn, zieht daran. Ein Schrei. Dreck und Steine regnen auf ihn hinab, etwas schlägt im Wasser auf. Oder jemand. Brandner sieht nach unten, kann kaum etwas erkennen. Er lauscht. Es rauscht. Kein Lebenszeichen von Joe. Tja, Joe, ist halt recht rutschig, denkt Brandner emotionslos. Aber er verspürt keinen Triumpf, fühlt sich verloren in der Dunkelheit. Wie lange wird es dauern, bis ihn die Kräfte verlassen und er Joe nachfolgt?

Plötzlich geben die Wolken den Mond frei. Brandner sieht in den Bach runter. Glitzerndes, wildes Wasser. Er vergewissert sich nochmal. Nein, von Joe keine Spur. Er sieht nach oben. Da ist etwas zwischen den dürren Zweigen. Knittriges Plastik. Das Geld! Brandner streckt die Finger aus, macht sich ganz lang. Ein paar Äste geben nach, aber er bekommt den Sack zu fassen. Seine Hand krallt sich ins Plastik. Er hat das Geld. Und jetzt? »Es ist erst vorbei, wenn es vorbei ist!«, zitiert er seinen Helden Rocky Balboa. Im Mondschein fällt es ihm leichter, die stabileren Äste zu erkennen, die ihm Halt bieten könnten. Es bleibt schwierig, denn er hat nur eine Hand frei, die andere umklammert den Geldsack. Aber er hat neue Kräfte, er kämpft, bis er rittlings auf dem Baumstamm sitzt. Er schiebt sich zentimeterweise nach vorne, bricht immer wieder Äste ab, die seinen Oberschenkeln im Weg sind. Als er schließlich den matschigen Boden unter seinen Füßen verspürt, schießen ihm Tränen in die Augen. Jetzt keinen Fehler machen, gleich hat er es geschafft! Er wartet noch kurz, bis sich sein Atem und seine Gedanken etwas beruhigen, dann kämpft sich die letzten Meter Hang hoch zur Alm.

Er freut sich wie ein Kind, als er bei seiner Karre ankommt. Der gute alte *Quattro* wird ihn nach Hause bringen, in Sicherheit. Brandner lässt sich auf die Kühlerhaube fallen und schaut dankbar in den Himmel. In die Wolkenfetzen, die den Mond an- und ausknipsen. Dann zieht er den Schlüssel aus der Tasche und holt seine Zigaretten und das Handy aus dem Auto. Er fummelt das Feuerzeug aus der Hosentasche, brennt sich eine Zigarette an und checkt sein Handy. Kein Empfang. Egal. Er schaut zu dem Sack, der da neben ihm auf der Kühlerhaube liegt. Die Beute. Eine Million. Vier Tote. Ganz schlechter Deal. Für die Räuber. Er nimmt ein Geldbündel und fächert sich Luft zu. Was könnte man mit einer Million machen? Die Disco umbauen, die Soundanlage endlich aufrüsten, eine Platte mit der Band aufnehmen, eine *Harley* kaufen und eine kleine Wohnung für Mama, die alte Mühle renovieren, eine Weltreise machen. Eine Million ist verdammt viel Geld. Vor allem für eine Person. Er grinst müde. Wie sagte Joe doch: »Niemand weiß, was hier passiert ist.«

Osser, 1.293 m
Bayerischer Wald

Ich bin in Passau aufgewachsen, einem der Tore zum Bayerischen Wald. Ich hatte ein Moped und viel Zeit. Ich kenne viele Ecken. Auch weil ich als Schüler und Student lange Beifahrer im Bierwagen zweier Passauer Brauereien war. Also weiß ich nicht nur, wie das erste Bier um halb zehn zum Leberkäs schmeckt, sondern habe auch gesehen, wie sich die Wirtshauskultur in der Region verändert hat. Man sagt nichts Falsches, wenn man von einer Resopalisierung der Wirtshäuser in den Achtzigern spricht, deren Spuren heute immer noch zu finden sind. Kulinarisch darf man inzwischen aber wieder mehr erwarten als ein Duett von Fertigknödeln an Packerlsoße oder sauren Beilagensalat aus der Dose mit geriffelter Karotte oder Weißkraut. Gibt's aber immer noch. Für Nostalgiker schmeckt das durchaus nach Heimat. Die Region rund um Lam bietet Skigebiete, eine angeschrammte Sommerrodelbahn, ganz in der Nähe auch Legendäres im Wallfahrtsort Neukirchen beim Heiligen Blut oder auf dem Hohenbogen massive Betonrelikte des Kalten Krieges mit alten Abhöranlagen. Die Landschaft ist wild, gezeichnet von Wind, Wetter und Klimakrise, aber auch mit faszinierenden Urwäldern, in denen alles einfach so sein und liegen bleiben darf, wie es will. Ein herbe, unangepasste Landschaft, die nichts mit dem hochganzpolierten Voralpenland bei München zu tun hat, wo ich heute wohne. Wenn ich mal ganz viel Zeit habe, richte ich mein altes Motorrad her und fahre noch mal all die schmalen Straßen und Wege im Bayerwald ab.

Harry Kämmerer

Harry Kämmerer arbeitet in einem großen Verlagshaus und ist Autor zahlreicher Romane und Kurzgeschichten. Neben Kriminalromanen wie *Isartod*, *Heiligenblut* oder *Mangfall ermittelt* schreibt er auch nicht-kriminelle Romane wie *Drachenfliegen* oder *Oh, Mama*. Der Dorfpolizist Brandner taucht das erste Mal in dem Roman *Harte Hunde* auf, und die Kurzgeschichte in diesem Band ist nur der Auftakt zu neuen Abenteuern mit Stefan Brandner in den dunklen Weiten des Bayerischen Walds.

Friederike Schmöe

Erst, als du tot warst

Er hat ihr die Waffe mitgebracht. Damals. Lange her. Irgendwie, als wäre es nie gewesen.

Sie: Spinnst du? Wozu brauche ich eine Waffe?

Er, lachend: Wir leben doch ganz weit draußen. Schadet nicht, wer weiß, wer hier mal vorbeikommt, oder?

Sie erinnert sich, wie sie den kalten Stahl fühlte, auf den Lauf starrte. Ivo zeigte ihr, wie man die Pistole benutzte. Ihm war es wichtig, sie hielt es für Blödsinn. Im Fichtelgebirge passierte nichts, nicht in den 1970er-Jahren. Verglichen mit heute war das eine heile Welt, fast ein Paradies.

Sie meinte, Ivo zu kennen. Gut genug für den gemeinsamen Traum. Einen Hof im Fichtelgebirge, in der Senke zwischen Ochsenkopf und Schneeberg. Viel Grün, frische Luft, Ruhe. Rundum die Launen der Weltgeschichte. Im Osten die Tschechoslowakei, im Norden die DDR. Der Westen weit weg. Ein politischer Blinddarm gewissermaßen. Hier würden sie sich nach und nach eine autarke Lebensform aufbauen. Noch waren sie beide als Lehrer tätig, ein sicheres Einkommen, auf das sie hoffentlich in einigen Jahren verzichten könnten. Das war der Plan. Die Kollegen wussten von ihren Absichten und zogen sie damit auf. Die Wegeners!, wurde gescherzt. Die mit ihrem alternativen Bauernhof! Für Nelly war das alles mehr als ein Plan. Es war ihr Traum mit Ivo.

Sie stapft durch den Schnee. Der Mast auf dem Ochsenkopf ist heute kaum zu sehen, Nebelfetzen wabern über die Gipfel des

Fichtelgebirges, sinken in die scharfen Taleinschnitte. Es wird bald wieder schneien. Neben ihr hat ein Hase seine erratischen Runden gedreht, sie folgt der Spur mit den Augen, die verliert sich irgendwo zwischen den dunklen Fichten. Der Weg wird felsig. Eben noch hat sie über sich die Drahtseile der Bergbahn erkennen können, nun sackt der Nebel tiefer. Sie geht ihren Weg, den von damals, bahnt sich eine Schneise durch den Schnee. Ein Rotkehlchen hüpft auf einen Zweig. Schnee rieselt herab. Schöner Pulverschnee, das Rodeln lohnt sich heute. Damals, vor 33 Jahren, als sie diesen Weg zum Gipfel nahm, hatte sich schon der Frühling angekündigt. Schneeglöckchen lugten aus dem Waldboden, vereinzelte Schneereste tauten während des Tages. Nur in der Nacht, da gab es noch Frost, und als sie Ivo folgte, hatte sie kein Auge für die Natur um sich. Es war ohnehin zu finster, eisig, mit einem Mond, der sich nur ab und zu durch die dicke Wolkendecke wagte.

Ivo war stets ein Nachtschwärmer gewesen. Keine gute Voraussetzung, wenn man am Ende der Welt auf einem Bauernhof wirtschaften will. Nelly neckte ihn oft. Nur behutsam. Es war ja nicht so, dass sie gar keinen Verdacht hegte. Es gab diese Momente. Sogar in der Schule ging das Gerücht, dass Ivo nichts anbrennen ließ. Ein eigenes Leben im Schutz der Nacht führte. Natürlich fiel ihr manches auf. Dass er ab und an spät von der Schule heimkam, obwohl er gar keinen Nachmittagsunterricht hatte. Dass er telefonierte, in einer Zelle, hektisch, eilig, ängstlich bedacht, nicht von Nelly gesehen zu werden. Ihr Argwohn raunte ihr des Nachts Böses ins Ohr. Deswegen folgte sie Ivo. Damals. Um es endlich zu wissen. Um ganz sicher zu sein.

Heute hat sie die Pistole ebenfalls dabei. Tief in der Anoraktasche vergraben. Nur für den Fall. Es wird bald dämmern. Sie ist immer noch fit, das tägliche Laufen zahlt sich aus, sie ist mit der Natur verbunden, mit dem Wald, den Bergen, dem Wind. Den Ochsenkopf hat sie so oft bestiegen, dass sie alle seine Narben, seine Schlupfwinkel auswendig kennt. Das in den Felsen gemeißelte Stierhaupt auf dem Gipfel, nach dem mancher Tourist im Sommer vergeblich sucht. Den Goethefelsen. Den Asenturm, dem der eisige Winterwind auf den Höhen einen Eispanzer anhext. Ihr sind alle Anstiege vertraut, die Orte mit der schönsten Aussicht auf den Schneeberg, die Winkel, in die sich kein Mountainbiker verirrt. Mountainbikes gab es damals nicht, denkt Nelly. Tief atmet sie die kalte Luft ein. Es wird mehr Schnee geben. Sehr viel mehr.

Wann genau sie misstrauisch geworden war, wusste sie nicht. Ivo war ihr gegenüber stets der aufmerksame Ehemann. Zugewandt, neugierig, fröhlich, ein Pfundskerl und aufgeschlossener Liebhaber. Zunächst machte sich nur eine Ahnung bemerkbar, ein Hauch Skepsis. Später manifestierte sich diese Ahnung als handgeschriebener Zettel. Eine Schrift, die sie nicht kannte. Eine Verabredung.

Auf dem Ochsenkopfgipfel um 22 Uhr. H.

Der Zettel war Ivo im Lehrerzimmer aus dem Sakko gefallen. Nelly steckte ihn ein.

H.

Die Schulsekretärin hieß Hertha. Sie war verheiratet, mit einem Amerikaner. Von denen gab es in der Zeit des Kalten Krieges genug in der Gegend. Der Schneeberggipfel war militärisches Sperrgebiet. Man hatte sich an die Grenze gewöhnt. Für Nelly spielte Politik keine Rolle.

Die Schulsekretärin? Hertha mit den Lodenkostümen und der Dauerwelle? Die stand nicht für Ivos Geschmack. Ganz und gar nicht. Zugleich jedoch die Gerüchte, das Raunen im Lehrerzimmer, von wegen Ivo und sein geheimes Leben. Die Gespräche, die verstummten, wenn Nelly eintrat.

Kein anderer Name sonst im Kollegium begann mit »H«.

Ich war so dumm! Nelly steigt weiter, mit bedächtigen, langen Schritten, sie passiert den Oberen Ringweg. Die Seilbahn wird in Kürze den Betrieb einstellen. Es dämmert. Nelly mag den Winter. Sie liebt die Frische der Luft, die knackende Kälte, das Knirschen des Schnees unter ihren Füßen. Vorsichtshalber hat sie die Stirnlampe dabei. Doch sie orientiert sich ohne Probleme auch im Dunkeln. Im Lauf all der Jahre hat sie die Fähigkeiten eines Wildtieres angenommen. Wittern. Leise fortbewegen, nichts und niemanden aufschrecken. Abwarten. Als sie Ivo nachgestiegen war, an jenem Märzabend, waren ihre Bewegungen ihr ungelenk vorgekommen, jeder Schritt überlaut. Nun ist sie trainiert, behände, verwachsen mit dem Wald, der Ochsenkopf ist ihr Revier. Auch die Ausrüstung ist besser geworden. Mittlerweile tragen alle Wanderer die nässefesten, atmungsaktiven Anoraks, Bergstiefel mit rutschfestem Profil. Früher ließen die Jacken trotz aller Beteuerungen der Verkäufer irgendwann den Regen durch, und man bekam immer nasse Füße.

Nelly fühlt noch die Kälte jenes Abends an Armen und Schultern, es hatte zu nieseln begonnen, während sie Ivo auf den Gipfel folgte, die felsigen Wege waren rutschig, und bereits ab dem Unteren Ringweg graupelte es. Wind kam auf. Die schlechte Sicht war ihr Verbündeter. Ivo hatte sie nicht bemerkt.

Jemand wartete auf ihn. Die Dämmerung war hereingebrochen, dazu die Graupelschauer – sie konnte kaum etwas erkennen. Nur eine Gestalt, die wie aus dem Boden gewachsen auf Ivo zutrat. Nelly duckte sich weg, die Fichten, damals noch viel dichter stehend, umfassten sie. Sie beobachtete. Begriff und begriff doch nicht.

Sie hatte sich getäuscht. Täuschen lassen. All die Jahre. Ein kalter Schauer rann ihr den Rücken herab.

Selbstverständlich war der Hof mit den Nebengebäuden, die vollständig zu renovieren sie und Ivo nicht einmal hoffen konnten, jedenfalls nicht in naher Zukunft, der ideale Standort. Die Scheune hatte Ivo mit einem Vorhängeschloss gesichert. Sie hatten Arbeitsteilung. Nellys Reich waren das Wohnhaus und der Stall, sie hielten damals bereits Kaninchen für die Eigenschlachtung und zum Verkauf, Hühner für die Eier. Ivo kümmerte sich um Scheune und Weiden. Er pflegte die Umzäunung, er hackte Holz, stapelte es in der Scheune und brachte, was sie zum Heizen brauchten, mit einer Schubkarre zum Haus. Ihr Holzbedarf war enorm. Später, nach dem Ereignis auf dem Ochsenkopf, hatte Nelly hinter dem aufgetürmten Holz in der Scheune alles gefunden und Bescheid gewusst. Es hatte gedauert, bis sie dahinter kam. Wie es schien, war sie die einzige, die das Versteck entdeckte. Die Dinge legten sich in ihre natürliche Ordnung. Doch dazu musste sie erst tun, was sie getan hatte. Unheil anrichten, damit ihr die Augen aufgingen.

Die Gestalt, die Ivo am Arm griff und mit ihm Richtung Asenturm ging, war ein Mann.

H.

Jedenfalls nicht Hertha. Hertha im Lodenkostüm auf dem Ochsenkopf. Nein, lächerlich, geradezu kläglich, dass Nelly das auch nur im Entferntesten in Erwägung gezogen hatte!

Die Unterredung der beiden Männer gestaltete sich zunächst freundschaftlich, man sprach angeregt, ohne Hektik, H. lachte einige Male, laut, jovial, gestikulierte besitzergreifend. Der Wind trug

Fetzen der Unterhaltung zu Nelly. Ivo wirkte plötzlich angespannt, hochkonzentriert, etwas schien ihm wichtig, er machte mehrere Schritte auf H. zu, ruderte mit den Armen, beharrte. Er trug eine Lampe bei sich, sie schlenkerte, malte die Schatten der Männer mal groß an die Turmmauer, dann wieder blitzte der Lichtstrahl in Nellys Richtung. Sie zog sich tiefer in die Umarmung der Bäume zurück.

»… lieber für uns«, sagte H.

»Zu gefährlich.« Ivo.

»Wir helfen dir und deiner Frau.« H.

Nelly kroch die Angst über die Schultern, sie fröstelte in der nassen Jacke, schlich näher im Schutz der Bäume, sie wollte mehr mitbekommen, wurde unvorsichtig, der Wind blies heftig in ihre Richtung, sie glaubte, keiner der beiden würde sie bemerken.

Doch H. war nicht dumm. Im Gegenteil: H. erwies sich als gerissen. Genaugenommen war er Profi und Nelly eine Dilettantin. Noch.

Sie trat beim Versuch, sich näher anzuschleichen, auf einen Zweig, es knackte, sie erschrak, stolperte, ein Stein rollte ein Stück weg, schlug auf Fels. Ein Höllenlärm an einem späten Märzabend auf dem Ochsenkopfgipfel.

Unversehens hielt H. eine Waffe in der Hand. Nelly konnte den schwarzen Lauf im Licht von Ivos Lampe sehen. Zwischen ihr und H: vielleicht zwanzig Meter Abstand. Die Taschenlampe erlosch.

Abrupt ging das Graupeln in dichten Schneefall über, der Wind peitschte Nelly die Flocken in die Augen, sie blinzelte, zog ihre Pistole, die Pistole, die Ivo ihr gegeben hatte. Für den Fall. Weil sie ja ganz weit draußen wohnten.

Ein Schuss knallte. Nelly sah das Mündungsfeuer, warf sich zu Boden. Etwas pfiff an ihrem Ohr vorbei. Ivo schrie. Holz brach, irgendwo, sie war zu verwirrt, um sagen zu können, wo genau. Alles, woran sie denken konnte, war, den Arm mit der Pistole zu heben.

H. war aufgewühlt, seine Nerven lagen blank. Sie sah ihn herankommen, gelenkig wie ein Tiger schlich er näher, ein Schemen im Schneetreiben. Sie wollte nicht sterben. Nicht für das, was Ivo tat. Was auch immer es war. Nelly hatte nicht vor, mitzuspielen.

Da packte Ivo H. an der Jacke. H. riss sich los. Ivo stürzte sich erneut auf ihn, schüttelte ihn.

Noch ein Schuss. Nelly rollte sich auf dem Waldboden herum, auf den Bauch. Schmeckte Fichtennadeln in ihrem Mund. Hob den Kopf. Sah zwei Männer miteinander rangeln, einer riss sich los, es musste H. sein, sie sah, wie er einen Arm hob, drückte sich hoch, kauernd zielte sie.

Wieder knackte es im Wald, sie fühlte Tritte, als wenn der Waldboden unter ihr vibrierte, sie spürte, wie wenige Meter von ihr entfernt jemand in Ivos und H.s Richtung rannte. Zwischen ihr und dem Menschen: ein paar Schrittlängen nur. Nicht mehr.

Nelly hat das Schneeloch erreicht, einen steilen Felsdurchbruch, angeblich ein ehemaliger, seit Langem zusammengestürzter Stollengang. Bedächtig steigt sie die unregelmäßigen Stufen hinauf, streckt die Hände rechts und links aus, berührt mit den Fingerspitzen die nassen Felsblöcke, nur zur Orientierung, um ihrem Körper ein Gefühl von Sicherheit zu geben. Der Untergrund ist rutschig, dennoch fällt es ihr leicht, die Balance zu halten. Der Rhythmus ihrer Schritte auf diesem Weg ist ihr in Fleisch und Blut übergegangen.

Damals rannte sie durch das Schneeloch den Berg hinunter. Flog beinahe über die Felsen, gejagt von Todesangst.

Sie hatte abgedrückt, als H. schon ganz knapp vor ihr gestanden hatte. So nah, dass die Mündung seiner Waffe wie ein schwarzes Auge vor ihr erschienen war. Alles umfassend. Tödlich. Ihr Finger hatte zwei Mal den Abzug betätigt, bevor ihr klar wurde, dass sie einen Fehler beging. Da stand Ivo, direkt hinter H., und sie war nicht geübt im Zielen.

Ivo stürzte.

Sie wartete nicht ab, was H. tun würde.

Ihr Mann kam nicht nach Hause.

Sie goss Tee auf, war aber kaum imstande, ihn zu trinken, so sehr zitterte die Tasse in ihren Händen.

Stunden später erschienen auf dem Hof zwei Männer mit Hornbrillen in schlecht sitzenden Anzügen. Es habe einen Unfall gegeben. Sie müssten ihr leider die Mitteilung machen, dass ihr Mann von einem Auto erfasst und so weiter. Das Wetter, der glatte Asphalt, der Fahrer wahrscheinlich alkoholisiert. Flüchtig.

Sie glaubte nicht, was sie hörte. Ivo war auf dem Ochsenkopf gewesen.

Ein Unfall? Wo?

Sie nannten einen Ort, eine Straße. Sie konnte sich beides nicht merken. Eben noch hatte sie geglaubt, ihren Mann erschossen zu haben. Und vielleicht H. Sollte Ivo die Flucht vom Ochsenkopf geglückt sein? Um dann zu verunglücken?

Nelly wollte Ivo sehen. Man riet ihr ab. Der Sarg sei ohnehin bereits verschweißt. Das sei so bei derartigen Unfällen, wenn das Opfer bis zur Unkenntlichkeit … sie wisse schon. Sie müsse verstehen. Hinter den betretenen Mienen der Männer mit den Hornbrillen spürte Nelly kalte Wachsamkeit.

Was auch immer gerade geschah, ihr war klar: Es war besser für sie, wenn sie Einsicht zeigte.

Es dauerte ein halbes Jahr, ehe Nelly es wagte, die Pistole aus dem Versteck zu holen. Es fehlten zwei Schuss. Wenn es hart auf hart kam, konnte man ihr anlasten, zwei Männer getötet zu haben. Womöglich hatte sie auch genau das getan. Obwohl sie davon ausging, dass es keine Untersuchung geben würde, hielt sie sich vom Ochsenkopf fern.

Im folgenden Herbst wanderte sie zum ersten Mal wieder hinauf. Versuchte zu rekonstruieren, was sich sechs Monate zuvor zugetragen hatte. Sie fand die Stelle unter den Fichten, wo sie gelegen hatte. Moos, Fichtennadeln, Pilze, Feuchtigkeit. Sie kauerte auf dem Boden. Schnupperte. Suchte. Irgendwo mussten die beiden Projektile eingeschlagen sein. Wenige Meter hinter der Stelle hatte man eine Fichte abgeschlagen. Ein dünner Stumpf war geblieben.

Sonst fand sie nichts.

Nelly begriff, dass sie mit der Schuld leben musste, einen Menschen getötet zu haben. Vielleicht zwei. Und da war noch eine dritte Person gewesen. In den Schatten, nahe. Sofern diese Person nicht ihrer eigenen Fantasie entsprungen war.

Niemand kam ihr auf die Schliche. Niemand hatte sie auf dem Radar. Kein Mensch wusste von ihrer Anwesenheit auf dem Ochsenkopf. Nur Ivo, der musste sie erkannt haben zwischen den Graupelschleiern. Warum sonst hätte er H. davon abhalten wollen, auf sie zu schießen?

Aber Ivo war tot.

Nelly schlüpfte in das Leben einer Witwe, als zöge sie einen geliehenen Umhang an. Sie betrauerte den gemeinsamen Traum vom ländlichen Leben auf dem eigenen Bauernhof. Wurde eine andere. Eine Frau, keine dreißig, die diesen Traum nun alleine leben würde.

Auf dem Hof geschahen Dinge. Einige Male, wenn Nelly aus der Schule kam, hatte sie den Eindruck, jemand sei im Haus gewesen. Meist war es ein fremder Geruch, der ihr Misstrauen erregte. Sie durchsuchte wiederholt Ivos Unterlagen, doch sie blieben nichtssagend. Er hatte kein Tagebuch geführt, nur einen Terminkalender, in dem sich ausschließlich Eintragungen mit Schulbezug befanden. Es gab schlicht nichts, was sie nicht schon in seinen Händen gesehen hätte. Werkzeuge. Bücher. Schreibutensilien. Kleidung. Sportsachen. Unterrichtsvorbereitungen, Notenlisten. Es dauerte bis November, ehe sie den Raum hinter der Holzlege in der Scheune entdeckte. Drei Jahre später hörten die heimlichen Besuche auf. Zu diesem Zeitpunkt parkten auch keine Limousinen mehr in Schulnähe, wenn Nelly Unterricht hatte.

Die Arbeit hielt sie am Leben, verschaffte ihr den nötigen Abstand zu dem, was sie mit sich herumschleppte, mal ängstlich, mal voller Selbsthass, dann wieder ungläubig erstaunt, wie sie damit davonkommen konnte. Sie bewältigte den Schulalltag, galt als engagiert, die Schüler mochten sie. Zu Hause schuftete sie körperlich. Holz, Hühner, Kaninchen. Schließlich ein paar Schweine. Allein zu leben, schmerzte am Anfang, später fing sie an, die Unabhängigkeit zu genießen. Eine neue Beziehung zu beginnen, zog sie nicht ernsthaft in Betracht. Sie ging selten zum Friedhof. Es fühlte sich falsch an, an diesem Grab zu stehen und zu trauern.

Erst, als die Zeitungsarchive digitalisiert waren, forschte sie nach Artikeln in der Regionalpresse. Es gab nichts Schriftliches über diesen Märzabend, als heftiger Schneefall den Ochsenkopf einhüllte und jedwedes Geheimnis begrub, noch ehe es die Chance hatte, ins Tal zu sickern.

Am oberen Ende des Schneelochs bleibt Nelly stehen. Die Nachricht, die sie vorgestern erhalten hat, kann nur eines bedeuten. Sie ist alles wieder und wieder durchgegangen. Systematisch hat sie Variable um Variable umgestellt, ausgewechselt, in eine sinnvolle

Reihenfolge gebracht. Sie hat Erleichterung verspürt und Zorn. Auf ihr Leben geblickt und auf die, die sie geworden ist. Sie will nicht noch einmal eine andere werden.

Ivo wartet auf sie neben dem Felsen mit der Ochsenkopfgravur. Er trägt einen schwarzen Skianzug, auf dem Rücken einen Rucksack, verschmilzt mit der Umgebung aus dunklen Bäumen und weißem Schnee. Gut sieht er aus, sportlich, so wie damals, er hat sich kaum verändert. Nur sein Haar ist grau. Er stülpt eine Mütze über den Kopf, als wollte er Nelly davon abhalten, über seine Haarfarbe nachzudenken.

»Nelly.«

Sie fühlt nach der Pistole. »Bist du allein?«

»Ja.«

Sie kann es kaum glauben, ihn zu sehen. Er hatte nur eine Option, und die hat er genutzt. Ihr Herz klopft schnell, sie stampft mit den Füßen, als könnte sie so die Aufregung in den Boden treiben.

»Man hat dir nachgesagt, du seiest ein Schürzenjäger.«

»Als wir zusammen waren, war ich immer treu, Nelly.«

»Davon bin ich überzeugt. Selbst dir wäre es nicht geglückt, in dieser Gegend eine Affäre geheimzuhalten.«

Er lächelt und sieht dabei peinlich berührt aus.

»Stattdessen hast du etwas anderes geheimgehalten.« Im Prinzip war er nie etwas anderes als ein Geheimnis auf zwei Beinen.

Wieder dieses verlegene Lächeln. »Wann hast du es herausgefunden?«

»Dass du für den Osten gearbeitet hast? Erst, als du tot warst.«

Er nimmt den Rucksack ab, holt eine Thermosflasche heraus.

»Kaffee?«

Sie hat zum letzten Mal vor 33 Jahren mit ihm Kaffee getrunken. Unten auf ihrem Hof. In der Küche mit dem gesprungenen

Terrazzoboden. An einem Nachmittag nach der Schule, bevor er am Abend aufbrach, um H. zu treffen.

Er reicht ihr einen Becher. Der Kaffee dampft.

»Es ist Milch drin.«

»Danke.«

Ihr Finger berühren sich, als sie nach dem Becher greift. Behandschuhte Finger.

»H. war ein amerikanischer Agent. Ich wollte zu den Amis überlaufen. H. versuchte mich zu überzeugen, stattdessen auch für sie zu arbeiten.«

»Als Doppelagent?«

Er nickt. »Ich hatte Angst. Ich stand unter Beobachtung, es war knifflig. Ich wäre lieber sofort in die USA ausgereist, dort hätten sie uns nichts getan, noch nie hat der KGB einen Überläufer auf amerikanischem Boden getötet.«

»Uns?«

»Ohne dich wäre ich nicht gegangen.«

»Ach.«

»Weißt du, ich dachte, ich hätte H.s Zettel im Klo entsorgt. Ein Fehler.«

Nelly mustert den Stierkopf, von dem niemand so genau weiß, wer ihn dort eingraviert hat. In der heranschleichenden Dämmerung fangen die Konturen an zu verwischen.

»Ich habe deine Sachen gefunden. In der Scheune. Hinter der Holzlege. Eines Tages war alles weg.«

»Du hast nichts angerührt?«

»Verdammt, ich hatte den Staatsschutz im Haus, Ivo!«

»Ich weiß. Sie haben dich drei Jahre lang beschattet.«

»Was du nicht sagst.« Nelly nippt am Kaffee. Auch Ivo hat sich einen Becher vollgeschenkt. Es schneit. Die Seilbahn hat den Betrieb eingestellt. Das Quietschen der Rollen ist verstummt.

»Es ist schön hier oben«, sagt Ivo. »Ich habe die Gegend immer geliebt. Diesen Traum vom alternativen Bauernhof, den habe ich ernsthaft mit dir geteilt. Ich möchte, dass du das weißt.«

»Damals war noch jemand auf dem Gipfel. Außer uns beiden und H. Wer war das?«

»H.s Begleiter. Er sollte absichern. Aber weil es so heftig schneite, hat er uns aus den Augen verloren. Die Amis waren manchmal ziemliche Einfaltspinsel.« Er lacht verächtlich.

Sie kann sich nicht erinnern, dass Ivo jemals überheblich gewesen wäre. Vielleicht hat sie diesen Charakterzug nur ausgeblendet. In ihrem alten Leben, als sie Ivos Frau war und nicht seine Witwe.

»Man hat mir gesagt, du hättest einen Unfall gehabt.«

»Du wusstest, dass es nicht stimmen konnte.«

»Hast du mich erkannt? Als du mit H. sprachst?«

»Er hielt plötzlich die Knarre in der Hand. Ich folgte seinem Blick – und sah dich.« Er bückt sich, stellt den Becher ab. Einfach in den Schnee. Reibt die Hände aneinander. »Alle meine Pläne mussten in Sekunden neuen Strategien weichen.«

»Habe ich H. erschossen?«

Er wiegt den Kopf. »Ich weiß es nicht, Nelly.«

»Wer sonst? Du?«

»Ich schätze, der talentfreie Kollege. Das Schneetreiben ... Man konnte ja kaum etwas erkennen. Ich bin auf und davon. H. lag blutend im Schnee, aus dem Unterholz brach sein Kompagnon, schwang seine Waffe. Mir kam meine Ortskenntnis zugute. So schnell, wie ich zwischen den Bäumen verschwunden war, konnte der gar nicht abdrücken. Danach habe ich den Notfall-Code gesendet. Binnen Stunden war ich über die Grenze in der DDR und von dort haben sie mich in die Sowjetunion geholt.«

»Und niemand hat Verdacht geschöpft? Dass du überlaufen wolltest?«

»Niemand.«

Nelly denkt, dass sie sich daran gewöhnt hat, Ivos Witwe zu sein. Sie ist es länger, als sie seine Ehefrau war.

»Ich habe dein Grab vor zehn Jahren aufgegeben.«

Er zuckt die Achseln, wagt ein Lächeln. »Es war zu früh für ein Grab.«

»Du hast mich all die Jahre im Glauben gelassen, du wärest tot. Und ich wäre schuld daran.«

»Ich hatte keine Möglichkeit, Kontakt aufzunehmen. Die ersten Jahre war es zu gefährlich. Als die Sowjetunion zerbrach, 1991 …«

»Musstest du erstmal sehen, dass du deine Schäfchen ins Trockene bringst.«

»Ich bin vom Kommunismus nicht mehr restlos überzeugt. Die Idee ist gut, finde ich, nur die Ausführung …«

»Du machst dich lächerlich.«

Sie schweigen, und Nelly ist die Stille nicht unangenehm. Wie oft haben sie schweigend ihren Kaffee getrunken, zufrieden mit der Anwesenheit des anderen.

»Du hast nie wieder einen Mann angesehen?«, fragt er schließlich.

»Und du? Wie sieht es aus mit Frauen?«

»Ich hatte Affären, habe aber nicht mehr geheiratet.« Er greift zum Rucksack, holt einen Ziplock-Beutel heraus und reicht ihn Nelly. »Hier. Er sollte nicht nass werden.«

»Was ist das?« Sie starrt auf das rote Büchlein.

»Ein russischer Reisepass.«

Verdutzt sieht sie Ivo an. Damit hat sie nicht gerechnet. Nicht mehr. Manchmal, in den einsamen Jahren, als die Wunden noch frisch waren, hatte sie gegrübelt, ob er sie holen würde. Zu sich. Wo auch immer er war. In solchen Nächten fand sie keinen Schlaf, und erst der Schulalltag am nächsten Morgen katapultierte sie in die Realität zurück.

»Was willst du mir damit sagen?«

»Du bist meine Frau. Ich habe ihnen immer deutlich gemacht, dass ich dich nachholen will. Egal wie lang es dauert.«

»Ihnen? Gibt es sie noch? Die Seilschaften? Die Grüppchen? Die heimlichen Brigaden?« Nellys Herz beschleunigt seinen Rhythmus. Natürlich hat sie recherchiert. Dass es ihn noch gibt, den KGB. Schlagkräftig, perfekt vernetzt, großzügig mit Mitteln aller Art ausgestattet. Schemenhaft sieht sie Ivo vor sich. Es ist beinahe dunkel, es schneit. Unter ihrer Mütze sammelt sich Schweiß. Auch ihre Hände schwitzen in den Handschuhen.

»Ich heiße jetzt Alexej Wladimirowitsch Komarow. Du bist Nadja Komarowa. Meine Frau.«

Nelly lässt die Hand mit dem Pass sinken. Der flehentliche Unterton in seiner Stimme schockiert sie.

»Ich besitze eine schöne Wohnung in Sankt Petersburg und eine Datscha auf dem Land. Ein Apartment in Moskau. Russland ist wunderschön, freundliche Menschen, Theater, Oper, Konzert … Du solltest dich durch die Medien nicht konfus machen lassen. Wir sind keine Feinde.«

»Wir?«

»Die Russen und wir Deutschen.«

»Du bist ein Russe. Wenn ich dich richtig verstanden habe.«

Sie stellt den halbvollen Becher in den Schnee und legt den Ziplock-Beutel daneben. Die Welt ist anders geworden seit damals. Keine Grenzen mehr in der Gegend. Alles scheint beliebig.

»Mit ist klar, das alles kommt sehr plötzlich für dich. Lass dir Zeit, denk in Ruhe darüber nach. Du könntest aufhören mit dem Schuldienst. Deine Pension mit mir zusammen genießen.«

»Ivo, ich bin 59, habe noch ein paar Jahre zu arbeiten, und ich mache meinen Job gern. Der Hof ist endlich abbezahlt. Er ist mein Zuhause!«

»Natürlich, ich …«

»Verdammt, Ivo, ich dachte, ich hätte dich getötet! Ich wusste es nicht sicher, in meinen Nächten hoffte ich, den anderen erwischt zu haben, was natürlich auch schlimm war. Bisweilen schlimmer. Ich konnte mich kaum noch im Spiegel ansehen! Nur mit eiserner Disziplin habe ich mich am Leben gehalten. Ich wollte und durfte an dieser Schuld nicht zerbrechen. Ich hatte nur noch mich selbst!«

Sie spricht leise, er tritt einen Schritt näher, sie merkt, dass er sich schwertut, sie zu verstehen. Er wird schwerhörig, denkt sie.

»In deinem Grab lag ein leerer Sarg, nehme ich an? Oder haben sie H.s Leiche reingelegt?«

»Ich weiß es nicht.« Er zeigt mit dem Finger auf den Beutel mit dem Pass. »Überlege es dir.«

»Von wo bist du aufgestiegen?«, fragt Nelly.

»Von Neubau. Ich habe mich dort in einer Pension eingemietet.«

»Sollen wir zu mir gehen?« Sie bückt sich, hebt den Becher auf. Dann greift sie nach dem Pass, steckt ihn in die Tasche.

»Du meinst – jetzt?« In seinem Gesicht zeichnet sich ein Lächeln ab. Er hat wenige Falten. Von Natur aus? Oder das Resultat einer kosmetischen Behandlung? Sie begreift erst jetzt, dass sie nichts über ihn weiß. Niemals wusste. Sie kannte einen Ivo, den es ausschließlich in ihrem Kopf gab. Den Lehrer Ivo, den Träumer, den Charmeur. Nicht den Spion.

»Bist du allein hier?«

»Sicher, ich bin außer Dienst. Einfach ein russischer Tourist.«

Sie erwidert sein Lächeln. »Ein Spion a. D.«

»Könnte man so sagen, ja.« Er entspannt sich. Wirkt erleichtert. Heiter beinahe.

Sie setzt sich in Bewegung. Spürt, wie er ihr nachkommt, eilig den Rucksack schulternd. Sie bahnt einen Weg durch den Schnee. Verzichtet darauf, die Stirnlampe anzuknipsen. Noch kann sie sich orientieren. Sie will niemanden auf sich aufmerksam machen. Wenngleich kaum zu vermuten ist, dass bei diesem Wetter noch Leute auf dem Berg sind. Aber man weiß nie. Die letzten Jahre haben immer mehr Verrückte produziert.

Er holt auf. Nebeneinander stapfen sie abwärts. Die Flocken fallen dicht an dicht. Nelly bückt sich, Ivo geht ein paar Schritte weiter, ehe er merkt, dass sie hinter ihm ist. Er stutzt, ein Profi, der Gefahr riecht. Vor ihm liegt das Schneeloch, kaum noch zu erkennen im Dunkeln, die Felsen sind schwarze Ungetüme. Sie ist schneller als er. Der Stoß sitzt, kein Laut der Überraschung kommt aus Ivos Mund. Er stürzt über die Felsen, versucht, mit den Armen rudernd, sich zu fangen, es gelingt nicht, die Stufen sind schneebedeckt und rutschig, sein Kopf schlägt gegen eins von den steinernen Monstern. Bewegungslos bleibt er liegen.

Nelly wartet. Zehn Minuten, zwanzig. Ivo rührt sich nicht. Langsam steigt sie zu ihm hinunter. Fühlt nach seinem Puls. Nichts.

Zu Hause spült sie den Kaffeebecher ordentlich aus und wirft ihn in den Müll. Die Pistole verschwindet in ihrem Versteck. Sie schürt den Kamin an, legt den Reisepass von Nadja Komarowa zwischen die Scheite und sieht zu, wie die Flammen in das rote Büchlein schlüpfen. Anschließend nimmt sie ein heißes Bad, bevor sie ihr Handy einschaltet und Michaels Nummer wählt.

»Hallo, Nelly, wie war der Elternabend?«

»Ging so. Willst du noch zu mir rauskommen?«

»Bin schon unterwegs.«

»Prima, bis gleich.« Nelly heizt den Backofen vor, nimmt zwei Tiefkühlpizzen aus der Truhe und öffnet eine Flasche Bardolino.

Zwanzig Minuten später hört sie Michael in seinem SUV vorfahren. Es schneit jetzt sehr stark.

»Ich heiße Nelly Wegener«, murmelt sie zu sich selbst. »Ich bin Ivos Witwe.« Dann geht sie zur Tür und öffnet.

Ochsenkopf, 1.024 m
Fichtelgebirge

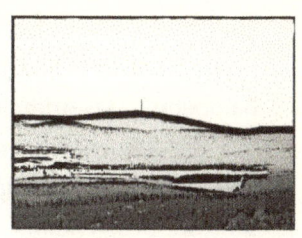

Mein Ochsenkopf

Wir fahren auf der A 70 nach Osten – und warten, bis er auftaucht. Jedes Mal das gleiche Spiel. Wer sieht ihn zuerst? Sofern Wolken und Dunst ihn freigeben. Merke: Das Fichtelgebirge folgt immer und stets seinen eigenen Regeln.

Der mit dem schlanken, langen Mast ist es, der Ochsenkopf. 1.024 m. ü. NHN. Mein Lieblingsaufstieg: von Bischofsgrün ab in den Wald, Goethes Fußabdrücke sind quasi noch zu erkennen. 1785 kletterte der Wortgewaltige auf den Gipfel und zeichnete eine Felsformation, die seitdem »Goethefelsen« heißt.

Erinnerungssplitter: Betriebsausflug zum Ochsenkopf, tiefster Winter, ein Kollege mit Sneakers im kniehohen Schnee. Auf dem Gipfel hat der Wind den Asenturm in einen Panzer aus Eis gezwungen. Zu schön fast, um wahr zu sein. Zu kalt, um lange oben zu bleiben. Sommer: Mückenschwärme verfolgen mich, in der Ferne grollt Donner, ein Wanderer fragt nach dem Stierhaupt am nordwestlichen Ende des Gipfels. Wer hat das in den Felsen geritzt? Ich denke mir eine Geschichte aus. Das ist mein Job, sage ich mir, als der Wanderer beeindruckt nickt. Jetzt flotter Abstieg. Schon setzt der Regen ein.

Friederike Schmöe

In ihrer Schreibwerkstatt verfasst Friederike Schmöe seit 2000 Kriminalromane und Kurzgeschichten; sie gibt Kreativitätskurse für Kinder und Erwachsene und veranstaltet Literaturevents, auf denen sie in Begleitung von Musikern aus ihren Werken liest. Ihr literarisches Universum umfasst u.a. die Krimireihe um die Bamberger Privatdetektivin Katinka Palfy und eine Krimiserie mit der Münchner Ghostwriterin Kea Laverde als Hauptfigur sowie Romane für Jugendliche und Reisebücher. Ihre Kurzgeschichte *Das geheime Wissen der Zofe* erhielt den *Homer 2014* für historische Literatur. Die Story *Das nackte Licht* war 2016 für den *Friedrich-Glauser-Preis* als beste deutschsprachige Kurzgeschichte nominiert.

www.friederikeschmoee.de

Daniela Esch

Am Geigelstein ist Musik

Ascheflöckchen heben sich vom Boden, als die Löschtrupps nach getaner Arbeit zurück in die umliegenden Dörfer fahren. Kleine graue Fetzen wirbeln uns um die Nasen, die sich längst an den beißenden, schmorigen Geruch der Zerstörung gewöhnt haben. Nur unsere Augen können noch immer nicht glauben, was sie sehen.

Traudl seufzt, senkt den Blick und zieht mit der Schuhspitze Kreise in den vom Löschwasser schlammigen Boden. Heinrich presst den Arm fester um die Schultern seiner Frau. Seit wir gestern Abend Hals über Kopf vom Geigelstein abgestiegen sind, stehen Meiers am selben Fleck, halten sich aneinander fest und recken die Hälse. Verzweifelt lassen sie die Blicke über die Trümmer ihrer Existenz schweifen. Kaum etwas haben die Flammen von ihrem Hotel übriggelassen, einzig die Klapptafel, auf der ich in großen Lettern unser Sonnwendfest oben auf der Flönzlalm angekündigt hatte, scheint unbeschadet geblieben zu sein. Der Rest türmt sich wie frisch auf den Tisch gefallene, verkokelte Mikadostäbe übereinander. Direkt neben meinem Zimmer im ersten Stock des Seitenflügels lugt ein freier Stab aus dem Trümmerhaufen hervor. Man könnte ihn locker herausziehen, ohne die darum liegenden Überbleibsel zu bewegen. Ich fixiere die zersprungene Fensterscheibe des kleinen Raums, in dem ich seit über einem Jahr lebe. Von außen ist er schwarz wie alle anderen, aber eingestürzt ist er nicht. Darin wohnen werde ich trotzdem nicht mehr können. Und in der Gaststube Essen servieren auch nicht. Mich fröstelt. Wie konnte das alles nur passieren?

Es ist meine dritte Saison im Hotel *Am Geigelstein*. So lange wie hier in Sachrang bin ich noch nirgends geblieben. Seit ich vor 25 Jahren meine Heimat verließ, lebe ich als Saisonnomadin, habe in 53 verschiedenen bayerischen Orten gelebt, wandere von Alm zu Alm, von Sommer zu Winter zu Sommer, von Hotel zu Hotel. Ohne festen Wohnsitz zu sein, hat mir nie etwas ausgemacht. Bis ich hierher kam. Denn in diesem kleinen Dörfchen nahe der österreichischen Grenze, das ringsum von Berghängen eingerahmt wird, die dicht mit Fichten, Linden und Bergahorn bedeckt sind, ist alles ein wenig anders. Hier brauche ich mich nicht vor den Flammen zu verstecken, hier reihe ich mich in den Reigen der Helfer ein, schöpfe Wasser aus der Tränke und rätsele mit den anderen, wer der Übeltäter gewesen sein mag.

Natürlich war das nicht von Anfang an so. Wie überall sind die Dörfler auch hier schwer zugänglich und argwöhnisch gegenüber Fremden. Aber seit ich beim Spazierengehen den Welpen der Enkelin vom Alois aus dem knöcheltiefen Bach gefischt habe, gelte ich gemeinhin als gute Seele. Und das lässt ein wohliges Gefühl der Wärme und Zugehörigkeit durch meine Adern fließen, das mir zuvor nur mein Talisman geben konnte. Ganz auf ihn verzichten kann ich aber auch hier in Sachrang nicht.

Über uns steht noch immer dichter Rauch in der Luft, durch den sich ab und an ein Strahl der Morgensonne verirrt. Um uns herumgeht es zu wie im Bienenstock. Ganz Sachrang kommt und geht, betrachtet ergriffen die Trümmer und lässt den Hotelbesitzern ein paar wertlose warme Worte da, die in den Rauchschwaden davonwehen, Traudls und Heinrichs Zuversicht folgend, die in der

Nacht von den Flammen fortgerissen wurde. Bei der Erinnerung an ihre geweiteten Augen, die ehrfürchtig und ängstlich zugleich auf das Inferno aus roter Glut und dunklem Qualm starrten, läuft mir ein Schauer über den Rücken.

Ein Bellen reißt mich aus meinen Gedanken. Alois kommt auf uns zu, den Hund seiner Enkelin an der Leine. Ich streichle dem Bologneser über das Köpfchen. Wastls Fell ist samtig weich. Das beruhigt.

»Kreizsacklzement! Do legst di nieda!« Alois bringt auf den Punkt, was wir alle denken. Er nestelt in der Tasche seines Jankers, reicht erst Traudl, dann Heinrich eine mit Butter beschmierte Brezn. Bevor sie ablehnen können, sagt er: »Mia wurscht, ob ihr Hunger habts oder ned, die werdn gessn.«

Das lässt sich Heinrich nicht zweimal sagen. Traudl knabbert bloß ein paar Salzkörner ab, dann drückt sie ihre Brezn Heinrich in die freie Hand. Mir knurrt der Magen. Alois wickelt eine Rosinensemmel aus einer Serviette und reicht sie mir. »Extra für di. Die magst doch so gern.«

Dankbar nehme ich ihm die Semmel ab, zupfe ein paar Rosinen heraus, die esse ich immer zuerst.

»Kaum zum glaubn, dass mia da gestern no fröhlich beinandergsessn san …« Alois betrachtet die Trümmer. Sein Blick verharrt, wo er vor gerade einmal achtzehn Stunden am großen Holztisch in der Stube saß und mit ein paar anderen Dorfbewohnern Maßkrüge aneinanderstieß, bevor wir alle gemeinsam den Geigelstein hochmarschierten. Auch für mich ist es unvorstellbar, dass ich gestern noch durch den Schankraum lief und die Gäste bediente; ein paar Touristen, die mich nicht weiter beachteten, und die Stammtischfreunde, die sich wie immer nach meinem Befinden erkundigten und mit mir über Gott und die Welt ratschten.

»Hauptsache, keinem is wos passiad«, sagt Josef. Na, der Dampfplauderer hat gerade noch gefehlt, denke ich, als er sich zu uns gesellt und die anderen ihn begrüßen. »Ned auszudenga, wenn die Traudl ...«, er schenkt erst ihr, dann mir einen übertrieben mitfühlenden Blick, »oder die Rita ...« Aber recht hat er. So ein Dusel, dass wir alle oben auf der Flönzlalm waren, als das Feuer losging. Nichtsahnend saßen wir inmitten blühender Wiesen und weidender Kühe, genossen die traumhafte Abendluft und freuten uns auf das Sonnwendfeuer.

Die Spezialisten der Polizei rücken an, waten hinter den schwarzgelben Absperrbändern durch den Schutthaufen auf der Suche nach dem Brandherd.

»Woaß ma scho, wia des passiad is?«, fragt Josef.

»Na«, sage ich, »die Polizei tappt no völlig im Dunkeln.«

Wieder entfährt Traudl ein Schluchzen. Heinrich zwirbelt eine Bartspitze über den Zeigefinger. Ich tippele von einem Fuß auf den anderen, versuche, die Kälte loszuwerden, die mir in die Beine fährt.

»I woaß ned, wos do zu untersuchn gibt«, schimpft Josef. »Des war der Feierdeife, die Wuidsau, des sog i dia!«

»Des glaub i aa«, sagt Alois und sein Blick verhärtet sich.

»Ois andere wär a merkwürdiger Zuafoi, oder ned?« Wieder Josef. »Erst die Vogeltränke vorm Dorfladen, dann der Maibaum und der Schuppen vom oidn Xaver. Und jetzt des Hotel.« Er sieht mich erwartungsvoll an.

»Eben«, sage ich, »des bassd zam.«

»I hoff, ihr seids gegn Brandstiftung versichert?«, will er nun von Meiers wissen.

»Freilich.« Heinrich lässt den Finger kreisen, wickelt den Bart herunter. Dann blickt er auf die Uhr. »Es is halbe Neune. Wir müssn des der *Lehmannschen* meldn. Wie heißt no glei die Frau, die wo für uns zuständig is??«

Traudl hebt ratlos die Schultern.

Ich hole mein Handy aus der Dirndltasche, gebe den Namen der Versicherung in die Suchmaschine ein und wähle die Nummer der Hotline. Dann reiche ich Heinrich das Telefon. Er löst sich von seiner Frau und entfernt sich, lässt sie zum ersten Mal seit gestern Abend allein. Ich trete näher an sie heran, lege statt seiner einen Arm um sie. Sie dreht sich zu mir, vergräbt ihr Gesicht in meinem Busen. Die Tränen nässen meine Dirndlbluse. Ungelenk streiche ich ihr über den Rücken, versuche, ihr Trost zu spenden und ertappe mich dabei, dass ich mich selbst mehr bedaure als Traudl. Im Gegensatz zu ihr weiß ich nicht, wie es sich anfühlt, umarmt und getröstet zu werden. Die Momente in meinem Leben, in denen ich so etwas wie eine liebevolle Zuwendung erfuhr, sind rar und lange her.

Ich blicke nach rechts, wo ich die Konturen des Kaisergebirges erahne. Irgendwo dahinter befinden sich meine Heimatstadt und der Hof meiner Familie. Plötzlich frage ich mich, ob sie damals nach mir gesucht haben. Nein, denke ich, vermutlich hatten sie nicht einmal bemerkt, dass ich fortgegangen war. Oder sie waren froh darüber gewesen und verbannten mich genauso schnell aus ihren Gedanken, wie ich sie aus meinen.

Obwohl ich vier Brüder hatte, war ich ein einsames Kind. Denn während sich meine Familie um Feld und Vieh kümmerte, zusammen schaffte, miteinander verschweißt wie ein Uhrwerk, das von morgens bis abends ineinanderwirkte und alles am Laufen hielt, war ich nicht einmal ein Schräubchen. Ich war unnützer Ballast, von Geburt an erkrankt an einem chronischen Husten, der mich schwächte. Oft lag ich den ganzen Tag im Bett, daheim oder in einem Spital, und kränkelte vor mich hin. Da ich so oft fehlte, fand ich in der Schule keinen Anschluss. Die Inhalte konnte ich nacharbeiten, die sozialen Kontakte jedoch nicht. Und so habe ich früh gelernt, immer außen vor zu sein, wie unsichtbar, und wünschte mir doch nichts sehnlicher, als endlich gesehen zu werden.

Heinrich kommt zurück, an seiner Seite Toni, der erste Kommandant der Freiwilligen Feuerwehr Sachrang. Toni hat sich seiner Uniform entledigt, trägt jetzt wieder die Tracht vom Vortag. Müde sieht er aus nach den stundenlangen Löscharbeiten. Mit 200 Mann haben sie gegen die Flammen gekämpft.

»'s tut ma so leid, Traudl«, sagt er. »Mia hom ois versucht, aber der Wind hats uns schwer gmacht.«

»A geh«, sagt Heinrich. »Mach dia koa Vorwürfe.«

»Genau, schuid ist oanzig und aloa der Hintafotzige, der des Feia glegt hat.« Josef kneift die Augen zusammen.

»Toni, magst amoi bei de Herrschaften von der Polizei nachfragen, ob die scho was über die Ursache wissn?«, fragt Josef.

Toni schüttelt den Kopf. »Mia sollten lieber überlegn, was danach ois zum doa is.« Am Absperrband entlang geht er einmal um die Hoteltrümmer herum. Dann spricht er mit einem der Polizisten. Beide nicken. Wieder bei uns, wischt Toni sich über die Stirn.

»Sag scho, wos is?«, fragt Heinrich ungeduldig.

»Das Hinterhaus mit der Küch' und den Tagungsräumen schaugt no ganz guad aus.« Er sieht in die Runde. »Alois, gib der Rita dein Hund.«

Ich nehme Alois die Leine ab.

»Bringst du ihn heim?« Toni deutet auf Wastl. Der wedelt mit dem Schwanz und sieht sabbernd zu mir hoch. Ich nicke.

Schutzkleidung und Klebeband will Toni organisieren und dann die Schlitze von Türen und Fenstern abkleben. Es sei wichtig, erklärt er, die Räume vor aufwirbelndem Ruß zu schützen. Er und Alois gehen rüber zur Feuerwache. Wastl bellt ihnen hinterher. Sanft ziehe ich den Bologneser in die entgegengesetzte Richtung. Je weiter wir uns vom Hotel entfernen, umso unruhiger werde ich.

Wastl überholt mich, läuft voran und zieht mich durch die Sträßchen Sachrangs, vorbei an denkmalgeschützten Bauernhäusern mit bunt bemalten Fensterläden aus Holz und vom Wetter gezeichneten Fassaden. Bereits jetzt am Morgen zirpen in den liebevoll gepflegten Gärten die Grillen und Zikaden von den Grashalmen und Baumkronen. In ihr Konzert mischen sich in harmonischem Einklang das Gezwitscher der Vögel, das Rascheln des Windes, der sanft durch das Blattwerk bläst, das Brummen eines Traktors, der über die Landstraße brettert, und das Heulen einer Kreissäge. Fast dieselben Geräusche, die ich in meiner Kindheit vernahm, wenn das Fenster offenstand und ich vom Bett aus meine Familie bei der Arbeit hörte.

Wie verkorkst mein Leben doch verlaufen ist, denke ich. Zwar besserte sich nach der Mittleren Reife mein Gesundheitszustand, ich war der Krankheit entwachsen, hieß es, doch statt mich auf dem Hof einzubinden, besorgten mir meine Eltern einen Ausbildungsplatz bei einer nahegelegenen Wirtschaft. Schüchtern wie ich war, wurde ich häufig von Gästen und Kollegen übersehen, aber das war ich ja gewohnt, und zunächst kümmerte es mich kaum. Doch nach der Ausbildung, als meine ehemaligen Schulkameradinnen und die jungen Frauen im Ort heirateten, reifte in mir der Wunsch nach einer Partnerschaft, nach Zuneigung, Geborgenheit, Wärme, dem ganzen Programm. Ich wechselte ins *Wirtshaus am Bahnhof* am anderen Ende der Stadt, wo oft Fremde einkehrten. Dort witterte ich meine Chance. Ich studierte verschiedene Blicke und Sprüche vor dem Spiegel ein, trug vor der Arbeit zinnoberroten Lippenstift auf und wagte erste Flirtversuche mit Touristen oder Geschäftsreisenden. Bald bekam ich erste Resonanz: billige Komplimente und mehr Trinkgeld.

Bei Alois angekommen, brauche ich nicht zu klingeln. Wastl bellt, und die Enkelin kommt freudestrahlend aus dem Haus gerannt. Der Hund springt freudig hechelnd an ihren Beinen hoch, und die Kleine juchzt und kichert. Vielleicht lege ich mir auch einen Hund zu, denke ich, als ich zurück zum Hotel laufe, oder eine Katze. Vor meinem Blickfeld taucht der rußige Trümmerberg auf, der einmal so etwas wie mein Zuhause war. Traudl und Heinrich hätten sicher nichts gegen ein Haustier gehabt. Mit voller Wucht kicke ich einen Kiesel vom Gehweg. Es ärgert mich, dass die Flammen alles vernichtet haben. Wären nur die Gästezimmer betroffen, hätte ich vielleicht eine Weile woanders unterkommen und weiter *Am Geigelstein* arbeiten können. Jetzt muss ich mir eine neue Anstellung suchen. Ich bekomme keine Luft, huste, bleibe stehen, versuche zu atmen. Mir fällt ein, dass die Petra von einem *Mountain Resort* in den Dolomiten geschwärmt hat. Vielleicht ist es an der Zeit für eine größere Veränderung. Hauptsache, Tierhaltung ist für Saisonkräfte erlaubt. Noch immer um Luft ringend, greife ich in die Rocktasche meines Dirndls, taste nach meinem Talisman, den ich immer bei mir trage und der mich beruhigt, wenn ich mit dem Daumen darüberstreiche, doch die Tasche ist leer. Wieder schnappe ich nach Luft, röchle. Das kann doch nicht sein. Ich blicke zum Gasthof. Wo hatte ich es zuletzt? Ich kann mich nicht erinnern, und für einen kurzen Augenblick wird alles um mich herum schwarz.

»Guad, dass du wieder do bisd«, sagt Alois, vermummt in einen Schutzanzug aus Kunststoff, mit Kapuze, Atemschutzmaske und Lederhandschuhen. »Die Polizei geht von Brandstiftung aus«, berichtet er. »Die versiegln grad das Vorderhaus für weitere Untersuchungen.«

»Weißd, wo genau sie den Brandherd vermuten?«, frage ich und schaue ganz automatisch hoch in Richtung Gästezimmer.

Alois hebt die Schultern und schüttelt den Kopf.

»Nummer 17, vermutlich«, sagt Heinrich und gibt ein knurrartiges Geräusch von sich. »Auf jeden Foi san die scho a ganze Zeit da zugange, wo amoi des Zimmer war.«

»A geh!« Ich beiße mir auf die Unterlippe. Zimmer 17. Fix Laudon! Bevor ich darüber nachdenken kann, was diese Entwicklung bedeutet, verkündet Toni, dass Hinterhaus und Seitenflügel jeden Moment freigegeben werden.

»Mia retten, wos zu retten is«, sagt Toni und klopft Heinrich vertraut auf die Schulter.

»Des werd vui Arbeit«, stöhnt Traudl.

»Des werd scho! Mia packen alle mit an.« Josef krempelt sich die Ärmel hoch. »Des geht ruckzuck, du wirst es sehen.« Toni leitet unseren Einsatz: »Bringts ois, was ihr tragn könnt, in die Garasch. Bilder, Möbel, Wertsachen, ois.«

Er zählt auf, was danach alles zu tun ist: Löschwasser abschöpfen, damit es keine Wasserschäden gibt, Plastikfolie unter die Möbelfüße schieben, damit die Feuchtigkeit nicht hochkriechen kann, Teppiche zum Trocknen aufhängen und den Brandschutt herausklopfen. Auch ich schlüpfe nun in einen Schutzanzug, setze eine Maske auf und streife Handschuhe über. Josef muss urplötzlich etwas Wichtiges erledigen und verabschiedet sich. Endlich gibt die Polizei ein Zeichen, und wir können loslegen. Ich betrete den Seitenflügel, gehe dorthin, wo einmal mein Zimmer war, scanne mit meinen Blicken den verrußten Boden und die verkokelten Möbel ab, auf der Suche nach meinem Talisman. Noch immer weiß ich nicht, wo und wann ich ihn das letzte Mal hatte. Hier in meinem Zimmer? Oben auf der Alm? Oder in Nummer 17? Mir wird schwindelig. Ich stütze mich auf dem Tisch ab. Geschwächt vom Feuer, kann er mein Gewicht nicht tragen, ein Bein zerbirst, ich taumle, finde wankend in meine Balance zurück, sehe mich um und überlege, ob ich jetzt und gleich in Richtung Dolomiten aufbreche. Ich hole tief Luft, entscheide mich dagegen. Hoffe, dass keiner vor mir findet, wonach ich suche, und mache mich mit wild pochendem Herzen und schwerfälligem Atem an die Arbeit. Ich taste mich durch die angesengten Reste meiner wenigen Besitztümer, hoffe, dass sich ein Loch im Boden auftut und mich verschlingt. Wer hätte gedacht, dass ich mir eines Tages wünschen würde, unsichtbar zu sein.

Jeden Dienstag und Donnerstag kehrte Fridolin mit seinen Spezln im *Wirtshaus am Bahnhof* ein. Als ich ihn dort das erste Mal sah, staunte ich nicht schlecht. Fünfzehn Jahre waren vergangen, seit wir uns im Spital kennengelernt hatten. Ich war dort wegen meines Hustens, ihm wurden die Polypen entfernt. Fünf Tage und Nächte lagen wir nebeneinander, teilten unsere Gedanken und Leiden, und als an meinem neunten Geburtstag niemand zu Besuch kam, kaufte er mir einen Schokoriegel und eine Plastikblume im Krankenhaus-Lädchen. Am Tag seiner Entlassung schworen wir uns ewige Freundschaft. Doch ein Wiedersehen blieb aus.

Bis er nun Radler und Palatschinken bei mir bestellte. Es dauerte nur einen winzigen Moment, dann erkannte ich ihn. Das orangerote Haar und die Sommersprossen, die auf seiner unförmigen Nase tanzten, waren unverkennbar. Ich lächelte ihn an, bediente ihn besonders freundlich und aufmerksam, gab ihm sogar hin und wieder Feuer, wenn er sich eine Zigarette anzündete, doch er würdigte mich keines Blickes.

So kräftig ich kann, klopfe ich gegen einen nassen Teppich, den ich zusammen mit Alois über das Rohrgestänge im Garten gewuchtet habe. Erneut hole ich Schwung, stelle mir vor, dass ich dem Fridolin mit dem Holzklopfer eine Watschn verpasse. Gestern waren mir beinahe die Weißwürschtel heruntergefallen, als ich hörte, wie er und seine Frau *Am Geigelstein* eincheckten, um zum Silbernen Hochzeitstag nach altem Brauch mit einem Sprung über das Sonnwendfeuer ihr Glück zu erneuern. Ein Feuer habe ihnen eine glückliche Ehe beschert, erklärte Fridolin lachend. Die brennende

Kutsche damals sei so einmalig gewesen wie ihre Liebe. Seine Worte sogen alles Warme aus mir heraus, und wie damals ließen sie mein Herz gefrieren.

Während ich im *Wirtshaus am Bahnhof* zweimal die Woche um die Aufmerksamkeit und das Erinnerungsvermögen von Fridolin buhlte, bekam mein Talisman eine neue Funktion. Nur noch über die Gravur zu streichen und, wenn ich allein war, die Flamme zu entzünden, um mich daran zu wärmen, reichte nicht mehr. Ich begann zu zündeln. Meist entflammte ich Papier in einem feuerfesten Behältnis, wärmte meine Hände darüber und ließ die Asche hinterher in der Toilette oder in einem Blumenkübel verschwinden. Je größer diese Feuerchen wurden, umso offensiver trat ich auf. Doch was ich auch versuchte, Fridolin blieb unnahbar, geschweige, dass er mich erkannt hätte.

Und dann, eines Frühsommertages, wie gestern trug ich ein Tablett mit Würschteln, hörte ich, wie er seinen Spezln verkündete, er wolle bald heiraten. Mir war, als durchbohre ein Eisdolch meine Brust. Fuchsteufelswild mischte ich mich an seinem großen Tag unter die Hochzeitsgäste. Seine Braut war ein schmales, blasses Persönchen, das so krank wirkte, wie ich im Spital einst gewesen war. Ich lauschte den Reden der Trauzeugen. Auf den ersten Blick habe Fridolin sich in seine Frau verliebt und seitdem keine andere mehr angesehen. Sein freudestrahlendes Grinsen war zu viel für mich. Postwendend verließ ich die Feier, rannte hinaus auf den Parkplatz, direkt auf die Hochzeitskutsche zu und griff nach meinem Feuerzeug. Doch statt es wie sonst nur zu berühren, übermannte mich eine solche Wut, dass ich die Pferde abspannte und mein *Zippo* an das Polster der Sitzbank hielt. Die Flamme bahnte sich schnell ihren Weg durch das Polyester und war rasch so groß, dass ich meine Hände und mich selbst in Sicherheit bringen musste. Ich lief zurück zum Fest und brüllte so laut ich konnte:

»Die Kutsche brennt!« Endlich sah Fridolin mich an, sah mir direkt in die Augen. Ich verharrte kurz, fragte mich, ob er die Genugtuung in meinem Blick bemerkt hatte, dann verschwand ich aus dem Gemenge. Ich eilte nach Hause und verließ noch am selben Abend die Stadt, ohne mich von meiner Familie zu verabschieden. Ich kaufte ein Zugticket nach Deutschland, fuhr auf die andere Seite der Alpen und fand meine erste Anstellung als Saisonkraft in einer Berghütte.

Die nächste Watschn mit dem Teppichklopfer ist für Traudl, die mit Heinrich Löschwasser aus dem hinteren Treppenhaus schöpft. Im Grunde ist dieser ganze Schlamassel ihre Schuld. Wäre sie nicht auf die Idee mit dem Flechtkranz gekommen, wäre das alles nicht passiert. Wieder schlage ich zu. Hätte ich rechtzeitig gewusst, für wen der Kranz aus getrockneten Blumen bestimmt war, hätte ich beim Pflücken das ein oder andere giftige Kraut unter die Blumen gemischt, doch dafür blieb keine Zeit. Die Gaststube war bis auf den letzten Platz besetzt, alle fieberten der Sonnwendfeier oben auf dem Berg entgegen. Bis auf die jungen Burschen, die im Wald das Holz für das Feuer zusammentrugen, hatte sich das ganze Dorf *Am Geigelstein* versammelt, um nach dem Weißwurstfrühstück gemeinsam zur Flönzalm hochzulaufen. Kurz bevor wir aufbrachen, schlich ich mich unauffällig aus dem Schankraum, sammelte erst den Schlüssel von Nummer 17 bei der Rezeption ein, holte dann den Kranz aus meinem Zimmer und stieg die knarzende Holztreppe hoch in den zweiten Stock. Oben angekommen, steckte ich den altmodischen, langen Eisenschlüssel ins Schloss, drehte ihn zweimal nach rechts und betrat das Zimmer von Fridolin und seiner Frau. Obwohl sie erst vor etwas mehr als einer Stunde eingecheckt und die meiste Zeit in der Gaststube verbracht hatten, herrschte ein Heidenchaos. Der Koffer lag offen auf dem Boden, darum herum Frauenkleider, Strümpfe und Schuhe. Ich grinste in mich hinein. Offenbar war er an eine

Schlampn geraten. Bei mir hätte es das nicht gegeben. Wie beim Himmel und Hölle-Spiel hüpfte ich über die Kleidung zu ihrem Bett. Ich hob die Kopfkissen an und schob den Kranz so darunter, dass er zu je einer Hälfte unter beiden Kopfkissen lag. Hoffentlich, dachte ich, würde eines der Kräuter, die ich zwischen Lilien, Klatschmohn und Kornblumen eingeflochten hatte, wenigstens eine allergische Reaktion auslösen, sodass Fridolin und seine Frau ihre Jubiläumsnacht schnäuzend und hustend verbrachten. Unwirsch warf ich eine Handvoll loser, getrockneter Blüten über Kissen und Decken, um die Jubilare auf den Glücksbringer aufmerksam zu machen. Eine Weile blieb ich vor dem Bett stehen, hörte meiner flachen Atmung zu. Ich ließ meine Hand in die Dirndltasche gleiten, strich mit dem Daumen fest über die Gravur des Feuerzeugs. Aber das Ritual verfehlte seine Wirkung. Statt ruhiger wurde ich immer ungehaltener, ärgerte mich, dass ich zwei Stunden lang an dem opulenten Kranz geflochten hatte. Als hätten Fridolin und seine Frau nicht bereits genug Glück miteinander gehabt.

Ich holte das Feuerzeug aus meiner Tasche. Am Anfang war es nur ein beinahe unschuldiges Klicken und Ratschen, als der Daumen den Deckel aufschnippte, am kleinen Reibrädchen drehte und damit Funken erzeugte. Als die Funken den Docht berührten und den Benzindunst entzündeten, war es für einen Moment ganz still in Zimmer 17. Bis der Sauerstoff in den Tank eindrang und die Flamme mit einem leisen Ploppen entfachte. Ich zerrte den Kranz wieder unter den Kopfkissen hervor, riss eine Mohnblume heraus und hielt das Feuerzeug daran. Zischend ging die Flamme darauf über, biss sich schmatzend und knisternd in Blütenblätter und Stängel hinein und verschlang die Fasern in ihrem glühenden Schlund.

Eine Schweißperle läuft mir ins Auge. Was mache ich noch hier? denke ich. Mein Zuhause ist unbewohnbar, es wird nicht lang dauern, dann werden Traudl und Heinrich mir kündigen. Ach was! So weit wird es vermutlich gar nicht erst kommen. Wenn die Polizisten mein Feuerzeug in Zimmer 17 finden, wird bald jeder wissen, dass ich das Hotel in Brand gesetzt habe. Dann werden sie eins und eins zusammenzählen und mich als Feuerteufel enttarnen, werden die Brandspur vom Schuppen des alten Xaver über 53 Almen und Hotels bis hin zu Fridolins Hochzeitskutsche zurückverfolgen ... Aber noch kann ich nicht weg, einmal noch will ich ihn sehen.

Auf dem Weg zur Rezeption, wo ich den Schlüssel zur Nummer 17 wieder ans Holzbrett hängte, schlüpfte ich kurz in mein Zimmer und frischte meinen Lippenstift auf. Das Zinnoberrot bescherte mir sogleich einen schmachtenden Blick vom Alois. Beim Aufstieg und beim Fest wich er nicht von meiner Seite. Sein Interesse, fünf *Chiemseer Halbbitter* und das kleine Intermezzo in Zimmer 17 ließen mich Fridolin und seine Frau fast vergessen. Munter wirbelte ich durch die Außen- und Innenbereiche der Flönlzalm, bediente die Gäste, und zwischendurch tanzten Alois und ich ausgelassen und mit Schwung durch den Saal. Unser Tango war beinahe kriminell. Als es dämmerte, gingen wir Hand in Hand nach draußen, wo der Toni mit seinen Freiwilligen das Sonnwendfeuer anzündete.

»Lass uns aa durch des Feia springn«, nuschelte Alois mir ins Ohr, und ich bekam eine Gänsehaut, aber eine wohlige. Doch dann brach ein Tumult unter den Gästen aus. Zuerst verstand ich überhaupt nicht, was die Aufregung sollte.

»Mia müssn runter, schnell«, brüllte Toni, und ein hektisches Treiben brach los. Und dann hörte ich es: Sirengeheul hatte sich unter das traurige Gebläse der Alphornspieler gemengt, die ihr Abschiedslied jäh unterbrachen. Das Sonnwendfeuer wurde rasch gelöscht, der alte Xaver sollte dableiben und aufpassen, bis es abgekühlt war.

»Des Hotel brennt«, schnappte ich von irgendwo auf, und mein
Herzschlag stolperte. Traudl und Heinrich eilten Toni hinterher.
Ich bat Alois, die Feier aufzulösen, die Almhütte abzusperren und
die Gäste sicher nach unten zu bringen. Dann rannte ich meinen
Chefs hinterher, erfüllt von dem wohligen Gefühl, das ich immer
empfand, wenn eines meiner Feuer solch Furore auslöste. Doch da
war noch etwas anderes: eine seltsame Mischung aus Furcht und
Verständnislosigkeit. Über den Baumwipfeln sah ich die Rauchsäu-
len aus dem Dorf in den dämmrigen Abendhimmel aufsteigen. Es
sah gespenstisch aus. Beim Abstieg ging ich wieder und wieder im
Kopf durch, was in Zimmer 17 passiert war. Nach der Mohnblume schaltete ich den Rauchmelder aus, löste eine Lilie, dann eine
Kornblume aus dem Kranz, zündete sie an und beobachtete, wie
sie verglühten. Und dann noch eine Blume, und noch eine, gerade
so viele, dass der Kranz noch einigermaßen dicht aussah und es
niemandem auffallen würde. Ich klaubte die Asche vom Boden auf,
verfrachtete sie in einen Blumentopf und strich Erde darüber. Anschließend kippte ich das Fenster, damit Dampf und Schmorgeruch
abziehen konnten. Dann ging ich nach unten.

Endlich kommt er. Die Nacht haben Fridolin und seine Frau
in der Pension zwei Straßen weiter verbracht, das Auto steht noch
auf dem Parkplatz neben der Hotelruine. Einen Rollkoffer laut
ratternd hinter sich herziehend, geht er zielstrebig auf Traudl und
Heinrich zu, die Brandschutt zusammenkehren. Er wünscht Meiers alles Gute. Die Kosten für die Übernachtung wolle er trotzdem
begleichen, sagt Fridolin und drückt Heinrich zwei Hunderter in
die Hand. Dann wendet er sich ab, läuft in Richtung Parkplatz, wo
seine Frau auf ihn wartet. Auf halbem Weg bleibt Fridolin stehen,
bückt sich und hebt etwas auf. Er streicht mit dem Daumen darüber, dreht sich um und schaut suchend umher. Unsere Blicke treffen

sich. Selbst von weitem erkenne ich, dass seine Miene kurz erstarrt, dass er begreift, und meine Beine drohen ihren Dienst zu versagen. Wie einen Wanderstock stelle ich den Teppichklopfer vor mir auf den Boden und stütze mich daran ab.

»Moment«, ruft Fridolin seiner Frau zu, »ich bin gleich da.« Und dann kommt er auf mich zu, sieht mir in die Augen. »Wusste ich doch, dass wir uns irgendwoher kennen«, sagt er und reicht mir meinen Talisman.

Ich senke den Blick, nehme das Feuerzeug von Fridolin entgegen, das ich als Jugendliche in einer Kiste auf dem Dachboden gefunden hatte, zusammen mit allerlei Plunder, der mal meiner Großmutter gehört hatte. Mit dem *Zippo* kam damals dunkel eine frühe Erinnerung in mein Gedächtnis zurück. Es war kurz vor ihrem Tod, ich muss zwei oder drei gewesen sein. Sie trug mich auf dem Arm, schnippte mit der freien Hand das Sturmfeuerzeug auf und heizte den Ofen an. Wie ich das Feuerzeug auf dem Dachboden zum ersten Mal in den Händen hielt, betrachtete ich aufmerksam die Initialen, die kunstvoll auf dem Gehäuse eingraviert waren: RS. Renate Schmitz. Die gleichen Initialen wie meine. Wie meine Großmutter ließ ich mit einer Hand den Deckel des Feuerzeugs aufschnippen, drehte mit dem Daumen am Rädchen und entfachte die kleine Flamme. Ich schloss sie in meiner Handfläche ein, spürte, wie sie in mich drang, so warm und vertraut wie Omas Umarmung. Die Erinnerung war plötzlich so deutlich, dass ich ihre Brust an meinem Rücken spürte und die kleine Flamme unter meinen Händen im Takt unseres Herzschlags auf und ab hüpfte.

Ich öffne den Schutzanzug, lasse das *Zippo* in meiner rechten Dirndltasche verschwinden und bin erleichtert, dass es wieder an seinem Platz ist. Langsam streiche ich über die Gravur, die ich Fridolin damals im *Wirtshaus am Bahnhof* so oft unter die Nase gehalten hatte, wenn er nach Feuer für seine Zigaretten fragte. Ich stelle mir vor, wie ich den Deckel aufschnippen lasse, über die winzigen Rillen des kleinen Rädchens streiche, die sich bereits in die Haut meines Daumens eingenarbt haben, daran drehe, die Hand über die Flamme halte und Fridolin seine Hand über meine legt. Ich werde ruhiger, spüre wie mein Herz langsam auftaut.

Doch Fridolin hat seine Hand längst zurückgezogen. Ich suche seinen Blick, schaue ihm ein letztes Mal fest in die Augen, sehe die Fragen darin, die er sich nicht zu stellen traut. Dann wendet er sich ab, geht zurück zu seiner Liebsten, steigt mit ihr ins Auto und fährt davon.

Ich starre auf die Mikadostäbe. Es muss die Erde gewesen sein. Vielleicht war Torf drin. Ich habe mal gehört, dass Zigarettenstummel in Blumenkästen noch Stunden später einen Brand auslösen können. Wie hatte ich das nur vergessen können?

Ich gehe ich zur Klapptafel mit der Aufschrift »Am Geigelstein ist Musik«, mit der ich unser Sonnwendfest angekündigt hatte. Ich denke an das Lied, das gespielt wurde, als die Sirenen unten im Dorf losgingen, denke an Alois' warme Hand in meiner. Mit der Melodie im Ohr wische ich die Kreide vom Schiefer. Ich will keine Spuren hinterlassen. Ich sehe zu Alois. Schade, denke ich. Das hätte was werden können. Ich bücke mich, kratze ein kleines Häufchen Brandasche zusammen und lasse es in meine Dirndltasche wandern. Ich stelle mir vor, wie eine Katze um meine Beine streicht, während ich dieses kleine Andenken zum Schutz vor dem Bösen in meinem neuen Heim in den Dolomiten verstreue. Und ich summe: Ach Himmel, es ist verspielt!

Geigelstein, 1.808 m
Chiemgauer Alpen

Es waren lange Autofahrten von Köln bis ins tiefste Bayern. Unter acht Stunden kamen wir selten in Sachrang an, fuhren wir doch meistens in den Ferien zu meiner Oma, die in dem kleinen Örtchen ein Hotel führte. Auf der Rückbank starrte ich aus dem Fenster auf die vorbeirauschende Landschaft, lauschte Kinder-Hörspielen oder der Musik meiner Lieblings-Reise-Kassette mit Liedern von der Münchner Freiheit, in denen die Nacht über Deutschland und die Tochter der Venus besungen wurden. Wenn wir von der A 8 abfuhren, markierte das Schloss Hohenaschau, dass wir unser Ziel bald erreichten. Dahinter bildeten dicht bewaldete Berghänge eine Schneise, die uns vorbei an kleinen Dörfern führte. Die hohen Gipfel imponierten mir als Großstadtkind gewaltig. Entdeckte ich linkerhand das Kreuz auf dem höchsten Berg, wusste ich: Gleich sind wir da! Und kurz hinter dem Geigelstein fuhren wir in mein Ferienparadies ein, das Leichtigkeit und Unbeschwertheit versprach. Gefühle, die ich auch meiner Heldin Rita von Herzen gegönnt hätte …

Daniela Esch

Daniela Esch schreibt beruflich wie privat, kreativ-literarisch und achtsam-therapeutisch – vom Tagebuch über Werbetexte bis zum Roman. Einige ihrer Kurzgeschichten wurden in Anthologien und Literaturzeitschriften veröffentlicht. 2021 wurde sie mit dem Literaturpreis *Grassauer Deichelbohrer* ausgezeichnet. 2020 erschien ihr Lyrikband *Lektionen in Melancholie*. Sie ist unter anderem als Schreibcoach und Leiterin von Schreibwerkstätten tätig.

www.vollwortkost.de

Beatrix Mannel

Gipfelkunst

Als ich wieder zu mir komme und die Augen öffne, sehe ich über mir den Himmel, wie mit Azuritfunken gesprenkelt.

Azuritfunken?

Ich blinzle ein paarmal. Kein Zweifel!

Dann habe ich diesen mörderischen Sturz also überlebt. Goldene Pigmente von Erleichterung tanzen durch mein Herz. Doch als ich den Blick vom Himmel zu meinem Körper hinabwende, verebbt meine Freude jäh. Durch die zerfetzten, bleiweißen Unterröcke sehe ich meine Beine, merkwürdig verdreht, wie von Hieronymus Bosch für ein Höllenbild gemalt, aber ich spüre sie nicht. Dafür hat sich etwas in meine Lunge gebohrt, das jeden Atemzug in einen Messerstich verwandelt. Trotz all dem ist mir leicht, ja geradezu seltsam wohl zumute. Bilder ziehen rasend schnell durch meinen Kopf, verschwommene Farbflecken, wie Eichenalleen, die am fahrenden Automobil vorbeifliegen.

Mir wird flau bei dem Gedanken, das könnte der Tod sein, mit einem Abschiedsgruß, der mir den Übergang erleichtern soll. Aber ich will keine Reise durch den Kreuzweg meines Lebens. Ich darf jetzt nicht sterben, ich muss das Bild doch noch fertig malen!

Wütend tasten meine blutverschmierten Hände nach Halt in dem Geröll unter mir, ich versuche mich aufzurichten, um dem Tod von der Schippe zu springen. Es ist noch einiges zu erledigen!

Doch das Einzige, was ich bewegen kann, sind meine Augenlider. Ich atme tief ein, gerade wegen des stechenden Schmerzes in meiner Brust, denn Schmerz bedeutet, dass ich lebe. Weit entfernt läuten Kuhglocken, und der Duft von Sommerregen steigt vom feuchten Geröll in meine Nase. Der Regen hat den staubigen Grat vorhin so rutschig gemacht, da hatte er leichtes Spiel.

Der Gedanke daran lässt mich meine Augenlider wieder schließen. Ausruhen, Kraft schöpfen für mein baldiges Aufstehen, mein Weitergehen. Doch ich finde keine Ruhe, vor meinem inneren Auge zieht Bild um Bild vorbei, schneller und schneller … der Tod hat kein Mitleid mit mir, es gibt wohl kein Entrinnen aus dem Diorama meines Lebens …

Ich sehe den östlichen Teil des Klammspitzkamms von oben, dann mich selbst, bepackt mit Staffelei und allerlei Malgerät, wie ich verliebt singend neben ihm herwandere – und das mit Hut und Humpelrock und in vollem Korsett, weil er mein Reformkleid ablehnt.

»Als würdest du mit Spinellschwarz einen Schatten über das aurigelbe Leuchten deiner Kurven werfen,« sagt er, umfasst meine Taille, hebt mich mühelos hoch, als wäre ich einer seiner Borstenpinsel, und küsst mich auf den Mund, mit diesem hungrigen Ausdruck in den Augen, den er immer hat, wenn er meinen Mal-Unterricht um andere Lektionen erweitert.

Unvermittelt springen die Bilder von hier weiter zurück an den Künstlermarkt in Pasing. Polarsilberner Schnee schwebt durch die knisternd kalte Nacht.

Er!

Groß. Geradezu statuarisch. Etwas geht von ihm aus. Als er sich zu dem Stand mit meinen Bildern umdreht, erkenne ich ihn sofort. Der bewunderte Maler aus der Künstlerkolonie in Obermenzing. Dozent an der Münchner Akademie der Künste. Ein geheiliger Hort der Kunst, dessen Patriarchen eher noch weiblichen Kakerlaken Einlass gewähren, als uns Künstlerinnen den Zugang zu erlauben.

Er zieht seinen Fellhandschuh aus und nimmt ein kleines Ölgemälde in die Hand. Mein Mohnblumenstillleben. Mustert es, nickt bedächtig und fragt, wer das gemalt hat. Seine unerwartet warme, tiefe Stimme schmilzt Löcher in die eisige Luft. Durchklingt sogar mein Korsett, vibriert in meiner Brust in venezianisch roten Tönen. Ich bemühe mich um Haltung, will niemandem Eingang gewähren. Gefühle sind schwierig für mich. Malen ist einfacher.

»Das war ich«, beantworte ich seine Frage und muss mich mehrfach räuspern. Er wirkt überrascht, nickt wieder und kauft das Bild. Für seine Gattin, die sicher Gefallen daran fände, auch wenn sie an Kunst kein Interesse hätte. Diese Worte hätten mir Warnung sein können.

Ohne zu feilschen, zahlt er den vollen Preis. Während ich das Bild einpacke, lobt er meinen pastosen Strich. Spricht über die Plastizität des goldenen Skarabäus neben den abgefallenen Blütenblättern am rechten Bildrand. Er will wissen, warum ich ausgerechnet einen Skarabäus und nicht eine Fliege oder einen Schmetterling gewählt habe.

Von so einem angesehenen Künstler zu Details in meinem Bild befragt zu werden, ist völlig neu für mich. Überrascht bemerke ich, wie sich Wirbelstürme aus tiefrotem Jaspis in meiner Körpermitte ausbreiten. Das lässt mich zunächst nur stockend antworten.

Doch während ich mich ihm erkläre, kommen die Worte dann flüssiger, wie mit Leinöl vermischt, und schließlich schauen wir beide, wie in einer einzigen fließenden Bewegung, zusammen in den Nachthimmel. So als würden auch wir uns am Licht der Sterne orientieren, wie der Skarabaeus satyrus, der seinen Weg allein durch das Funkeln der Milchstraße findet.

Wo ich malen gelernt habe?

Ich fühle mich etwas unwohl, als ich die Großherzogliche Malerinnenschule in Karlsruhe als Referenz angebe, aber die Wahrheit wäre für ihn vielleicht nicht zu verkraften. Schnell ergänze ich, dass ich durch den viel zu frühen Tod meiner Eltern nur kurz dort sein konnte.

Betroffen schüttelt er den Kopf, eine Haarlocke, glänzendes Terra Siena, löst sich wie ein übermütiges Kind, das im Flug von einer Schaukel springt. Er ignoriert die Locke, bedauert, dass so ein Talent brach liegen muss, und bietet an, mich als seine Privat-Schülerin aufzunehmen.

Begeistert hämmert mein Herz gegen das Fischbeinkorsett, so laut, dass ich meine, er müsse es hören können. Ich würde alles tun für meine Malerei, wirklich alles. Ich glaube nicht, dass er eine Vorstellung davon hat, wie weit ich gehen würde. Doch ich will keine Almosen. Möchte für ihn arbeiten, seine Leinwände vorbereiteten, spannen, grundieren …

»Wie wäre es, wenn Sie mir im Gegenzug Modell stehen, Sie sind ja, wenn Sie mir die Bemerkung erlauben, eine recht ansehnliche Person«, schlägt er vor.

Auch wenn das nicht gerade das überschwänglichste Kompliment ist, das ich je gehört habe, berührt es mich tief, weil *er* es gesagt hat. Die Hitze, die mir in die Wangen steigt, ist reines Zinnoberrot.

Er legt seine Hand unter mein Kinn und zwingt mich, ihm in die Augen zu sehen. Bei deren Anblick durchfahren mich neugierige Schauer. Keine Farbe, die ich je so gesehen hätte! Und ich kenne mich mit Pigmenten besser aus als jeder andere. Im ersten Moment fühlte ich mich wie umfangen von diesem sonnendurchfluteten Sommerhimmel in Ägyptisch Grün, doch je tiefer ich eintauche, desto mehr verändert sich das Licht darin in etwas Kaltes, ungemein Elektrisierendes.

Ich starre ihn wortlos an, muss schlucken, atmen, nochmal hinsehen, welche Wahrheit ist in diesen Augen zu finden? Wird mich dieser Mann wirklich alles lehren, was er weiß? Ich jedenfalls werde die Stunden als sein Modell dazu nutzen, der eifrigste Adept seiner Kunstphilosophie zu werden.

Doch dann bleibt er beim Malen vollkommen stumm. Offensichtlich soll ich allein durch Beobachten lernen, und das tue ich. Mir entgeht keine seiner Bewegungen, nicht das kleinste Zögern an der Palette. Wie er da steht, in einem Samtkimono in arabischem Malachit, ein Grün, das seiner Iris etwas von ihrem Leuchten nimmt und seine Brust dafür herkulisch wirken lässt. Der Taillengürtel wird im Laufe einer Sitzung immer schlaffer und fällt bisweilen ganz, gibt den Blick frei auf seinen bloßen Oberkörper, den ich nicht in Öl, sondern in Tempera malen würde, ein paar Pigmente Rauschrot vermischt mit Bleiweiß, darüber eine Lasur aus Nelkenrosa.

Genießerisch leckt er immer wieder seine Pinsel an, bevor er sie in die Farbe eintaucht, was im Falle von Rauschrot tödlich enden könnte. Er glaubt, sein Speichel verleihe jeder Farbe das gewisse Je ne sais quoi.

Während ich steif hindrapiert auf der Chaiselongue sitze, frage ich ihn schüchtern nach seinen Ideen über Licht und Schatten, aber er winkt ab, seufzt, bittet um Ruhe und wird immer wütender. Nach langem Insistieren meinerseits verrät er mir, was ihn beschäftigt. »Es ist dieser rote marokkanische Ockerton, das jugendliche Glühen deiner Haut!«, sagt er und wirkt gequält, während seine Worte glimmerleichte Gefühle in mir tanzen lassen. Eine Annäherung!

»Ich fühle mich herausgefordert, dieses Glühen abzubilden, doch solange dein Körper in dem lichttötenden Ballast deiner Kleider weggesperrt ist, kann das niemand schaffen, nicht einmal der heilige Lukas selber. Wie wäre es damit?« Unwirsch reicht er mir ein indisches Seidentuch, das in einem sanften Lapislazuli schimmert.

Ich hätte auch ein löchriges Feigenblatt genommen, das einzig Ungehörige in der Kunst besteht für mich darin, zu leugnen, was ist.

Kaum habe ich die Kleider ab- und das Tuch umgelegt, beehrt uns seine Frau. Sie kommt selten in das Atelier im Garten, und wenn, dann langweilt sie ihn mit Fragen zur Kindererziehung oder der Menüplanung – sie führen ein großes Haus, die ganze Münchner Haute Volée ist bei ihnen zu Gast. Doch sie hat kein Gespür dafür, wie sehr ihn diese Banalitäten langweilen. Es mangelt ihr eindeutig an Respekt gegenüber seiner Kunst. Warum ein Genie heiraten, das man nicht schätzt?

Etwas Nasses tropft von meiner Stirn. Ich reiße die Augen auf und bin entsetzt, wie sehr ich in die Vergangenheit abgetaucht bin. Rückwärts betrachtet erscheint alles lächerlich offensichtlich, so zwingend …

Ich gebe meinen Füßen den Befehl, sich zu bewegen, vergeblich. Blut tropft auf meine zerrissene Bluse. Ich drücke meinen Rücken fester auf das Geröll unter mir, nicht das kleinste Steinchen rührt sich vom Fleck. Was kann ich sonst noch tun?

Ich rufe um Hilfe, doch trotz all meiner Anstrengung kommt nur ein heiseres Stöhnen aus meinem Mund. Wie es scheint, ist der Tod mächtiger als ich und zwingt mich zurück in meine Vergangenheit.

Nachdem seine Frau gegangen ist, drapiere ich mich mit dem Seidentuch auf der Chaiselongue im Atelier, das nicht mehr ganz so kalt ist wie noch im Winter. Seine Blicke wärmen mich, und wo sie forschend auf meiner Haut verweilen, fühlt es sich an, als würde ich von Brenngläsern getroffen.

Stunden später, wieder angekleidet und von seinen Blicken noch immer aufgeladen, betrachte ich das Ergebnis. Mich erstaunt die Wahl dieser doch eher gewöhnlichen Fleischtöne. Wie kann er sich damit zufriedengeben?

Farben bedeuten mir alles, ich kann sie spüren, kann hören, wie sie miteinander sprechen, ich rieche ihren Atem, ihre Wahrheit, und hier sehe ich nur ein Bild und vermisse die Wahrheit.

Wenige Tage später wünscht er das Farbspektakel meiner Venusmuschel zu ergründen. Ich würde ihm womöglich eine ganze Palette in Purpurviolett vorenthalten, nur um ihn zu quälen.

Niemals würde ich meinem Meister etwas vorenthalten! Ich bitte ihn, mir die Positionen zu zeigen, die ihm vorschweben, denn ich möchte ihn glücklich sehen. Meine besten Bilder entstehen aus einem inneren Hochgefühl, während das, was ich im Kummer erschaffe, oft bemüht wirkt, schwunglos und fehlfarbig.

Außerdem bin ich unfassbar neugierig zu erfahren, wie das »Farbspektakel« aussehen wird, denn dieser Teil meines Körpers ist mir bisher ebenfalls verborgen geblieben.

Während er sich diesem neuen Sujet mehrere Tage widmet, bleibt er eigenartig abweisend, hadert immerzu mit den Ergebnissen und zeigt mir keinen einzigen Entwurf. Bis ihm an einem ungewöhnlich heißen Frühlingstag endlich klar wird, was ihn bisher so irritiert hat. Er wünscht subtil auch die Feuchtigkeit meines Schoßes anzudeuten. Luzide Perlglanzreflexe, vielleicht auch etwas Muskovitglimmer.

Als er bemerkt, dass ich nicht ganz verstehe, was er meint, reagiert er endlich wieder voller Wärme und mit einem neuartigen Lächeln, was ihn zum Verführer macht, zum Henker, zum Faun. All das wirkt wie ein Schlag in meine Kniekehlen und verengt meine Brust, so dass ich mich an ihn klammern möchte, um nicht ohnmächtig zu werden.

Ich gebe mich also, um der Kunst willen, diesen seinen neuen Lektionen hin, die er mit äußerster Einfühlsamkeit zu unterrichten weiß. Bewundernswert, wie anders er hier seine feinen Rotmarderpinsel zu gebrauchen versteht. Mit deren Hilfe gelingt es ihm, immer wieder den gewünschten, subtilen Schimmer-Zustand herzustellen.

Doch in mir entfacht dieser subtile Glimmer reines indisches Weißfeuer. Schließlich springt dieses Feuer auf ihn über, setzt uns beide in Brand, bis nichts anderes mehr existiert, als nur diese flammende Lust am anderen, wann immer wir uns sehen.

Obwohl sein Unterricht nicht ein einziges Mal kunstästhetische Philosophien zum Thema hat, beschwingen mich genau diese Erfahrungen zu nächtelangen, einsamen Malsaturnalien, in denen ich Farben neu mische und ausprobiere. Pinsel anders verwende. Ein ungeahnter Schaffensrausch überkommt mich, doch die leidenschaftlichen Ergebnisse verberge ich vor ihm, unsicher, ob meine neuartigen Bilder nicht seinen Spott herausfordern würden. Denn wie könnte ich das ertragen, nun, nachdem die Kunst sich mit der Liebe vereint hat?

Anfang August reist seine Frau mit den Kindern in die Villa nach Maiernigg an den Wörthersee. Er will nun ständig mit mir zusammen sein, und er besteht darauf, dass wir gemeinsam nach Unterammergau in die Sommerfrische fahren. Er will »vom Gipfel der Lust zu den Gipfeln der Berge, um dort die Gipfel der Kunst zu erreichen.«

So viele Gipfel in einem Satz, doch das einzig Wichtige für mich ist, dass wir dem Ruf ins Freie folgen! Endlich mit ihm zusammen malen!

In den Bergen, wo ich noch niemals zuvor gewesen bin.

Er mietet uns in einem kleinen Gasthof ein, jenem, in dem Freigeister und Künstler sehr willkommen sind. Adelina Patti, Ernst von

Possart und Hugo von Hofmannsthal steigen hier ab und haben schon vorgebucht für die Passionsspiele in Oberammergau im nächsten Jahr.

Der erste Aufstieg von der Schleifmühlkapelle zum Pürschling ist trotz all dem Gepäck und meinem engen Rock unvergesslich. Ich kann mich gar nicht sattsehen an all diesen Farbexplosionen vor dem bleichgrauen Karst der Berge und dazu noch der Himmel – so umschließend und weit zugleich, was für eine Lust und Herausforderung, das in einem Bild zu verewigen.

Weil wir so spät losgezogen sind, ist es schon Mittag, als wir den Josephsflecken erreichen, eine Lichtung auf dem Weg zum Pürschlinghaus, einem ehemaligen Bergrefugium von Ludwig II., das jedoch leider dem Verfall anheimgegeben zu sein scheint.

Neben der kleinen Josephsfigur, die zur Verehrung an einem Baum angebracht ist, lagern wir. Mich wundert, warum ausgerechnet hier am Berg des armen Josephs gedacht wird. Wenn ich an ihn denke, sehe ich sterbende Braunsteintöne, machtlos wie getrocknetes Blut. Oder wie sonst fühlt es sich an, wenn die Ehefrau von einem anderen geschwängert wird? Als würde jemand deine Ideen, dein Bild von der Welt stehlen und als das seine ausgeben. Kein Mann, den ich kenne, würde das wissentlich dulden. Mein Blick fällt auf meinen Meister – und der Gedanke daran, was er tun würde, wenn seine Gattin ihm einen Kuckuck unterschieben würde, bringt mich zum Lächeln.

In dem Moment dreht er sich zu mir, sieht es, kommt zu mir und küsst mich auf den Mund. Vielleicht ist es die Hitze, vielleicht auch meine Erschöpfung, aber heute bleiben die bunten Sensationen in meinem Körper aus. Er will wissen, warum ich so Mona Lisa-artig gelächelt hätte, doch als ich es ihm erklären möchte, winkt er ab und küsst mich noch einmal, um mich am Weiterreden zu hindern.

Ich lade unser Gepäck ab, auch wenn alles in mir noch viel weiter hochwill, am liebsten bis zum Gipfel des Teufelstättkopf, die

Aussicht muss dort geradezu atemberaubend sein. Sehen, in welchen Farben sich die Welt von dort oben präsentiert.

Als ich vorschlage, nach einer kurzen Rast weiterzugehen, schüttelt er den Kopf und findet, ich sei unersättlich. Die 1.200 Meter Höhe, die wir jetzt erreicht hätten, sei fürs Erste doch mehr als genug. Dann wünscht er sich, dass ich unser Picknick vorbereite, während er zu malen beginnt.

»Ich habe noch keinen Hunger,« sage ich und gehe hinüber zu ihm, um meine Leinwand zu holen, denn er hat unsere Leinwände hochgetragen. Fragend zeige ich auf seine Leinwand. »Wo ist meine?«

Überrascht schüttelt er den Kopf. »Liebes, jeder trägt sein eigenes Material, das war doch klar!« Dann leckt er seinen Pinsel an und tunkt ihn in seine Palette.

Fassungslos starre ich ihn an, bekomme kaum Luft, als ob er mir das spitze Ende von diesem Pinsel direkt ins Herz gebohrt hätte.

Aber womöglich habe ich ihn heute früh, als ich mir seine Staffelei, die Farben und die Brotzeit umgeschnallt habe, voller Begeisterung und Aufgeregtheit, wirklich falsch verstanden. Morgen werde ich mich besser vorbereiten. Ich breite also die Decke aus, hole Brot und Käse aus dem Rucksack, und als ich fertig bin, rufe ich ihn zu mir, aber er ist so vertieft in seine Landschaft, dass er mich nicht hört.

Wenigstens mein Skizzenbuch habe ich dabei, ohne das gehe ich nie aus dem Haus, sogar in der kleinsten Rocktasche habe ich eines. Ich nehme den weichen Bleistift und fange an, ihn vor der Landschaft zu skizzieren.

Obwohl ich das Buch immer mit mir herumtrage, habe ich schon länger nicht mehr skizziert. Denn in den letzten Monaten war ich allein damit beschäftigt, die Gefühle, die er in mir auslöst, farblich umzusetzen. Ich habe ganz vergessen, wie diese feinen Linien Klarheit schaffen können. Ohne Pinsel und Farben muss ich sehr genau hinschauen. Plötzlich spielen Proportionen wieder eine Rolle, und obwohl ich ihn gerade viel realistischer abbilde, erscheint er mir plötzlich fremd. Ich muss mich auf meine Arbeit konzentrieren, um ihr gerecht zu werden, dabei kommt eine innere Ruhe über mich, die sich wohl anfühlt.

Die Sonne über uns ist nun schon bisschen gewandert, beglänzt sein Haar, das feucht auf seinem imposanten Schädel klebt. Es erstaunt mich, wie schütter es geworden ist, und noch nie ist mir aufgefallen, wie sehr sich sein Bauch über seine Oberschenkel hin wölbt, wenn er sich auf dem Hocker vorbeugt, um mit dem Pinsel Farbe auf die Leinwand zu bringen. Als ich zeichnen will, was er malt, wundert mich der Bildausschnitt, den er gewählt hat, den würde ich nicht einmal für eine Postkarte in Betracht ziehen. Doch womöglich sieht er hier ein Spiel aus Licht und Schatten, das mir entgangen ist. Ich widme mich voller Hingabe den Tannen und dem spitzen Grat, der hinter ihm aufragt.

Plötzlich fällt ein Schatten über meine Schulter auf meine Skizze.

»Misslungen!«, stellt er fest und runzelt die Stirn. »Konzentriere dich lieber auf Landschaften, da sind die Proportionen einfacher!«

Schweigend gelobe ich mir, morgen nichts anderes als meine Leinwand und meine Farben nach oben zu tragen und zwar so hoch ich kann.

Schmerz spaltet meinen Schädel gerade in zwei Hälften und verlöscht für einen Moment alles andere, sogar diese leidigen Erinnerungen.

Als ich wieder zu Kräften komme, blinzle ich ein paar Mal. Das Azuritfunkeln hat sich in tiefes Indigo verwandelt, in dunkel atmende Ruhe.

Nie war er gleich, der Himmel über dem Teufelstättkopf, geradezu launisch erschien er mir. Jeden Tag nahm ich aufs Neue diese

Herausforderung an, stieg immer höher, bis ich endlich sogar die kleine Kletterpartie zum Gipfelkreuz wage. Berauschend! Nur von hier oben werde ich diesen Ammergauer Bergen gerecht. Meine Pinsel und Farben malen den Berg nicht nur, wir *sind* der Berg, und es kommt mir vor, als könne ich sogar spüren, wovon er träumt.

Berauscht und glückstrunken kehre ich an diesem Tag vom Gipfel erst dann zurück, als die Sonne längst am Horizont verschwunden ist.

Er ist lange vor mir gegangen und als ich im Gasthof ankomme, speist er schon mit dem Bürgermeister von Oberammergau zu Abend. So kann ich in tiefen Schlaf fallen, ohne meinen Schaffensrausch mit Worten beflecken zu müssen.

Am nächsten Morgen verkündet er, und wirkt dabei wie eingehüllt in mürrisches Graugrün, dass unsere Zeit vorbei sei und wir zurückmüssten. Die große Jahresausstellung der Kunstakademie erwarte seine fachmännische Unterstützung.

»Pack die Bilder ein und beschrifte sie!«, weist er mich an.

»Wirst du alle ausstellen?«, frage ich, und dann – noch immer ganz durchdrungen von der machtvollen Kraft der Berge – wage ich einen Versuch: »Könnte ich nicht auch ein Bild ausstellen? Ein kleines?«

Er wendet sich mir zu und hüllt mich mit seinem Lächeln in kalten Nebel, der mir die Luft abschnürt.

»Meine Liebe, um Edouard Manet zu zitieren: ›Fräulein Morisot ist zauberhaft. Schade, dass sie kein Mann ist‹ … du weißt ja, dass Frauen nicht ausstellen dürfen, und so sehr ich das auch bedaure, halte ich es doch für angemessen. Natürlich seid ihr mitunter wundervolle Musen, doch eurem Schoß entspringen nun mal eher Nachkömmlinge als wahre Kunst. Aber wer weiß, nach weiteren Unterweisungen wird sicher noch eine akzeptable Künstlerin aus dir.«

Ich schaue ihn an und bin sicher, er hat nicht die leiseste Ahnung, was er mir angetan hat, welchen Sturm seine Worte entfacht haben. Er hat mich an einen Mast auf Boschs Narrenschiff gefesselt und nun treibe ich über ein bleizinngelb gepeitschtes Meer dem graphitschweren Schlund der Hölle entgegen ...

Schmerz explodiert in meinem Kopf und durchbricht diese Bilderflut, mir ist kalt, ich habe angefangen zu zittern. Als ich die Augen öffne, sehe ich den Himmel über mir und erkenne die Milchstraße, nach der auch mein Skarabäus navigiert. Ich muss lächeln, ich habe mir ein Beispiel an diesem Mistkäfer genommen und bin unbeirrt vom Sturm auch durch diese Nacht meinen Weg gegangen.

Die Ausstellung ist eröffnet, und alle Welt redet nur von einem Bild meines Meisters, dem Teufelstättkopf.

Hier, so jubilieren alle, sei das Neue spürbar, hier sei ein farbexplosives Genie am Werk. Man wundert sich, warum das Bild nicht als zentraler Mittelpunkt der Ausstellung zu finden ist, sondern nur am Rande, im Gang, wie beiläufig hindekoriert. Man unterstellt ihm, dass er sehen wollte, ob die Kritiker auch wirklich überall hinschauen.

Es war sehr leicht, seine Signatur in mein Bild zu kopieren, und es dann unter die anderen zu mischen. Er hat sich nicht einmal die Mühe gemacht, beim Hängen der Bilder dabei zu sein, das war unter seiner Würde. Gern überließ er das mir, zumal seine neue Muse dringend seine Unterweisung brauchte.

Ich bin gespannt, was er tun wird – er ist mir, trotz allem, stets so wahrhaftig vorgekommen, und ich halte mich bereit, warte auf ihn. Hoffe, er wird zumindest mir gegenüber eingestehen, dass ich es verdient habe, gesehen zu werden.

Doch er lässt sich feiern und schweigt.

Statt seiner besucht sie mich. Seine Frau, wolkige Ultramarinasche im Seidenkleid, rauscht herein und verlangt, mit mir zu reden.

»Dieses Bild, die Aussicht vom Teufelstättkopf, die die Kritiker so bejubeln, das haben Sie gemalt!« Sie tritt näher zu mir. »Was führen Sie im Schilde? Hat es Ihnen nicht gereicht, seine Geliebte zu sein?« Umgeben von opalroten Blitzen runzelt sie die Stirn, ihre Brust bebt. »Ich habe drei Söhne und ich möchte es ihnen ersparen, ihren Vater als Objekt von Spott und Häme zu sehen.«

Die Früchte seiner Lenden sind mir gleichgültig. Aber ich bin neugierig, woher sie weiß, dass das Bild nicht von ihm ist.

»Wie kommen Sie auf diese absurde Idee?«

»Ich habe Ihr Mohnstillleben!«, sagt sie, als würde das alles erklären. »Ich wusste immer, dass er ein eher mittelmäßiger Künstler ist, der mich nur des Geldes wegen genommen hat.«

»Warum haben Sie ihn geheiratet?«

»Er war der beste Anwärter.« Ein zartes, krapprosa Lächeln huscht über ihre Wangen. »Alle anderen hätten verlangt, dass ich mein Leben mit ihnen *teile*. Diese Ketten haben mich nie interessiert. Solange seine Eitelkeit mit jungen Frauen und lächerlichen Aufgaben in der Akademie befriedigt wird, bin ich vollkommen frei. Das werde ich auf keinen Fall aufgeben!«

»Niemand weiß, dass das mein Bild ist!« Noch nicht, setze ich in Gedanken hinzu und gestatte mir ein Lächeln.

»Darf ich Ihnen einen Vorschlag unterbreiten?«

Sie redet weiter, ohne meine Antwort abzuwarten. »Sie beherrschen seine Signatur sehr gut. Wie wäre es, wenn Sie noch ein paar Bilder vom Teufelstättkopf malen.«

»Warum sollte ich das tun?«

»Nach seinem Tod steigen die Preise.«

»Soweit ich weiß, ist er sehr lebendig!«

»Was, wenn er tragischerweise in den Ammergauer Bergen ver-
unglückt, beim Malen seiner letzten Meisterwerke …«

Das raubt mir für einen Moment den Atem. Verstehe ich das
gerade wirklich richtig?

»Wie das?«

»Nach diesem Erfolg … wollte er auch seiner Ehefrau die
Schönheiten der Berge nahebringen.« Sie sieht betroffen zu Boden,
als müsse sie aufkommende Tränen verbergen. »Und weil er noch
eine andere, weit bessere Aussicht malen wollte, nahm er in Begleitung von Gattin und Modell den Weg von der Kolbenalm über den
südlichen Sonnenberggrat zum Pürschling. Abgelenkt vom Spiel
der Sonne auf den hochragenden Felsformationen, kam es zu dem
entsetzlichen Unglück …«

Pyritschwaden verschleiern ihre Worte, tragen wirklich schon
Trauer und magnetisieren mich mit ihrem graugoldenen Schimmer.

»Warum sollte ich …?«, bringe ich gerade noch heraus.

»Sie sind arm und wollen malen. Ich gestatte Ihnen, sein Atelier im
Garten zu nutzen, und teile die Einkünfte aus den Bildern mit Ihnen.
Sie widmen sich Ihrer Kunst! Und ich kann nach Maiernigg ziehen.«

Sie nimmt die Schultern zurück und steckt eine lockere Haar-
strähne fest. »Vielleicht entdecke ich auch noch weitere Bilder, die
er bis zu seinem Tod unter Verschluss halten wollte.« Sie lacht jetzt
laut. »Neuartige Porträts, vom purpurvioletten Farbspektakel der
geliebten Ehefrau …« sagt sie und schleudert ihre stahlblaue Ent-
schlossenheit in meine Augen. Da ist kein Raum für ein Nein.

Ich glaube ihr, weil das in meine – etwas anderen – Pläne gut passt.
Doch schlecht mit Gefühlen, bin ich blind für die Zwischentöne, sehe
nicht mehr das ganze Bild, die Lasuren, die sie und ihn verbinden.

Erst, als er mich über die Kante gestoßen hat und ich sie im
Sturz noch lächeln sah, wurde mir klar, wie sehr ich mich in ihr
geirrt hatte.

Ein Hustenreiz zwingt mich zurück in die Gegenwart. Ich zittere nun am ganzen Körper, aber in meinem Herzen ist mir warm, weil ich weiß, dass die beiden trotz allem nicht gewonnen haben.

Während ich seine und meine Bilder eingepackt habe, hatte ich viel Zeit nachzudenken. Wie ich mich für seinen Unterricht revanchieren könnte. Und nur um der Kunst willen habe ich seine schwächlichen Farben dann ein wenig angereichert mit Blei und Arsenik. Sollte nicht jede Kunst ein Geheimnis in sich tragen?

Eine tiefe Ruhe überkommt mich.

Bald wird Seltsames mit dem Bild vom Teufelstättkopf geschehen. Der Azurithimmel über dem Berg wird plötzlich aufplatzen oder allmählich abbröseln, je nachdem, wie es um die Luftfeuchtigkeit im Ausstellungsraum bestellt ist. Dann wird jeder die Nachricht lesen können, die ich mit fettem Speck in den Himmel geschrieben und dann mit Wasserfarben übermalt habe.

Es ist zwar schade, dass ich das nicht mehr erleben werde, aber man muss auch bereit sein, Opfer zu bringen für solche Gipfelkunst.

Pürschling, 1.566 m
Teufelstättkopf, 1.758 m
Ammergauer Alpen

Doch wirklich, ich liebe die Berge! Am liebsten sind mir die, die nicht so teuflisch hoch und kein bisschen steil und steinig sind. Und sind wir doch mal ehrlich, ganz egal, wie man es anstellt, es ist leider immer ein Kreuz, auf diese elenden Gipfel zu kommen. Besonders dann, wenn man nicht schwindelfrei ist. Deshalb liebe ich die Berge am allermeisten, wenn sie, gemalt oder fotografiert, mit einem hübschen Rahmen drum herum an einer Wand hängen, wenn sich ihre schweißtreibenden Aspekte also schon in Kunst transformiert haben.

Den Teufelstättkopf habe ich nicht nur wegen seines wundervollen Namens ausgesucht, sondern auch wegen der herrlichen Aussicht, die man von oben hätte, wenn man denn hinaufgehen würde. Anders als ich wagt sich meine bewundernswert schwindelfreie Heldin hinauf! Durch den Berg ändert sich ihre Perspektive, sie erkennt, dass das Unmögliche nur eine von Männern erschaffene Schimäre ist und setzt mit ihrer Gipfelkunst diesem Schwindel ein Ende …

Beatrix Mannel

Beatrix Mannel war nach dem Abschluss ihres Theater- und Sprachwissenschaftenstudiums in Erlangen, Perugia und München erst als Redakteurin und später dann als Autorin für verschiedene Fernsehsender, Produktionsfirmen und das Radio tätig. Sie hat über vierzig Bücher für Kinder, Jugendliche und Erwachsene geschrieben, die in viele Sprachen übersetzt wurden.

Weil sie ihre Freude am Umgang mit Sprache so gern weitergibt, gründete sie zusammen mit Bettina Brömme die Münchner Schreibakademie. Zuletzt erschienen von ihr die Romane *Alabasterball* im Arenaverlag und *Fräulein Kiss träumt von der Freiheit* bei Droemer. Die Autorin lebt mit ihrer Familie in München.

www.beatrix-mannel.de
www.münchner-schreibakademie.de

Marta Donato

Absturz eines Schwarzrocks

Der Junitag war mild. Die Luft fühlte sich leicht an und der Wind strich über die Blätter der Buchen und Ahorne, die voll belaubt im Mischwald rund um die Bachleitner Alm auf halber Höhe zum Gipfel des Hochfelln standen. Georg spießte ein Stück des von Butter glänzenden Kaiserschmarrns mit der Gabel auf. Ließ das Besteck einen Moment mit der Hand kreisen. Von allen Seiten wollte er das goldgelbe Stück Schmarrn, das mit Puderzucker bestäubt und von Rumrosinen durchsetzt war, betrachten, bevor er es mit Genuss in den Mund schob. Selten konnte er einen freien Tag in der Natur genießen. Und auf der Bachleitner Alm, die berühmt war für den Kaiserschmarrn, war er schon ewig nicht mehr gewesen.

Warum machte er so selten eine Wanderung auf einen der Chiemgauer Berge? Er hatte sie doch vor der Haustür. Die Münchner kamen jedes Wochenende in Scharen über die Salzburger Autobahn, nahmen Staus und Gedränge in der Gondel in Kauf, nur um die Aussicht zu genießen, die frische Luft und die urige Almhütte, so wie sich das ein Stadtmensch vorstellte, zu erleben. Georg brauchte nur fünfzehn Minuten mit dem Auto zu fahren. Schon war er an der Gondelstation in der Ortschaft Bergen. Eine nicht mehr ganz moderne Gondel brachte ihn in kurzer Zeit bis hinauf zur Mittelstation. Von dort führte ein sacht ansteigender Pfad zur Alm, der keine besonderen bergsteigerischen Qualitäten erforderte. Jetzt, an einem Dienstagmittag, waren nur wenige Einheimische hochgekommen. Es war fast so wie in früheren Zeiten.

Am Wochenende brauchte man nicht aufzusteigen. Das konnte man getrost bleiben lassen, wenn man nicht von Mountain-Bikern über den Haufen gefahren werden wollte. Auch fußlahme Touris aus der Stadt schafften es, genauso wie er, spielend bis zur Bachleitner, wenn sie die Gondel nutzten. Hinauf zum Hochfelln wagten sich dann doch nur die wirklich ambitionierten Bergwanderer. Da war schon so manches steile Stück dabei, da musste man trittsicher und schwindelfrei sein. Georg hatte noch nicht entschieden, ob er heute die weiteren neunzig Minuten nach oben bewältigen wollte. Zeit genug hatte er.

»Servus, Schorsch! Bist auch amal wieder bei uns heroben?«

Ein bulliger Mensch setzte sich ihm gegenüber auf die Bierbank und versperrte mit seinem Oberkörper die schöne Aussicht. Georg Breitwieser war nicht nach Plauderei. Er wollte seine Ruhe haben. Weshalb sonst ging man auf einen Berg? Gespräche konnte er im Kommissariat in Traunstein zur Genüge führen. War eh Monate her, dass er sich mal frei genommen hatte.

»Servus, Basti!«, gab er maulfaul von sich. Gleichzeitig schob er sich eine weitere Gabel mit der Mehlspeise in den Mund in der vergeblichen Hoffnung, bald wieder für sich zu sein.

»Was machst denn allerweil? Verbrecher jagen? Bist gar dienstlich unterwegs? Sag schon, hinter wem bist denn her?«

Georg sah ihn mitleidig an. Glaubte der alte Schulkamerad wirklich, dass er ihm etwas erzählen würde, wenn es was zu erzählen gäbe? Sie hatten schon zu Schulzeiten kaum Gesprächsstoff gehabt. Weshalb sollte das nun anders sein? Leider gehörte ihm und der Rosi Bachleitner die schönste Alm auf dem Weg zum Hochfelln. Und der Kaiserschmarrn von der Rosi war den Weg da herauf jeden Meter wert. Also musste er den Basti ertragen, ob er wollte oder nicht.

Möglichst unbeteiligt blickte Georg über die Schulterpartie seines Gegenübers und sah einen Paraglider mit buntem Schirm herabschweben. Ein tolles Gefühl musste das sein, so scheinbar schwerelos über die Berggipfel und Baumwipfel zu gleiten. Anschauen tat er sich das gern, für den Flug selbst fehlte ihm der Schneid. Georg deutete mit der Gabel Richtung Paraglider.

»Heute ist gute Thermik. Schau mal, wie elegant der da oben unterwegs ist.«

Sebastian Bachleitner wandte sich nachlässig um und sagte dann:

»Das ist der Hochwürden von Wolfing. Der fliegt zu jeder Jahreszeit hier heroben umeinander.«

»Der Pfarrer von Wolfing?«, fragte Georg ungläubig nach. Er kannte Reinhard Grubinger mehr vom Hörensagen. Georgs Mutter, Katharina Breitwieser, war seit Neuestem wieder eine fleißige Kirchgängerin und schwärmte gemeinsam mit ihrer polnischen Pflegerin von dem Pfarrer, der kurze und anschauliche Predigten hielt und beim Kaffeekränzchen des Frauenbunds charmante Scherze machte. Auch Georgs Neffen, die regelmäßig mit dem Pfarrer Fußball spielten, lobten ihn als Kumpel und guten Schiedsrichter. Grubinger war erst vor einem knappen halben Jahr nach Wolfing versetzt worden: Noch keine vierzig Jahre alt, sportlich und, zumindest in Georgs Augen, ein für das seriöse Amt eines Pfarrers viel zu gutaussehender Mann.

»Die reinste Verschwendung!«, meinte auch seine Mutter. »Der könnt doch an jedem Finger eine haben.«

Wer weiß, dachte Georg hinterhältig, während er den eleganten Flug des Pfarrers beobachtete, vielleicht war ihm die Unvereinbarkeit von Ehe und Amt gerade recht. So konnte er sich die Damenwelt, wenn er denn wollte, ganz einfach vom Hals halten – oder erst recht mitnehmen, was sich ihm bot.

»Und fliegt er nur herum oder sitzt er manchmal auch hier auf der Alm beim Mittagessen?«, wollte Georg wissen.

»Meistens besucht er den Gregori auf seiner Alm oder die Huber-Bäuerin. Die ist ja monatelang auf der Huber Alm, wenn nicht ausnahmsweise die Tochter, die Janna, aushilft. Das kann schon sehr einsam werden bei uns heroben, wenn das Wetter schlecht ist und keine Wanderer oder Touris vorbeikommen.«

»Wer ist denn der Gregori?«

»Hast von dem noch nichts gehört?«

Während Georg die Reste seines Kaiserschmarrns aufaß, das Schüsselchen mit dem Zwetschgenkompott leerkratzte und dabei den fliegenden Schwarzrock nicht aus den Augen ließ, schüttelte er verneinend den Kopf.

»Der Gregori kommt angeblich ursprünglich aus Russland. Genau weiß das niemand. Er lebt aber schon lang oben auf dem Berg in einer kleinen Alm zusammen mit der Zenzi, seiner Kuh. Wasser gibt's im Brunnen vor dem Haus, aber Strom hat er keinen. Der Alte ist nicht erreichbar, wenn was wär'. Das kann man sich heutzutage gar nicht mehr vorstellen.« Sebastian Bachleitner schüttelte den Kopf, als könnte er diese Tatsache am wenigsten verstehen. »Siebzig Jahre ist er inzwischen alt und klapperdürr. Der Pfarrer bringt ihm meistens Lebensmittel nach oben oder Klamotten, die irgendwelche Leute gespendet haben. Und die Huberbäuerin versorgt ihn mit Butter, Käse und Mehl. Manchmal hat sie auch ein paar Eier übrig. Sie bewirtschaftet ihre Alm ja auch, braucht Sachen für die Gäste. Wir bekommen unsere Waren über die Gondelbahn und müssen dann alles zu Fuß heraufschaffen. Bis zur Huber Alm und zum Gregori, der in Sichtweite zur Huberin wohnt, sind dann nochmal weitere zehn Minuten hochzusteigen.«

Georg hörte inzwischen nur noch mit halbem Ohr zu, beobachtete dagegen intensiv den Flug des Pfarrers. Eine Thermik hatte diesen nochmals nach oben gehoben. Doch jetzt näherte er sich vergleichsweise rasch der weiten Almwiese, die sich vor der Bachleitner Alm erstreckte.

»Was macht er denn da?«, rief Georg alarmiert aus, erhob sich von der Sitzbank und eilte von der Terrasse im Laufschritt dorthin, wo der Pfarrer von Wolfing auf den Almboden zustürzte. Schon schlug er hart auf und der Schirm legte sich langsam und sacht über den Körper.

»Wir brauchen den Rettungshubschrauber, Basti!«, brüllte Georg über seine Schulter hinweg. Dann kniete er sich neben das Unfallopfer und versuchte, unter der Ballonseide des Paragliders einen Arm des Pfarrers zu greifen, um seinen Puls fühlen zu können. Doch der fließende Stoff war ihm immer wieder im Weg. Schließlich schob er Schirm und Leinen energisch beiseite, bis er endlich das Gesicht des Opfers sehen konnte. Blaue, starre Augen blickten nach oben. Unter dem Kopf, der auf einen Felsbrocken aufgeschlagen war, verbreitete sich Blut. Auch aus den Ohren begann es rot zu laufen. Georg ahnte, dass hier jede Hilfe zu spät kam, dennoch begann er, den Pfarrer mit Herzmassage und Mund-zu-Mund-Beatmung wieder ins Leben zurückzuholen. Doch Reinhard Grubinger rührte sich nicht. Kein Flackern der Augenlider, keine noch so kleine Bewegung der Finger waren das Ergebnis seiner Bemühungen.

Sebastian Bachleitner war neben Georg getreten und sah auf die beiden herunter. »Lass es gut sein, Schorsch! Dem kann keiner mehr helfen!« Er begann die Gleitsegel, die Georg vom Opfer weg geschoben hatte, von den Trageguten, die der Tote trug, zu lösen.

»Hör auf, ihn zu bewegen!«, herrschte ihn Georg an. »Wir warten auf die Rettung. Dann erst schauen wir uns den Schirm und den Toten näher an.«

»Ist ja gut!«

Die beiden setzten sich neben dem Opfer ins Gras und warteten auf die Ankunft des Hubschraubers, der auch wenige Minuten später auf der Wiese vor der Bachleitner Alm problemlos landen konnte. Sanitäter und ein Notarzt rannten mit einer Trage und einigen Taschen heran. Nach gründlicher Untersuchung bestätigte der Mediziner den Verdacht von Breitweiser und Bachleitner: Reinhard Grubinger hatte den Sturz aus luftiger Höhe nicht überlebt.

»Wir nehmen ihn mit«, sagte der Arzt.

»Bringt ihn in die Rechtsmedizin!« Georg hatte sich während der Untersuchung dem Gleitschirm zugewandt und Sebastian Bachleitner mit der Hand ein Zeichen gegeben. Sie beugten sich beide über die Leinen und sahen sich dann bedeutungsvoll an.

»Die sind aus hochwertigem Nylon. Die reißen nicht einfach so ab,« flüsterte Sebastian dem Schulfreund zu. »Ich glaub, da bist du als Kommissar der Mordkommission gefragt.« Geradezu sensationslüstern und hinterhältig sah er ihn an.

Georg schüttelte sich innerlich und brummte unwillig, kam aber natürlich zum gleichen Ergebnis.

»Aber wer bringt denn einen Pfarrer um?«, fragte Bachleitner dann auch noch überflüssigerweise.

Ja, dachte Georg, wenn man das immer so genau wüsste, weshalb die Leute einander umbrachten. Er blieb ihm die Antwort schuldig und begann vorsichtig, mit Hilfe der Sanitäter, die Tragegurte zu lösen, damit man das Opfer ohne den Gleitschirm transportieren konnte. Dabei kam ihnen auch noch ein Rucksack in die Quere, den der Pfarrer trug. Noch bevor einer der Sanitäter zugreifen konnte, hatte Georg seine Hände dazwischen.

»Den nehme ich an mich!«, sagte er sehr bestimmt. »Herr Bachleitner kann Ihnen erklären, wer der Tote ist. Unserer Ansicht nach wurde er Opfer eines Verbrechens. Deshalb meine Bitte, den Toten in die Rechtsmedizin zu bringen. Ich geb' der Staatsanwaltschaft Bescheid.« Damit wandte sich Georg ab, hing sich den Rucksack von Grubinger über die Schulter und begann im Gehen bereits zu telefonieren. Oberinspektor Huber nahm im Kommissariat von Traunstein die Fakten auf und würde sich um alles Weitere kümmern. Vor allem der Gleitschirm musste von der Kriminaltechnik genau untersucht werden. Nach dem Telefonat widmete sich Georg dem Inhalt des Rucksacks. Und er wurde rasch fündig. Unter einem warmen Pullover und einer Brotzeitbox aus Kunststoff enthielt er einen Plastikbeutel mit weißem, pulvrigem Inhalt.

»Das glaub ich jetzt nicht!«, sagte Georg zu sich selbst. »Wir sind doch nicht in Neapel!« Ohne jeden Zweifel hielt er einen Beutel mit Kokain in den Händen. Wenn er richtig schätzte, wog der Inhalt mindestens ein Pfund, wenn nicht sogar mehr. Hatte der Tote die Droge schon auf den Berg mitgebracht und war sie nicht losgeworden? Oder hatte er sie auf dem Berg in Empfang genommen? Aber von wem? Vom Einsiedler Gregori oder von der Huber-Bäuerin? Das war ja lachhaft. Das gab es doch nur im schlechten Film, dass eine Bäuerin, die Wert auf nachhaltige Landwirtschaft legte, eine Alm und Käserei betrieb, zur Aufstockung der Familienkasse mit Kokain handelte. Schlau wäre es ja schon, dachte Georg weiter. Wer würde denn vermuten, dass auf dem Berg ein blühender Handel mit Kokain gedieh? Und wer würde ernsthaft annehmen, dass der Hochwürden von Wolfing, der so nett mit den Frauen vom Frauenbund scherzte und mit den Buben Fußball spielte, sich gleichzeitig eine goldene Nase an dem weißen Pulver verdiente? War die Welt inzwischen wirklich so schlecht?

Ihn sollte eigentlich nichts mehr wundern, dachte Georg erschüttert. Er erlebte doch wahrlich genug, um zu wissen, dass nichts unmöglich war. Traunstein galt schon lange als Umschlagplatz für das weiße Gold aus Kolumbien. Erst kürzlich hatte er einen spektakulären Fall mit seinem Freund und Kollegen Antonio Fontanaro von der Mordkommission Verona gelöst. Sie hatten einem Hotelier am Chiemsee mit weitläufigen Geschäftsverbindungen an den

Gardasee das Handwerk gelegt. Und nun sollte es also hier auf dem Hochfelln mit dem Drogenhandel weitergehen?

»Was hast denn da?« Sebastian Bachleitner war neben Georg getreten und deutete auf den Beutel. »Hat der Herr Pfarrer dem Gregori wieder einmal ein Waschpulver vorbeibringen wollen und vergessen, es ihm zu geben?«, fragte er unschuldig.

»Waschpulver soll das sein?«, fragte Georg ungläubig nach. »Ist aber schon sehr fein gemahlen, mein ich.«

»Schaut eher wie Mehl aus! Aber das bekommt der Gregori doch von der Huberin. Das braucht der Grubinger doch nicht auf die Alm zu unserem Einsiedler hinauftragen.«

Georg versuchte, mit spitzen Fingern die harte Verknotung des Plastikbeutels zu öffnen.

»Nimm mein Taschenmesser und schneid den oberen Teil vom Beutel ab!«

»Nein, nein, der Beutel darf nicht beschädigt werden! Beweis-material!«, fügte Georg noch unvorsichtig hinzu.

Sebastian Bachleitner machte große Augen. »Beweismaterial? Ja, was denkst denn du, was das da ist?«

Endlich war es Breitwieser gelungen, den Beutel zu öffnen. Er befeuchtete die Fingerkuppe seines linken Zeigefingers und be-rührte damit das Pulver. Zunächst roch er an der Fingerspitze und dann zerrieb er die Menge zwischen den Fingerkuppen. Mehl und Waschpulver meinte er ausschließen zu können. Kosten wollte er keinesfalls. Bereits kleinste Mengen des Schnees reichten aus, um einen Kick oder gar einen Rausch zu bekommen, wenn man an die Droge nicht gewöhnt war. Das war nichts, was er ausprobieren wollte. Die Kriminaltechnik würde seinen Verdacht bestätigen. Da gab es für Georg keinen Zweifel. Er verknotete den Beutel wieder sorgfältig und schob ihn zurück in den Rucksack, den er sich nun endgültig auf den Rücken schnallte.

»Ja, was denkst denn jetzt?«, bohrte der ehemalige Schulkamerad weiter.

»Habt ihr auf der Bachleitner Alm schon mal Leute bewirtet, die dir komisch vorkamen, die unter der Hand kleine Beutel verkauften oder Papierumschläge, sogenannte Briefchen weitergereicht haben?«

»Ja, varreck!«, entgegnete Bachleitner. »Du denkst an Rauschgift, … oder?«

Georg schwieg und wartete ab, ob sich der Almwirt weiter äußerte.

»Was du alles denkst! Das kommt dabei heraus, wenn man den ganzen Tag nur mit Verbrechern zu tun hat!«, ereiferte sich Bachleitner. »Dann ist plötzlich jeder verdächtig oder schuldig!«

»Ich verdächtige dich nicht, Basti, ich frag nur nach, ob dir schon mal etwas aufgefallen ist?«

»Na, nix!«

»Kannst du weg von der Alm? Können wir gemeinsam raufsteigen zum Gregori und zur Huber Alm? Ich muss wissen, ob da oben heute irgendetwas vorgefallen ist oder Leute aufgetaucht sind, die dort nicht hingehören. Ich bin mir sicher, dass dein Einsiedler neugierig Augen und Ohren offenhält und uns Auskunft geben kann.«

»Ja, wennst meinst!« Es klang nicht gerade begeistert, was Georg wunderte. Bisher wollte sein Schulkamerad alles ganz genau wissen. »Bin gleich wieder da! Geb' nur schnell in der Küche Bescheid! Meine Frau hat's nicht gern, wenn ich mich von der Arbeit drück'!«

Das allerdings leuchtete Georg sofort ein. Vermutlich hatte der Basti die Arbeit nicht erfunden. In der Schule hatte er auch lieber abgeschrieben als selber gelernt. Sogar einen Verweis hatte er sich deshalb einmal eingehandelt.

Zwanzig Minuten später hatten sie die kleine, aus grob gehauenen Steinen gebaute Alm des Einsiedlers erreicht. Ein weißhaariger

Mann mit langem, gelblichem Bart saß Zigarre rauchend auf der Hausbank und sah den beiden entgegen. Als er den Bachleitner erkannte, winkte er aufgeregt und erhob sich.

Er ging auf die Männer zu und lachte meckernd. »Ja, was machst denn heut bei mir heroben? Kommst doch sonst immer nur am Freitag!«

Interessiert sah Georg seinen Schulfreund von der Seite an. Was machte der Basti jeden Freitag bei dem verschrobenen Alten?

»Und Besuch hast auch dabei!« Kleine graue Augen musterten Georg ungeniert. »Habt ihr mir auch was mitgebracht?«

»Nein, heute nicht, Gregori. Mein Schulfreund, der Schorsch …«

Bevor Bachleitner in die Details gehen konnte, fiel ihm Georg ins Wort. »Ich bin ein alter Freund vom Sebastian und wollte mal schauen, wie die Aussicht von da oben so ist. Wunderbarer Blick auf den Chiemsee hast du, Gregori. Beneidenswert!«

»Lebst nicht mehr bei uns, gell?«, stellte der Alte scheinbar sachkundig, aber völlig falsch fest. »Die Leut' aus der Stadt sind immer begeistert von der Aussicht.« Dabei zog er an seiner Zigarre, dass dichte Tabakwolken aufstiegen. »Aber dass das nicht immer nur schön, sondern manchmal auch ziemlich langweilig und einsam ist, das bedenken die wenigsten.«

»Und warum bleibst dann heroben, wenn es doch gar nicht so schön ist?«, wollte Georg wissen.

»Ja, unten gefällt es mir noch weniger!« Wieder lachte der Alte meckernd und schaute mit Schalk in den Augen von einem zum anderen.

»Aber heute hast du schon Besuch gehabt. Der Pfarrer war bei dir oder nicht?«

»Da weißt du mehr wie ich! Der Pfarrer war heut nicht bei mir!«

Überrascht sahen sich Georg und Sebastian an.

»Aber gesehen hast ihn schon, oder?« Sebastian wollte es genau wissen. Georg war froh, dass er den alten Spezl dabeihatte. Der kannte offenbar die Marotten des Alten. Wusste, wie man ihn befragen musste, damit er mit der Sprache herausrückte.

»Er ist von meiner Wiese aus gestartet mit seinem Schirm. Aber besucht hat er mich nicht.«

»Von wem hast denn die Zigarre bekommen?«

»Die Janna hat sie mir vorbeigebracht.« Dann ging der Alte um Georg herum und tupfte mehrmals mit dem Zeigefinger auf den Rucksack.

»Wo hast denn den her? Den kenn ich! Der gehört dem Grubinger!«

»Von der Sorte gibt's viele!«, wiegelte Georg ab.

Der Alte schüttelte nur den Kopf, sagte aber nichts weiter dazu.

»Aber Leute aus der Stadt sind heute auch schon heraufgekommen, oder? Gäste, die in Grassau oder in Bergen Urlaub machen?«

»Ich hab' niemand gesehen. Wer soll denn hier gewesen sein?«

Georg musterte Gregori aufmerksam. Ob er die Wahrheit sagte, konnte er nicht entscheiden. »War der Pfarrer bei der Huber-Bäuerin?«

Ein böses Lächeln glitt plötzlich über das faltige Gesicht von Gregori. Nur für einen kurzen Moment schien es so, als wollte er eine abfällige Bemerkung machen. Aber dann zuckte er mit den Schultern und sagte: »Da müsst ihr schon auf der Huber Alm nachfragen!« Er drehte sich um und ging wieder auf seine Hausbank zu. Dort setzte er sich und zog an der Zigarre, dass die Backen in tiefen Höhlen unter den Wangenknochen verschwanden.

»Pfiad di, Gregori!«, verabschiedete sich Bachleitner und führte die linke Hand an eine imaginäre Hutkrempe.

»Habe die Ehre!«

Als sie außer Hörweite waren, fragte Georg: »Glaubst du, dass der Pfarrer wirklich nicht bei ihm war?«

»Keine Ahnung! Der Hallodri ist mit allen Wassern gewaschen und nicht auf den Mund gefallen.«

Die Huber Alm war bereits in Sichtweite. Zwischen den beiden Almen lag eine hügelige Wiese, die mit vielen kleineren und größeren Felsbrocken durchsetzt war. Löwenzahn, Gänse- und Dotterblumen und die inzwischen immer seltener gewordenen Almnagerl leuchteten gelb, weiß und violett im satten Grün. Es hätte alles so schön und friedlich sein können, dachte Georg betrübt. Hinter ihnen erhob sich grau und baumlos weithin sichtbar der Gipfel des Hochfelln mit dem Kreuz. Vor ihnen lag tief unten im Tal das blaue Auge des Chiemsees. Der Blick war wirklich grandios, dachte Georg, aber leben wollte er nicht hier oben. Das wäre nichts für ihn.

Vor der Huber Alm waren zwei Wirtshausschirme aufgespannt und darunter standen vier Tische, von denen zwei bereits besetzt waren.

»Ein Weißbier wäre jetzt nicht schlecht«, meinte Georg. »Ich lad dich ein!«

»Darfst öfter raufkommen zu uns!«

Sie nahmen Platz und wenig später trat eine junge Frau mit aufblondiertem Haar, das sie zu einem dicken Zopf geflochten trug, an den Tisch und fragte nach den Wünschen der Gäste. Sie trug ein weiß-blau kariertes Dirndlkleid mit dunkelblauer Schürze. Die Dirndlbluse zeigte viel Haut und ließ ahnen, was sich unter dem Ausschnitt verbarg. Georg konnte sich gut vorstellen, dass dieses Outfit bei den Gästen gut ankam. Egal ob unten vom Ort oder aus der Stadt. Und außerdem konnte er sich den Gedanken an den Herrn Pfarrer nicht verkneifen. Was der wohl dachte, wenn er in ein solches Dekolletee schauen durfte?

Als die junge Frau die beiden Weißbiere brachte, hielt sie Georg mit den Worten: »Hast einen Moment Zeit für uns?« davon ab, wieder in der Almhütte zu verschwinden.

»Wollt ihr doch noch was essen?«

Georg zog seinen Dienstausweis aus der Hosentasche und hielt ihn der verdutzt dreinschauenden jungen Frau hin.

»Ja, was wollt ihr denn von mir? Was ist denn los?«

Bachleitner schwieg. Er hatte den Kopf gesenkt und sah auf die leere Tischplatte. Offenbar war ihm die Befragung der jungen Frau peinlich.

»Du bist die Janna, richtig?« Soweit hatte Georg die Erzählung seines Schulkameraden noch im Gedächtnis. Die junge Frau nahm langsam auf einem der freien Stühle Platz, die es an dem Tisch noch gab. Aber sie hielt bewusst Abstand zu den Herren, bereit, zu den Gästen zu eilen und Bestellungen entgegenzunehmen, sollte dies nötig sein.

»Ich möchte eigentlich nur wissen, ob der Pfarrer von Wolfing, Reinhard Grubinger, heute auf eurer Alm war.«

Täuschte er sich oder färbten sich die erhitzten Wangen der jungen Frau rot? Einen Moment zögerte sie, als müsste sie sich die Antwort überlegen. »Ja, das stimmt. Der Hochwürden war da und hat Weißwürste gegessen und ein Bier getrunken, bevor er hinüber ist zum Gregori. Dem Einsiedler!«, erklärte sie noch, für den Fall, dass der Kommissar nicht wusste, wer der Gregori war. Breitwieser nahm die Antwort kommentarlos entgegen und warf seinem Schulfreund einen warnenden Blick zu. Er hoffte, dass Bachleitner seinen Mund hielt.

»Hat der Pfarrer hier auf der Alm jemanden getroffen oder sich mit Leuten unterhalten?«

»Um elf Uhr, als er vom Aufstieg ankam, waren noch keine Leute da. Er war unser erster Gast. Und getroffen hat er niemanden.«

»Auch später nicht?«

Verunsichert sah sie Breitwieser an. »Wie später? Er hat seine Würste bezahlt, ist auf die Wiese hinaus und hinüber zur Alm vom Gregori. Ob er dort dann Leute getroffen hat, weiß ich nicht. Da müsst ihr schon den Alten fragen. Und jetzt hab ich zu tun.« Janna stand auf und ging an den nächsten Tisch. Dort hatten sich weitere Gäste niedergelassen.

Nachdenklich ließ Georg sein Weißbierglas in der rechten Hand kreisen. Das Kondenswasser hatte auf dem Holztisch bereits einen deutlich sichtbaren Rand gelassen. Er setzte das Glas an und nahm einen großen Schluck. So kam er nicht weiter, dachte er und sah hinüber zur Hütte des Einsiedlers. Dort hatte sich die Szenerie stark verändert. Vier, nein, sogar fünf Jugendliche standen bei der Alm und redeten auf den Alten ein.

»Was ist denn da drüben los?«, fragte er seinen Schulfreund. »Kennst du die jungen Leute?«

Bachleitner drehte sich um und sagte unbestimmt: »Das sind welche von der Dorfjugend. Die kommen öfter rauf und unterhalten sich mit dem Gregori.«

»Verkauf mich doch nicht für blöd, Basti! Welche Dorfjugend käme auf die Idee, einen Einsiedler zu besuchen, der nicht einmal am Stromnetz hängt? Das glaubst doch selber nicht.« Er erhob sich von seinem Stuhl und machte sich auf, schnellen Schritts zur Alm des Alten zu gehen. Dieser fing wild zu gestikulieren an, woraufhin sich zwei der jungen Burschen umdrehten, und dann fing die ganze Gruppe an, in Richtung Bachleitner Alm und Gondelbahn zu rennen. Sauber, dachte Georg. Was ging denn hier ab? Ihnen nachzulaufen hatte keinen Sinn, also stürzte er an dem Alten vorbei und hinein in dessen Behausung.

»Ja, Moment amal, so geht des net!«, beschwerte sich dieser. »Was willst denn in meiner Hütte?«

Georg stand in der Stube vor einem grob bearbeiteten Holztisch, der vom vielen Abwischen ganz dunkel geworden war. Darauf lagen ein kurzes Stück Salamiwurst und ein Brotzeitbrett, auf dem noch Brotbrösel vor sich hin trockneten. Daneben ein großes Brotmesser und der Rest eines Brotlaibs. Hinter dem Tisch, unter dem schmalen Fensterbrett stand eine Holzkommode, deren oberste Schublade nicht ganz zugeschoben war. Beherzt zog Georg sie auf.

Dort lagen kleine gefaltete Papierbriefchen und eine kleine Brotzeitbox, wie er sie auch schon im Rucksack des Pfarrers gesehen hatte. Er drehte den Deckel auf und fand, was er schon vermutet hatte: fein gemahlenes Kokain. Einige Gramm davon. Damit bestritt der arme Einsiedler oben auf dem Berg seinen Lebensunterhalt. Und der Pfarrer belieferte ihn. Oder war es umgekehrt? Jedenfalls war das alles eine Riesensauerei, wie Georg grimmig feststellte. Nicht einmal an seinem freien Tag ließen ihn die Kriminellen in Ruhe. Er wandte seinen Blick zurück auf den Tisch und besah sich das Brotmesser näher. In seinem Rücken hörte er den Alten schnaufen. »Rühr ja nichts an, Gregori! Hast mich verstanden?«

»Was willst denn von mir? Ich bin doch nur ein armer Schlucker!«

»Schlucker vielleicht schon, aber arm gewiss nicht. Soviel steht fest!«

Auch der Bachleitner steckte seinen Kopf zur niedrigen Tür herein. »Was ist denn los?«

»Ihr setzt euch jetzt auf die Bank da draußen und unterhaltet euch. Ich komm auch gleich raus«, gab Georg Anweisungen. Die beiden schlichen hinaus und murmelten Unverständliches. Georg war es egal. Der Alte lief ihm nicht davon. Er zog sein Handy aus der Hosentasche und rief den Leiter der Kriminaltechnik an. Wenn er Glück hatte, war dieser noch am Fundort der Leiche und sammelte die Teile des Paragliders zusammen.

»Haigermoser, wo sind Sie denn?«, fragte Georg ohne Umstände.

»Wir packen gerade zusammen. Der Hubschrauber wartet schon!«

»Lassen S' den Hubschrauber fliegen und kommen S' bitte hoch zur Huber Alm. Kennen Sie die?«

»Freilich. Kein Problem, Herr Hauptkommissar!«

»Den Gregori kennen Sie wahrscheinlich auch!«

Haigermoser lachte. »Wer kennt ihn nicht, den alten Hallodri!«

Na, großartig, dachte Georg ergeben. Alle kannten jeden, nur er war wieder mal nicht informiert. »Bringen Sie bitte Ihren Koffer mit. Hier müssen Spuren gesichert werden. Haben Kollegen Sie begleitet?«

»Gar kein Problem, Herr Hauptkommissar! Wir sind zu dritt!«

Bestens dachte Georg, verließ die Almhütte und trat wieder ins Freie. Streng sah er dem alten Gregori ins Gesicht. »An deiner Stelle würde ich jetzt mal der Reihe nach erzählen, was sich heute alles ereignet hat! Das wäre für die weiteren Ermittlungen und für dein Strafmaß sehr entscheidend, wenn du meinen wohlmeinenden Rat annehmen willst.«

»Was denn für ein Strafmaß?«, fragte der Bachleitner aufgeregt dazwischen.

»Denn dass du etwas mit dem Mord an Pfarrer Grubinger zu tun hast, darüber sind wir zwei uns ja wohl einig?«

Der Alte lachte wieder sein meckerndes Lachen und zog am inzwischen erkalteten Zigarrenstummel. »Ich und Mord! Schau mich doch an? Wie soll ich denn den Grubinger umbringen?«

»Hat er zu wenig Stoff gebracht heute Morgen? Oder hast du ihm zu wenig geliefert? Habt ihr euch wegen des Geldes gestritten? Hat er dich über den Tisch gezogen, der feine Herr Hochwürden?«

»Schau doch nicht immer mich an! Der Basti hat sich heute Morgen bei mir mit dem Grubinger getroffen. Ihn musst fragen, was gewesen ist! Ich weiß nichts. Ich war hinter der Hütte und hab mich verzogen. Wie ich es immer mach, wenn der Basti und der Grubinger sich treffen.«

»Halt doch dein Maul, du Depp!«, fuhr Bachleitner den Alten an, sprang hoch und wollte sich auf Georg stürzen. Doch dieser wich geschickt aus und der Faustschlag ging ins Leere. Dabei kam der Angreifer ins Taumeln auf dem unebenen Boden und fiel auf einen der vielen Felsbrocken, die vor der Hütte herumlagen. Laut schrie er auf, als er mit dem Knie auf einen der Felsen fiel. Da Georg an seinem freien Tag weder eine Waffe noch Handschellen dabeihatte, war er gottfroh über das lädierte Knie von Bachleitner. Er würde ihm keinesfalls rasch davonlaufen können.

»Ja, was ist denn da los?« Benedikt Haigermoser kam mit zwei Kollegen den schmalen Steig herauf. »Da kommen wir gerade noch rechtzeitig. Sollen die Kollegen den sauberen Herrn festnehmen?«

»Ja, genau, Haigermoser! Festnehmen und die Bergwacht rufen. Wir brauchen nochmal den Hubschrauber.« Während die Polizisten dem vor sich hin schimpfenden Bachleitner Handschellen anlegten, ging Georg zusammen mit Haigermoser zurück in die Hütte. Breitwieser deutete auf das Messer.

»Wenn mich nicht alles täuscht, dann wurden mit diesem Messer die Nylonleinen des Paragliders manipuliert.«

»Das könnt passen!«, meinte auch Benedikt Haigermoser. »Vielleicht finde ich Reste vom Stoff an den Messerzähnen oder Fingerabdrücke.«

»In der Schublade liegt Kokain. Das sollten Sie ebenfalls mitnehmen.«

»Gar kein Problem!« Der Kriminaltechniker war in seinem Element. Unlösbare Probleme gab es für ihn fast nie!

Breitwieser ging wieder ins Freie und setzte sich neben dem Alten auf die Hausbank. »Also, Gregori, was macht ihr hier für Geschäfte?«

»Ja, mei!«, begann dieser wenig vielversprechend. »Von irgendetwas muss der Mensch ja leben! Es wird doch alles immer teurer!«

»Geschenkt, Gregori! … Weiter! Wie ist das abgelaufen?«

»Die Janna hat mit dem Mehl immer auch reines Kokain heraufgebracht und in ihrer Küche mit Koffein gestreckt. Wo sie den Stoff her hat, hat sie mir nie erzählt. Will ich auch nicht wissen. Unten im Dorf war die Verarbeitung zu gefährlich. Sie hat immer nur ein Pfund oder ein Kilogramm nach oben geschafft. Einen Teil des verschnittenen Pulvers hat sie mir gegeben, für die Gäste und die

Dorfjugend. Einen großen Teil hat der Bachleitner abgenommen. Der ist weit übers Land bekannt dafür, dass man auf seiner Alm Stoff bekommt. Jeden Freitag war Übergabe, damit am Wochenende auch im Tal genug da war.«

Plötzlich sprach Gregori perfektes Hochdeutsch, stellte Georg amüsiert fest. Wenn es ums Geschäft ging, wusste selbst der Einsiedler, wie man sich auszudrücken hatte.

»Aber heute ist Dienstag! Was war heute los?«

»Na ja, der Bachleitner und die Janna sind ein Paar. Aber die Janna sieht halt auch den Pfarrer gern. Und der kommt schon mal unter der Woche vorbei und besucht sie. Ohne Schnee! Einfach zum Vergnügen!« Meckernd gab der Alte das zum Besten. »Bisher hat das der Bachleitner nicht mitbekommen. Aber einen Verdacht wird er gehabt haben. Denn kaum war der Pfarrer heute da und drinnen in der Kammer von der Janna, ist der Basti heraufgestürmt und hat die beiden zur Rede gestellt. Gesehen wird er was haben, was ihm nicht gefallen hat.« Der Alte lachte trocken auf. Ihn schien die ganze Sache zu amüsieren.

»Und du hast gesehen, wie er den Paraglider vom Grubinger manipuliert hat?«

»Gesehen nicht wirklich. Er kam direkt von der Huber Alm und ist an mir vorbei in meine Stube gestürmt und mit dem Messer in der Hand davongelaufen, als wäre der Leibhaftige hinter ihm her. Ich hab' gedacht, jetzt sticht er den Pfarrer ab. Aber schon nach wenigen Minuten war er zurück und hat mir das Messer auf den Tisch geworfen! Gesagt hat er nix! Dann hab' ich den Pfarrer gesehen, wie er über die Wiese gelaufen und abgeflogen ist. Gut, hab' ich mir gedacht, nix ist passiert!« Mit wachen Augen musterte Gregori den Kommissar. »Was hat er denn gemacht mit dem Messer?«

»Er hat die Leinen angeritzt, die die Tragegurte und die Schirmkappe miteinander verbinden. Vermutlich hat er gehofft, der Pfarrer würde es noch schaffen und erst knapp unten im Tal abstürzen. Dass der ihm dann auf der eigenen Alm vor die Füße fällt, damit hat er sicher nicht gerechnet.«

»Und was wird aus mir?«, fragte Gregori nach, nun doch ziemlich leise.

»Du hast uns sehr geholfen bei der Aufklärung des Mordes. Alles Weitere regeln die Kollegen vom Drogendezernat. Ich leg ein gutes Wort für dich ein, Gregori. Kannst dich drauf verlassen!«

»Das wär das erste Mal, dass ich mich auf die Polizei verlass!«

Recht hast, dachte Georg, und hatte nicht einmal ein schlechtes Gewissen dabei.

Hochfelln, 1.674 m
Chiemgauer Alpen

Mein Lieblingsberg

Der Hochfelln, ein breiter Felsrücken, von dessen Gipfelkreuz man einen grandiosen Blick auf den Chiemsee hat, überragt die beschauliche Landschaft des Chiemgaus. Ich mag den Berg, der bei meiner Mutter zum Wohnzimmer- und Schlafzimmerfenster hereinschaut. Den ich genießen kann, wenn ich dort auf der Terrasse sitze. Dann dominiert er meine Aussicht wie nichts sonst und verändert je nach Jahreszeit täglich sein Aussehen. Am liebsten mag ich ihn im Winter. Morgens taucht die aufgehende Sonne den tiefverschneiten Felsbrocken vor dunkelblauem Himmel in leuchtende rosa und violette Töne. Für mein Romantikerherz genau das Richtige.

Es ist also nicht überraschend, dass auch mein Kommissar Georg Breitwieser, der für die Mordkommission Traunstein arbeitet, an seinem freien Tag den Hochfelln besucht und sich den Kaiserschmarrn auf der Alm schmecken lässt. Für Kulinarisches ist er immer zu haben. Das hat er durchaus mit mir gemein. Wer selbst einen Kaiserschmarrn zaubern möchte, dem sei meine Website mit Rezepthinweis empfohlen.

Marta Donato

Marta Donato ist Germanistin und Kunsthistorikerin. Sie wurde in München geboren, wo sie heute in einem Medienunternehmen arbeitet. Ihre zweite Heimat ist der Chiemgau. Und ihren Urlaub verbringt sie mit ihrer Familie fast ausschließlich in Italien, einem Land, das wie kein anderes reich ist an Schauplätzen für spannende Romane voller Atmosphäre.

Ihre beiden Kommissare, Georg Breitwieser aus Traunstein und Antonio Fontanaro aus Verona, hat sie schon in vier Kriminalromanen gemeinsam auf grenzüberschreitende Fälle angesetzt.

Dass es die Autorin versteht, Flair und Thrill meisterlich zu verbinden, wissen auch die deutschen TV-Zuschauer, seit das ZDF ihren (unter dem Pseudonym Cristina Camera erschienenen) Italien-Krimi *Die Gärten der Villa Sabrini* für das Hauptabendprogramm verfilmte.

www.martadonato.com

Alexandra Kolb

Schattenkind

Seit fast hundert Jahren, genau genommen seit 1821, bestand der Aignerhof am nordwestlichen Hang des Wallbergs, südlich der Fischer- und Bauerndörfer Rottach und Egern. Er war hoch genug gelegen, um über Häuser und Höfe einen herrlichen Ausblick auf den Tegernsee zu haben, der eingesäumt wurde von den Gipfeln der Baumgartenschneid, Ringspitz und anderer Hausberge. Auf drei Stockwerke verteilten sich Stube, Rauchkuchl, Speis, Waschküche, Werkstatt und die Schlafkammern. Ein Klohäusl neben dem Kuh- und Schweinestall wurde zur Notdurft genutzt. Über komfortable Neuerungen wie Wasser, das direkt ins Haus geleitet wurde, ver- fügte der Aignerhof noch nicht, denn wenn etwas vom Geld üb- rig blieb, verprasste es der Patriarch der Familie, Ludwig Aigner, kurz Wiggerl genannt, lieber am Stammtisch, als es in einen sol- chen »Schmarrn« zu investieren, »den höchstens a Großkopferter braucht«.

Aber viel blieb sowieso nie übrig. Auf den Hängen, die zum Hof gehörten, weideten die Rinder, und mehrmals im Jahr wurde mit der Sense Heu gemäht für die Wintermonate. Die Familie lebte vom Ertrag der Milch und des Käses, den sie herstellte, und von den Ferkeln, die sie hin und wieder verkaufte.

Das reichte gerade aus für Wiggerl, seine Frau, die Tochter Anna, die alte Mutter von Wiggerl, den Knecht und die beiden Mägde.

Wenn der Aignerhof mit mehr Nachkommenschaft gesegnet gewesen wäre als nur mit einer Tochter, hätten sich Anna und Ferdl vielleicht nicht heimlich treffen müssen.

Die Tochter mog den Knecht.

Anna dachte an den Tag, der für sie alles verändert hatte. Wann war das gewesen? War bereits ein Jahr vergangen? Sie hatte nicht damit gerechnet, auf jemanden zu stoßen, als sie an jenem Abend die Tür zum Wallbergkircherl öffnete. Doch direkt vor dem Altar kniete eine Gestalt. In Andacht versunken. Die Hände gefaltet. Schon wollte Anna wieder leise hinausgehen. Da wandte sich der Betende um. Blickte ihr geradewegs in die Augen. So erfüllt, als sei ein Wunder geschehen. Ferdl.

Und der Knecht vom Aigner mog die Tochter.

Anna stand am gusseisernen Herd in der Küche, den sie – ebenso wie den Kachelofen in der Stube – schon in aller Herrgottsfrüh angeheizt hatte. Trotzdem fror sie erbärmlich. Bestimmt war es schon Mittag, aber die Kälte in ihr schien nicht weichen zu wollen. Ihr sonst so zuverlässig wärmendes Jackerl hatte sie bereits übergezogen und sogar ihr Schultertuch – das für den Winter – umgebunden, aber es nutzte nichts.

Vielleicht werd i krank?

Das wäre nicht gut. Alle mussten auf dem Hof mit anpacken. Es war Anfang Mai, sie sollte nach den Kälbern sehen und die älteren von ihren Müttern trennen, damit sie nicht die ganze Milch wegsoffen. Außerdem hätte Anna längst mit dem Ausmisten des Schweinestalls fertig sein und heißes Wasser fürs Wäschewaschen bereiten müssen. Sie hatte noch so viel zu tun, bis der Vater zurückkam.

Ob er alle Ferkerl hat verkaufn kenna?

Sie rieb sich mit den Händen über die Arme. Es fühlte sich an, als ob sich sogar auf dem wollenen Schultertuch kleine Eiskristalle gebildet hätten. Und das an einem warmen Frühlingstag.

Obwohl es nicht ihre Art war zu trödeln und die Arbeit vor sich herzuschieben, nahm sich Anna die Zeit, ging zum Küchenfenster und warf einen Blick hinauf zum Wallbergkircherl. Dort konnte sie sich ab und zu mit Ferdl treffen, ohne befürchten zu müssen, vom Vater erwischt zu werden Am Fenster hielt sie inne, drehte am Knauf und wollte es öffnen, aber es schien zu klemmen. Anna versuchte es mit mehr Kraft, doch ohne Erfolg. Verdutzt hielt sie inne und beobachtete, wie durch ihren Atem die Scheibe beschlug und sich an den Sprossen Eiskristalle bildeten.

So koid? Na, des ko net sei.

Langsam wurde die Scheibe wieder klar. Irritiert schaute Anna hinaus, blickte zum strahlend blauen Himmel und zu den satt grünen Weiden.

I war heit scho draußn! Es is warm!

Oben am Berg erahnte sie das Wallbergkircherl, das heute kaum zu erkennen war. Ein merkwürdiger Schatten schien darauf zu liegen.

I miassad in' Saustoi schaun.

Die Sau hatte im Januar achtzehn Ferkel geworfen! Im Januar! Sechs wollte der Vater behalten – vier zum Mästen, zwei zur Zucht – die restlichen zwölf, alles gesunde, kräftige Tiere, hatte er heute Früh zum Viehmarkt in Miesbach geschafft.

Boid is a zruck. Vielleicht scho am Nachmittag. Und i hob nix gschafft. Net den Stoi und net amoi des Wasser für die Wäsch. Da Vadda werd fuchsdeifeswuid wern.

Längst hätten Leibwäsche und Laken in der heißen Lauge eingeweicht sein müssen, aber Anna wusste, dass alles noch in den Weidenkörben lag. Wenigstens die Mägde und die Mutter arbeiteten emsig. Obwohl … gesehen oder gehört hatte Anna heute noch niemanden – auch nicht den Ferdl.

So koid und so stad.

Aus dem Küchenfenster hatte man einen guten Blick auf die Alm und die Rindviecher. Sollte Anna tatsächlich fortmüssen, um den

Sohn vom Mayrbauern zu heiraten? Der alte Mayr hatte ihrem Vater ein Fuhrwerk, Kutsch- und Holzrückpferde und Kühe versprochen. Wie viele, das wusste Anna nicht. Jedenfalls genug, um ihren Vater zu überzeugen, dass der Mayr-Bua die beste Partie für sie war.

»Der Alois, der mog di! Des is a gstandner Bursch von am vui grässan Hof unten im Tal, woaßt? Die scheenstn Kiah und Sauen! A Maschin zum Pflügn! Koane Ochsen mehr. Sogar des Wasser kimmt aus der Leitung, wie bei die Großkopferten. Und a scheene Aussteuer kriagst obendrein von mia.«

Die Verzweiflung überkam Anna so plötzlich, dass sie sich mit einem Wimmern auf dem Hocker niederließ. Ihr Innerstes sträubte sich gegen den Gedanken, mit dem Mayr-Sohn in die Ehe zu gehen, aber alles deutete darauf hin, dass das längst eine beschlossene Sache war. Ansonsten hätte der Vater auch keine vier Ferkel zum Mästen behalten. Er war wohl längst mit Hochzeitsvorbereitungen beschäftigt.

Eher lauf i mit 'm Ferdl davo. Mei Ferdl. Seit damois am Kircherl.

Leise Stimmen drangen zu ihr. Anna erschrak, denn im ganzen Haus war es bislang unwirklich still gewesen. Die Stimmen kamen von draußen. Oder?

Da Vadda kimmt scho zruck!

Sie sprang vom Hocker auf und eilte durch den Fletz zur Haustür. Im Vorbeilaufen warf sie einen Blick in die Stube, wo die Großmutter eigentlich auf der Bank vor dem Kachelofen hätte sitzen müssen. Die Bank war leer.

Jetzt fiel Anna auf, dass sie sich gar nicht erinnern konnte, am Vormittag der Mutter und der Großmutter Malzkaffee gebracht zu haben. Und wo waren Else und Marta, die Mägde?

»Woidens net den Kas machn? Oder sans mit 'm Vadda mitganga?«, flüsterte Anna vor sich hin und wusste zugleich, dass das unwahrscheinlich war.

Sie wischte sich Tränen aus den Augen, öffnete die Haustür und trat hinaus.

Ein heftiger Windstoß, der sich wie ein Sturm aus Eissplittern anfühlte, drückte sie ins Haus zurück. Die schwere Holztür flog mit einem lauten Knall ins Schloss.

»Wos …«, hauchte sie.

Hatte sie nicht eben noch strahlenden Sonnenschein durchs Fenster gesehen? Hatte nicht der Vater gesagt, dass es in den kommenden Wochen herrliches Frühsommerwetter geben sollte? Er hatte sich noch nie getäuscht!

Mir is so koid.

Ihre Hände zitterten und waren bläulich verfärbt. Anna wollte ein zweites Mal nach der Türklinke greifen, als sie hinter sich ein Knarzen hörte. Sie drehte sich um in Erwartung ihrer Großmutter, doch der Gang war leer. Es knarzte wieder, diesmal kam das Geräusch aus der Stube.

»Großmutter?«

Wos sog i ihra nur, warum i heit no nix gschafft hob?

Sie trat in die Stube. Rechts befand sich der große Kachelofen, in dem die Holzscheite knackten. Es knarzte wieder. Dann schnelle, leichte Schritte. Wie von einem Kind, das irgendwohin läuft.

»Else? Marta? Seids ihr des?«, rief Anna hinaus in den Fletz und wich furchtsam weiter in die Stube zurück. Zugleich wurde ihr bewusst, dass es sich ganz anders anhörte, wenn sich die Mägde durchs Haus bewegten. Else war zu dick, ihre Schritte klangen schwerer. Und Marta, die für eine Magd eigentlich schon viel zu alt war, schlurfte.

»Ferdl?«, flüsterte sie und schrie auf, als sie zu hören glaubte, dass jemand direkt vor ihr von links nach rechts rannte.

»Heilige Mutter Gottes …«, begann Anna zu beten und fühlte, wie ihr die Kälte noch tiefer in die Knochen kroch. Verzweifelt schaute sie zum Herrn Jesus im Herrgottswinkel, so wie sie es in den letzten Monaten oft getan hatte.

Aber i glaub, der Herr Jesus hert mi net und a net die Mutter Gottes. Mei Vadda werd mi dem Alois gebn, und i werd den Ferdl nimma seng.

Der Gedanke schmerzte, trotzdem fühlte sich Anna im Angesicht des Herrn Jesus sicherer.

Die Stube vermittelte ihr ein Gefühl der Geborgenheit. Hier saß man beim Essen, an Winterabenden, wenn es wenig zu tun gab. Letztes Jahr hatten sie sogar ein Foto von sich machen lassen, das nun, hübsch gerahmt, auf dem großen Küchenbuffet platziert war. Der Vater stand mit der Mutter mittig im Bild, vor ihnen saßen Anna und die Großmutter. Sie trugen Tracht und Hüte. Annas Haare waren zu einem dicken Zopf geflochten. Niemand lächelte. Das Foto fiel um.

Anna schnappte nach Luft, wollte weglaufen und schreien, als sich ein wabernder Schatten in der Größe eines Kindes aus dem Dunkel des Fletzes löste und – gefolgt von zwei weiteren, größeren – in die Stube kam. Der Boden knarzte. Anna wandte ihren Blick ab und kauerte sich wimmernd auf die Bank unter dem Herrgottswinkel.

Aus dem Fletz waren ein leises Kichern und wieder schnelle Schritte zu hören. Dann wurde es still. Vorsichtig blickte Anna auf. Die Schatten waren verschwunden, auch das Kichern nahm sie nicht mehr wahr. Dafür knarzten die Stufen der Stiege, die nach oben führte, und die Decke über ihr.

Was passiert da? Werd i verruckt?

Obwohl es immer noch Mittag sein musste, wurde es dunkel in der Stube. Zog ein Gewitter auf? Nein, es dämmerte!

Wos is nur los? I laf zum Ferdl! Oder is er mit auf'n Viechmarkt? I woaß net. Vielleicht is er ja im Stoi.

Anna presste die Lippen zusammen. Sie würde ihn suchen und finden, und dann würden sie gemeinsam davonlaufen! Jetzt gleich! Über ihr knarzte die Stubendecke.

Vielleicht ham mir meine Sinne an Streich gspuit? Vielleicht san die andern doch noch im Haus. I bin a Dummerl. Da Vadda hat scho recht.

Sie fasste neuen Mut, trat aus der Stube, gewillt, nach oben zu gehen und nach dem Rechten zu sehen.

Es werd mi schon net der Deifi holen!

Die Arme schützend an die Brust gepresst, ging sie auf die Stiege zu. Es war stockfinster. Und still.

»… altes Haus …«

Anna schauderte, als sie die Stimme am oberen Ende der Stiege vernahm. Wieder waren Schritte zu hören, die sich näherten, gefolgt von einem hellen Kinderlachen.

»Großmutter? Mutter? Else? Marta?«, schrie sie – und verstummte. Weil die Stimme über ihr männlich war und gewiss nicht zu einer der Frauen im Haus gehörte und weil sich aus der Finsternis schemenhafte Gestalten lösten. Mit einem erstickten Schrei stolperte Anna rückwärts, konnte aber nicht verhindern, dass die Körperlosen einfach durch sie hindurch in die Stube schritten.

Da is der Deifi im Spui!

Anna lief, so schnell sie konnte, zur Haustür und riss sie auf. Noch im Türrahmen wurde sie mit Wucht vom Sturm zurück ins Haus gestoßen. Sie verlor das Gleichgewicht, prallte gegen die Wand und glitt zu Boden.

Verstört sah Anna auf.

Es stand einfach da, das kleine Schattenwesen. Anna starrte es an und erkannte nach und nach ein Mädchen mit Zöpfen. Es war seltsam angezogen. Mit großen Augen starrte es zurück und riss den Mund auf. Sein Gebrüll übertönte Annas Angstschrei. Dann drehte sich das Schattenkind um und rannte in die Stube, wo sich die anderen Schatten versammelt hatten.

Anna verkroch sich in die Ecke hinter der Haustür, wiegte den Oberkörper hin und her, die Arme fest um ihre Knie geschlungen.

I bin verdammt! I bin verloren! I werd wahnsinnig!

Fieberhaft suchte sie nach einer Erklärung. Hatte sie sich sündhaft verhalten?

Ja. Sie wollte ihren Vater hintergehen. Und sie hatte Ferdl geküsst. Reichte das, um von solchen Albträumen heimgesucht zu werden? *I muaß aufwachen! Des ko net wahr sei!* Oder sie wurde tatsächlich verrückt. Im Nachbardorf gab es eine Frau, die mit sich selbst und unsichtbaren Menschen redete, wenn sie durch die Straßen humpelte. Die Leute lachten über sie, und Anna vermutete, dass sie noch Schlimmeres mit ihr anstellten.

Die Stimmen in der Stube wurden lauter. Anna verstand kein Wort. Waren es überhaupt Stimmen? Anna fühlte sich an das Summen eines Bienenstocks erinnert.

Gleich einer Wand aus ineinander verschwimmenden Körpern quollen die Wesen jetzt in den Fletz. Eines davon war das Schattenmädchen. Es schien als einziges einen richtigen Körper und ein Gesicht zu haben. Das Mädchen deutete auf Anna.

Die Schattenwesen kamen auf sie zu, Anna hob schützend die Arme. Abermals gingen diese Wesen durch Anna hindurch, einem kalten Windhauch gleich, der einem ins Innerste fuhr. Anna schloss die Augen, erwartete den Schmerz des Höllfeuers, ein Schwert, das sie zerteilte, oder dämonische Klauen, die sie zerreißen würden.

Da hörte sie durch das Summen hindurch eine ganz klare, ihr wohlbekannte Stimme. Von weit her rief sie ihren Namen.

Anna wagte es, die Augen zu öffnen, konnte gerade noch erkennen, wie die Schattenwesen in den Gewölbekeller verschwanden.

»Anna?!« Die Stimme kam von draußen.

»Ferdl!«, rief sie und blickte verzweifelt zur Haustür. Plötzlich flog diese auf, und der Eissturm fegte Ferdl geradezu herein. Er stürzte in ihre Arme.

»Anna! Anna!«

Unaufhörlich wiederholte er ihren Namen und drückte sie so fest an sich, als ob er sein Glück kaum fassen könnte. Schließlich schob er sie mit ausgestreckten Armen ein Stück weit von sich weg, hielt ihr Gesicht in seinen großen, rauen Händen, nur um sie gleich wieder an sich zu pressen.

»I hob di gfunden. I hob di. I lass di nimmer gehn«, keuchte er.

Anna fühlte seine tränennassen Wangen, musste selber weinen und klammerte sich an ihn.

»Wos is passiert? Is der Vadda zruck? Wo bist du gwesen? Wo sans alle hi?«

Er schüttelte den Kopf. »I woaß net. I woaß goar nix. I woaß nur, dass du weg warst. I hob di gsuacht. So lang gsuacht. I woaß net, wia lang. Mir kimmts vor, ois ob i di a Jahrhundert lang gsuacht hätt. Aber jetzt hob i di wieda und lass di nimmer gehn!«, flüsterte er, küsste sie, roch an ihren Haaren, strich ihr über den Rücken.

»Mia bleim jetzad zam«, stellte Anna fest und schauderte, weil sie daran denken musste, was kurz zuvor geschehen war.

»Wo sans alle hi? Warum is so dunkel? Is es auf d'Nacht?«

»Es is finster, seit i di suach«, antwortete Ferdl.

»I glab, es spukt da herin«, hauchte ihm Anna ins Ohr.

Ferdl gab keine Antwort. Sein Körper versteifte sich. Dann baute er sich schützend vor Anna auf.

Das Schattenmädchen stand plötzlich wieder im Fletz. Es drückte zwei Puppen fest an sich. Die anderen Schatten schienen auch näherzukommen, zumindest schwoll das Summen wieder an. Schon erkannte Anna ihre Schemen, die vom Gewölbekeller heraufkamen und weiter in den ersten Stock hinaufstiegen. Obwohl sie zu schweben schienen, knarzten die alten Dielen.

»Schleich di! Im Namen der Mutter Gottes! Verschwind! Deifi!«, schrie Ferdl das Schattenkind mit zitternder Stimme an und hob drohend die Faust.

Das Mädchen gehorchte. Es riss erschrocken die Augen auf und rannte ebenfalls in den ersten Stock hinauf.

»Kimm, Anna! Schnäi weg!«

Ferdl zog Anna hinter sich her zur Haustür. Er öffnete sie, lief hinaus, verschwand im Dunkel – und Annas Hand griff ins Leere. Der altbekannte Windstoß umfing sie mit klirrender Kälte und warf sie zurück ins Haus. Draußen toste der Sturm.

»FERDL!«, brüllte Anna und kroch auf allen Vieren zur offenen Haustür. Hoffnungslos blickte sie in die Finsternis.

I bin wieder alloa. Mit de Gspenster. Koaner kann mia helfa.

Sie spürte, wie aller Mut sie verließ.

Doch was war das? Aus dem Dunkel stolperte Ferdl wieder herein!

Verwirrt sah er sie an. »Du kannst net fort«, stellte er ungläubig fest und machte die Haustür zu. »Dann … dann bleib i hoid bei dir.« Schluchzend fiel ihm Anna um den Hals.

»Wir müssen uns verstecken«, flüsterte sie und zog Ferdl zur Kellertür.

Es veränderte sich etwas im Haus. Seltsame Lichter, ganz anders als die Petroleumlampen, die sie gewöhnlich aufstellten, leuchteten auf. Die Wände im Fletz – bislang immer weiß gekalkt – strahlten in einem hellen Orange. Der Dielenboden wirkte wie neu. Eigentümliche Gegenstände, für die Anna gar keine Begriffe hatte, lagen auf den Fensterbrettern, lehnten an der Wand und standen im Weg.

»Geisterwerk«, flüsterte Ferdl.

Gemeinsam liefen sie in den Gewölbekeller hinunter.

Auch hier unten war alles anders.

Die Fässer und Krüge, hinter denen sich Anna und Ferdl oft vor dem Vater versteckt hatten, waren ebenso verschwunden wie die Kisten und Körbe voller Kartoffeln, Rüben und Obst. Und wo bisher schwere Holzregale mit Einmachgläsern an der Wand befestigt waren, stand ein großer Metallschrank mit offener Schiebetür, die den Blick auf unförmige Dinge in den schrillsten Farben freigab. Daneben stapelten sich gelbe und blaue Säcke aus einem Material, das Anna nicht kannte. Und auf der großen, hölzernen Werkbank lag eine Art Brett mit Rädern, von denen eines offenbar abgebrochen war.

Die Werkbank vom Vadda. Sie is no do. Und …

Anna sank in die Knie und deutete auf einen alten Vorschlaghammer, der in einer Ecke lehnte. Die Kälte in ihr verwandelte sich in beißende Hitze. Von Trauer und Erkenntnis überwältigt, griff sich Anna in die Haare und rang nach Luft.

»Anna! Wos …? Kimm. Wos is …?«

»Der Hammer! Der Hammer!«, japste sie und deutete mit dem Zeigefinger wie verrückt auf das massive Werkzeug. »Der Hammer!« Mit weit aufgerissen Augen blickte Anna hinauf zu den Gewölberippen an der Decke. Alles wirkte so sauber. Ohne Spinnweben. Frisch gestrichen. Auch die beiden Querbalken, die der Erbauer des Hofs, Annas Urgroßvater, zwischen die Wände gespreizt hatte, um sie zu stützen, wirkten wie frisch geschlagen und neu zugeschnitten.

Ferdl folgte irritiert ihrem Blick.

»I hob mi versündigt«, hauchte Anna so leise, als hätte sie es gar nicht gesagt, sondern nur gedacht.

Ferdl kniete neben ihr und legte tröstend einen Arm um sie.

»Wos moanst? Du? Du doch net! Du bist so a bravs Madl …«

»Du woaßt es nimma?«

Ferdls Mimik verriet, dass ihn jetzt kalte Angst packte. Ahnte er, dass Anna mit ihrem nächsten Satz seine Welt zum Einsturz bringen würde?

»Der Vadda. Der woit mi weggeben. Er woit net, dass mia zwoa … er woit net, dass mia zwoa zamm san. Und mit dem Hammer da … mit dem hat er di derschlagn.«

Ferdl starrte sie mit großen Augen an.

Und noch einmal sagte sie tonlos: »Er hat di derschlagn. Und i hob mi am selben Abend an dem Balken aufgehängt. Ohne di woit i net sei.«

Ferdls Lippen formten Worte, aber er brachte nichts heraus. Sein Blick wanderte fieberhaft hin und her.

Schließlich aber sammelte er sich. »Dei Vadda …«, flüsterte er und nickte. Dann strich er über Annas Wange. »I werd net gehen. I bleib bei dir.«

Schluchzend fiel sie ihm in die Arme.

»I werd hier immer gfangen sei! I bin verdammt! I hob mi schlimm versündigt!«

»Wir können ja Freunde sein, oder?«, sagte plötzlich eine Mädchenstimme hinter ihnen.

Anna und Ferdl fuhren zusammen.

Am Fuß der Kellertreppe stand das Schattenmädchen.

»Ihr tut mir doch nichts, oder?« Das Mädchen lächelte vorsichtig.

»Wos … wos bist du?«

Das Mädchen zuckte mit den Schultern. »Ich heiße Emilia, bin sieben Jahre alt und komme im September in die Schule!«

Ferdl atmete auf. Dann beruhigte er das Mädchen: »Na, mir dean dir nix. Du bist a … Geist? Hat di der Deifi …?«

Emilia blickte die Treppe nach oben, als ob sie jemand gerufen hätte. »Ja, gleich, Papa. Ich komm schon.« Dann wandte sie sich wieder an Anna und Ferdl: »Kommt ihr mit mir zum Spielen in den Garten?«

Sie streckte ihnen die beiden Puppen entgegen. Sie waren hübsch. Ein Junge und ein Mädchen.

Marten und Emir sanken, jeder mit einem Glas in der Hand, in die Liegestühle auf der Terrasse.

»Wie kann man nur Prosecco trinken, wenn man ein gutes Helles haben kann!«, spottete Marten und prostete Emir zu.

»Wie kann man nur um zehn Uhr vormittags schon ein Bier aufmachen?«, kam prompt die Antwort. Emir nippte am Glas, stellte es ab, drückte sich etwas Sonnencreme auf die Handfläche und rieb seinen Oberkörper ein. »Am Rücken musst du mir helfen.«

»Ja«, brummte Marten und beobachtete Emilia, wie sie auf der Almwiese vor ihrem Bauernhaus alles für das Puppenpicknick herrichtete.

»Jetzt haben wir endlich genug Platz«, befand Marten. Er hielt seine linke Hand über die Augen, um sie vor der Mittagssonne abzuschirmen. Sein Blick folgte einigen gemächlich dahintreibenden Gleitschirmfliegern. Wie bunte Adler ließen sie sich in sanften Bögen um den Gipfel des Wallbergs tragen, immer weiter, bis sie aus Martens Sichtfeld verschwanden. »Wir leben wirklich da, wo andere Urlaub machen!«

Emir stimmte zu. »Und ich habe das Gefühl, dass sich die Nachbarn auch langsam an uns gewöhnen.«

Gleichermaßen überrascht wie verärgert setzte sich Marten auf. »Was gibt's da zu gewöhnen? Die sollen froh sein, dass sie uns haben! Der Hof ist wieder ein Schmuckstück. Jetzt fehlen halt noch die Gästezimmer für Wanderer.«

»Die Küche kommt auch nächste Woche, Mittwoch.«

»Für die Küche brauchen wir aber noch jemanden, sonst gibt es bei uns nur Gözleme, Börek und Kebab und sowas«, zählte Marten auf.

»Hey! Das schmeckt!« Emir klang beleidigt.

»Ja, natürlich, aber die Wanderer lieben doch die gutbürgerliche Küche. Erbsensuppe und so …«

»Erbsensuppe!«, maulte Emir. »Sie wollen Erbsensuppe und ganz nebenbei von dir die neuesten Steuertricks!«

»Früher war das hier doch ein Bergbauernhof«, versuchte Marten einen Themenwechsel.

»Nein, echt? Ich hatte angenommen, ein Friseurstudio oder ein Eisstadion. Auf einen Bergbauernhof wäre ich nie gekommen!«

»Jetzt hör auf. Der Hof hat offenbar eine interessante Geschichte. Beim Bäcker hat mir heute eine Frau erzählt, dass sich hier vor hundert Jahren ein schlimmes Liebesdrama abgespielt hat.«

»Aha.«

»Deshalb ist der Hof ewig leergestanden. Deshalb war er so günstig und so heruntergekommen, viel schlimmer als wir gedacht hatten. Die Renovierungen machen mich noch wahnsinnig! Hoffentlich klappt das mit der Küche. Bis Mittwoch ist … sag mal, schläfst du?«

Emir hatte sich ein kleines Handtuch über das Gesicht gelegt und gab keine Antwort. Sein Brustkorb hob und senkte sich ruhig und gleichmäßig.

Mit einem Seufzen griff Marten nach seinem Bierglas, nahm einen tiefen Schluck und schaute versonnen zum Wallbergkircherl, wo er vor vielen Jahren Emir kennengelernt hatte. Glücklich wandte er seinen Blick zu Emilia und ihrem Picknick. Seit einigen Tagen war sie wie vernarrt in diese zwei Puppen. Sie hatte ihnen sogar neue Namen gegeben: Anna und Ferdl.

Kapelle Heilig Kreuz am
Wallberg, 1.722 m
Mangfallgebirge

Tagesausflugs-Tipp: Der Wallberg

Wer Lust hat auf eine abwechslungsreiche und vom Anspruch her eher mittlere Wanderung, dem rate ich, den Wallberg am Tegernsee zu besteigen.

Egal ob man zu Fuß über etwa 900 Höhenmeter vom Parkplatz der Talstation aus oder ganz bequem mit der Wallbergbahn gekommen ist, kann man sich kurz vor dem Gipfel (oder nach der etwas kniffligeren Gipfelbesteigung) im Panoramarestaurant bei einem Hellem (oder in meinem Fall einem Cappuccino) stärken. Danach bietet es sich an, die Wallberg-Kapelle Heilig Kreuz zu besuchen und den wunderschönen Ausblick auf die bayrischen Voralpen zu genießen.

Von dort aus hat man übrigens auch den kompletten Tegernsee im Blick und bei schönem Wetter mindestens ein Dutzend Gleitschirmflieger, die wie bunte Adler am und über dem Gipfel ihre Runden drehen.

Der Rückweg ist der gleiche wie der Hinweg, allerdings sollte man sich mental auf halsbrecherische Mountainbike-Manöver vorbereiten, bei denen die Fahrer – mal mit mehr, mal mit weniger Abstand – an einem vorbeibrettern (bergab sind sie sehr viel flotter als bergauf).

Aber wer's gemütlich mag, steigt einfach wieder in die Gondel, die einen in etwa zehn Minuten hinunter bringt.

Alexandra Kolb

Die Dachauerin Alexandra Kolb übt seit zwanzig Jahren mehrere Kampfsportarten aus. In Taekwondo trägt sie den Schwarzgurt. Für die Mittelalter-Schaukampftruppe, die sie gegründet hat, hält sie eine beachtliche Waffensammlung parat. Die größte Herausforderung freilich ist ihr Job: Tagesmutter.

In ihrem Bücherregal steht der gesammelte Stephen King, doch literarisch wirkt auch ihre Jugend nach, die durch Ferien auf dem Bauernhof und bei der Verwandtschaft zwischen Staffelsee, Kochelsee und Walchensee geprägt war. In dieser Gegend hat sie ihren ersten Roman, den Alpen-Mystery-Thriller *Rindviehdämmerung* angesiedelt.

Bettina Brömme

Das Geständnis

Er hat alles gestanden. Ich habe

Ich starrte auf mein Handydisplay. Ich schüttelte das Gerät. Ich wischte darüber. Ich flüsterte »Mach schon!« Als könnte das irgendetwas ändern.

Am oberen Rand des Displays war nur der runde Kreis mit dem Schrägstrich hindurch zu sehen. Ich hatte kein Netz. Keine Verbindung. Und vor allem keine Hoffnung. Selbst wenn sie mir eine weitere Nachricht schicken könnte, den angefangenen Satz beenden würde, ich würde nichts bekommen.

»Fuck!«, schrie ich laut und mir war völlig egal, dass sich der letzte Gast, der gerade die Treppe zu seinem Zimmer hinauf nahm, irritiert nach mir umsah. Ich ignorierte ihn, spurtete zur Haustür und stieß sie auf. *Bad idea.*

Der Regen peitschte mir ins Gesicht, das Getöse des Sturms übertönte alles, wobei es spätabends in einem abgelegenen Berggasthof nicht viel zu übertönen gab. Ich zerrte an der Tür und war nicht in der Lage, sie wieder zu schließen, so heftig tobte das Unwetter. Ein Blitz zuckte und erhellte die Landschaft. Ich sah umgeknickte Bäume, ein Gatter, das aus seiner Verankerung gerissen worden war, und dann fegte dicht vor der Tür ein Busch vorbei. Ein ganzer Busch. Endlich ließ die Böe für ein paar Sekunden nach und ich donnerte die Tür ins Schloss.

Keuchend lehnte ich mich an sie und rutschte auf den Dielenboden hinunter. Ich senkte für einen Moment die Augenlider. Aber das war ein Fehler. Sofort sah ich sie tot vor mir liegen. Sah ihn, wie er ein Messer, einen Kerzenständer, eine Axt oder was auch immer über dem Kopf schwang und dabei diabolisch grinste. Wie Jack Nicholson in *Shining*.

Ich musste hinunter ins Tal. Jetzt.

Diese Erkenntnis wirkte wie ein Hammerschlag und benommen blieb ich erst recht sitzen.

Langsam.

Atmen.

Immer mit der Ruhe.

Ich öffnete den Messengerdienst und sah mir die Nachricht noch einmal an. Sie war vor etwa zwanzig Minuten eingetroffen, kurz bevor das Unwetter losgebrochen war. Aber das hieß natürlich nicht, dass die Botschaft nicht schon älter war und mein Handy sie nur nicht früher empfangen hatte. Wie hatte sie den zweiten Satz beenden wollen? *Ich habe ...* Angst? Sorge? Befürchtungen? Und warum hat sie die Nachricht nicht zu Ende schreiben können? Weil sie sich mittendrin hatte wehren müssen?

Würde sie ihn so lange im Zaun halten können, bis ich da war?

Könnten wir ihn zu zweit überwältigen?

Hatte sie bereits den Notruf wählen und Hilfe anfordern können?

Die Ungewissheit klebte an mir wie heißer, flüssiger Wachs. Sie sickerte in mein Gehirn, und ich wünschte mir beinahe, sie würde die Synapsen verbrennen, und ich müsste nie wieder nachdenken.

Er hat alles gestanden.

Also doch. Einerseits erleichterte mich die Nachricht. Sie bewies, dass ich keine Spinnerin war, dass ich mich nicht dermaßen getäuscht hatte, wie ich zwischendurch gedacht und gefürchtet hatte. Andererseits versetzte sie mir einen Schock. Sie bewies auch, dass mit ihm nicht zu spaßen war, dass er tatsächlich zu allem fähig war und wir nicht sicher sein konnten, dass er vor uns zurückschreckte.

Ich musste ins Tal.

Sofort. Ich konnte sie nicht im Stich lassen. Nicht, nachdem ich alles ins Rollen und sie in Gefahr gebracht hatte.

Ich rappelte mich hoch und sprintete in den Keller. Gleich neben der Treppe bewahrte Franz in einem schmalen Schrank Regenzeug auf. Ich griff mir eine quietschgelbe Öljacke, die eher an die Nordseeküste als in die bayerischen Alpen passte, und mein Blick fiel auf die Gummistiefel, die unten im Schrank lagen. Ich zögerte. Sicher war es draußen überall rutschig, andererseits auch so nass, dass meine alten Trekkingschuhe rasch durchtränkt wären. Ob ich mit den Gummistiefeln nicht riskierte, auszurutschen? Im schlimmsten Fall müsste ich durch die Klamm ins Tal hinunter ...

Ich beschloss, auf das Restprofil meiner eigenen Schuhe zu vertrauen, und schlüpfte in die viel zu große Regenjacke. Ich schlug die Kapuze nach oben und verschnürte sie fest unter dem Kinn. Anschließend fummelte ich das Handy und meine In-Ears aus der Hosentasche, verstaute beides sicherheitshalber wasserdicht in einem herumliegenden Gefrierbeutel und stopfte alles in die Jacke. Ich hatte kaum noch Akku – natürlich nicht, denn ein ganzer Arbeitstag lag hinter mir und ich hatte keine Zeit gehabt, es zwischendurch aufzuladen.

Wegen des drohenden Unwetters hatten sich einige versprengte Wanderer in unser Hotel gerettet und Franz hatte ihnen, nachdem ich ihn auf dem Handy erwischt hatte, großzügig freie Zimmer zu günstigen Konditionen überlassen. Franz war am frühen Abend zur Alm aufgestiegen, aus Sorge um die Kühe. Auch wenn er der Betreiber eines zwar kleinen, aber doch recht luxuriösen Hotels war, ließ er es sich nicht nehmen, sich um sein Weidevieh zu kümmern, wann immer es ging. Sicher war es für ihn an schönen Tagen eine kleine Auszeit vom üblichen Alltagsstress.

Keinen Hund jagt man bei dem Wetter hinaus, hatte er noch gesagt und damit klar gemacht, dass er auf der Alm übernachten würde. Mich dagegen musste ich hinausjagen. Es blieb mir keine Wahl.

Einen Moment überlegte ich, ob es vielleicht möglich war, mit dem *Range Rover* ins Tal zu kommen. Aber ich erinnerte mich an das letzte Mal, als Franz bei einem Unwetter versucht hatte, mit dem Geländewagen hinunterzufahren. Die Straße hatte sich in Nullkommanichts in einen reißenden Bach verwandelt und er hatte mit Müh' und Not einem Erdrutsch ausweichen und zurückfahren können. Und da meine Führerscheinprüfung erst ein halbes Jahr zurücklag, wollte ich nichts riskieren. Zu Fuß würde ich sicher eher passierbare Pfade finden.

Sollte ich jemanden um Hilfe bitten? Gustav hatte heute seinen freien Tag und war nach München gefahren, Franz saß auf der Alm fest. Da wir wenig Buchungen gehabt hatten, hatten sich die Kolleginnen und Kollegen in den Feierabend verabschiedet, lange bevor die Ausmaße des Unwetters erkennbar geworden waren. Die Gäste zu involvieren kam unmöglich in Frage. Und wie sollten sie auch helfen? Ich war die Einzige vor Ort – als Nachtportier und Frühstücksdame. Zur Belohnung hatte mir Franz einen zusätzlichen freien Tag versprochen. Es half nichts – ich würde den freien Tag in eine freie Nacht tauschen müssen. In diese Nacht.

Ich verließ das Hotel durch die Hintertür. Von dort erreichte ich schneller den Wanderweg. Die Umgebung war schwarz – nicht einfach dunkel, sondern kohlrabenschwarz. Die Wolken hatten jeden Stern verdeckt, vom Mond war nicht ein Hauch zu sehen. Nur ein neuerlicher Blitz zeigte einmal mehr die verheerenden Schäden, die der Sturm schon angerichtet hatte. Die Bäume ringsherum waren gefallen wie Streichhölzer.

Als kurz darauf der Donner losgrollte, zog ich den Kopf tief zwischen die Schultern. Schon nach wenigen Metern rann mir das Regenwasser vom Rand der Kapuze den Hals hinunter und überzog meinen Körper mit frostigem Zittern. Zu allem Übel hatte es auch noch einen Temperatursturz von gut und gerne fünfzehn Grad gegeben. Es erschien mir, als sei es Jahre her, dass ich am Morgen bei Sonnenschein und 28 Grad mit dem Rad zur Graseckbahn gefahren war. Die Bahn ... nein, das konnte ich vergessen. Auch wenn wir Hotelangestellten einen eigenen Schlüssel hatten, um außerhalb der Öffnungszeiten mit der Bergbahn zur Arbeit hinauf oder in den Feierabend hinunterfahren zu können, so würde mir das jetzt nichts nutzen. Die kleinen Kabinen wären den Gewalten der Natur ausgesetzt wie Pingpongbälle Tischtennisschlägern. Die Fahrt dauerte unter normalen Umständen gerade mal zwei Minuten und bot den Passagieren zauberhafte Ausblicke. In dieser Nacht dagegen wäre es eine Fahrt in den Tod gewesen. Es blieb mir nichts anderes übrig, als zu Fuß ins Tal zu marschieren.

Bei gutem Wetter brauchte ich bis zum Fuß der Graseckbahn, wo ich mein Fahrrad abgestellt hatte, eine knappe Dreiviertelstunde – wie lange es in dieser Nacht dauern würde, versuchte ich mir gar nicht auszurechnen. Und dann musste ich noch fünfzehn Minuten durch den Regen radeln, bergauf. Vorausgesetzt die Straßen waren passierbar, nichts gesperrt und keine Umwege vonnöten.

Er hat alles gestanden.

Ohne dass ich es verhindern konnte, marterte mich mein Hirn mit Vermutungen, wie es zu diesem Geständnis gekommen sein mochte. Hatte sie ihm meine Beweise vorgelegt? Aber warum gerade heute? Hatte er diese zufällig entdeckt und sie damit konfrontiert? Hatte er gelauert, bis sie daheim eingetroffen war? Immerhin hatte sie noch die Nachricht schicken können. Und einen Halbsatz. Warum hatte sie keine Sprachnachricht aufgenommen? Das wäre viel schneller gegangen. Hatte sie Angst gehabt, er könnte sie hören?

Scheiße.

Ich war noch keine hundert Meter vorangekommen, hatte gerade die kleine Kapelle in Vordergraseck passiert, als ich erkannte, dass beim Hanneslabauer Schluss war. Mehrere Bäume lagen quer über dem Weg, die Wiesen hatten sich in Seen verwandelt und ich hatte keine Ahnung, wie lange ich einen Schritt sicher vor den anderen würde setzen können.

Ich zögerte nicht und ging zurück in Richtung Graseck. Ich musste versuchen, über die Eiserne Brücke und dann weiter auf dem westlichen Weg, der ein Stück hinter der Klamm verlief, ins Tal zu kommen. Die Route direkt durch die Klamm sollte ich vermeiden – sicherlich überschwemmte das Wasser der Partnach längst den Weg.

Ich kämpfte mich gegen den Sturm und den Regen Schritt für Schritt voran und war dankbar, dass ich die Gegend so gut kannte. Als kleines Mädchen war ich mit meiner Mutter hier oft entlanggewandert und schon damals hatte ich gewusst, dass ich eines Tages hier würde arbeiten wollen: Oben in den Bergen, abseits der Menschen im Tal. Das Graseck war nicht gerade ein Einsiedlerhof, aber dennoch fühlte ich mich so dicht unterhalb der Gipfel wohler als überall anders in Garmisch.

Doch es war nicht nur die Pracht der bayerischen Alpen, die mich verzückte. Es war vor allem das Wissen, dass mein Vater jeden Morgen um kurz nach sechs auf die Uhr schaute und sich dachte: »Jetzt fährt sie wieder dort hinauf.« Und dieser Gedanke war nicht etwa von Stolz auf die einzige Tochter geprägt, sondern von Unverständnis, Widerwille und gar Verachtung. Denn dass seine Rosalie eine Lehre in einem Hotel machte – und dann auch noch auf der Garmischer Seite der Gemeinde – das wollte ihm nicht in den Sinn. Wer einen Abiturschnitt von 1,2 zustande gebracht hatte, war zu Höherem berufen, als allmorgendlich mit der Gondel gen Graseck zu schaukeln. Noch dazu, wenn man die Tochter eines verdienstvollen Gemeinderatsmitglieds und Inhabers der größten Apotheke des Ortsteils Partenkirchen in dritter Generation war.

Doch weil ich kurz nach dem Abitur volljährig geworden war, hatte ich seine bissigen Kommentare überhört, auf Medizin-, Pharmazie- oder Jurastudium gepfiffen und mich erst um ein Praktikum, dann um eine Lehrstelle im Hotel Graseck beworben. Der Umgang mit Menschen aus aller Welt, das kollegiale Miteinander, die abwechslungsreichen Tätigkeiten an einem der schönsten Flecken des Landes begeisterten mich mehr, als es das öde Innere eines Vorlesungssaals jemals gekonnt hätte. Dafür nahm ich lange Arbeitszeiten und Wochenenddienste auf mich. Auch kurz vor Ende meiner Ausbildung war ich überzeugt davon, dass ich die richtige Wahl getroffen hatte. Wenn bei der morgendlichen Fahrt in der Seilbahn unter mir die Partnach durch die enge Klamm rauschte, spürte ich nur Glück und Zufriedenheit.

Offen hätte mir meine Mutter nie zugestimmt, aber ich wusste – ich sah es in ihrem Blick –, dass sie meine Entscheidung verstand. Und guthieß.

Sie hatte es längst aufgegeben, meinen Vater von der Erhabenheit der Berge zu überzeugen. Seit über zwanzig Jahren hatte er seinen Schritt nicht mehr in Richtung eines Gipfels gelenkt. Ich war mir sicher, er hätte seine Heimat am liebsten verlassen, aber dadurch hätte er sein Gesicht verloren. Davon war er zumindest überzeugt. Und so gab er den heimatliebenden, ehrbaren Bürger, der sich um seine Gemeinde mit unermüdlichem Eifer verdient machte. Warum er die Berge mied? Das war eines der Geheimnisse, die er nicht mit uns teilte. Und keiner, der ihn und seine Autorität kannte, hat jemals danach gefragt, warum er nicht mehr gen Gipfel ging. Ein Grollen, anhaltender als Donnerschläge über der Zugspitze, wäre denjenigen sicher gewesen, die es gewagt hätten. Ein Poltern, lauter als das, welches nun einsetzte.

Der Regen nahm weiter zu. Es war, als wolle er all die Zeugnisse des Bösen wegwaschen, die die Täler, Pfade, Wälder und Gipfel miterlebt hatten. So klang es in meinen Ohren und die Kapuze verstärkte das Prasseln noch um ein Vielfaches.

Glücklicherweise war der Waldweg in Richtung Brücke einigermaßen passierbar. Die Baumstämme um mich herum knarzten und quietschten und so manche Krone schwankte bedenklich, aber schon sah ich die Brücke vor mir. Überrascht stellte ich wieder einmal fest, wie gut sich Augen an Dunkelheit gewöhnen.

Doch kaum stand ich an der Eisernen Brücke, zitterten meine Beine. Die Holzbohlen, die hinüberführten, waren zum Teil vom Sturm mitgerissen worden. Aber vor allem lag ein dicker Baumstamm der Länge nach auf der Brücke und drohte durch die klaffenden Lücken hinab in die Tiefe zu rutschen. Wie sollte ich an ihm vorbeikommen? Ratlos starrte ich in die Tiefe, wo die Partnach brodelte.

Er hat alles gestanden.

Ich hielt die Luft an und versuchte, auf die eiserne Einfassung zu treten, die der Brücke ihren Namen gab. Ich klammerte mich am hüfthohen Geländer fest und spürte, wie der Boden unter meinen Füßen schwankte. Der Sturm rüttelte an allem, was sich ihm in den Weg stellte. Ich setzte Schritt vor Schritt. Meine Hände waren längst Eisklötze, so kalt war das Eisengeländer. Der Baumstamm ächzte und rutschte ein Stück gen Abgrund. Die Brücke vibrierte. Ich tat einen winzigen Seitwärtsschritt und spürte, wie mein Fuß Kontakt verlor. Unvermittelt knickte mein Knie ein, ich sackte ab und umklammerte erschrocken mit dem ganzen Arm das Eisengeländer. Direkt vor mir ragte der Baumstamm auf. Und er rutschte mir weiter entgegen. Es hatte keinen Sinn, wurde mir klar. Ich kam hier nicht hinüber. Sollte ich abstürzen, wäre alles vorbei.

Mein Atem dröhnte lauter als der Wind. Immerhin wanderten die Wolken nun so schnell, dass Lücken aufrissen und doch bleiches Mondlicht auf den Weg fiel. Vorsichtig trat ich den Rückzug an. Nun blieb eine letzte Chance: Ich musste den felsigen Weg direkt durch die Klamm nehmen. Ich betete, dass dieser noch nicht vollständig überschwemmt war. Denn dann hätte ich keine Chance mehr – dann würde ich hier festsitzen.

»Du schaffst das«, hörte ich Gustavs Stimme in meinem Ohr, genauso wie an jenem Nachmittag, an dem wir das erste Mal gemeinsam im Kletterwald unterwegs gewesen waren. Ja, ich kannte in den Bergen ringsum jeden Pfad, aber geklettert war ich bis dahin nie. Ich hatte in seine dunkelbraunen Augen geschaut und genickt. Und ja, ich hatte es geschafft. Mit ihm an meiner Seite hatte ich die höchsten Baumwipfelpfade gemeistert, ohne abzustürzen.

Ich suchte kurz nach dem unscheinbaren Steig hinunter, den nur die Wenigsten kannten. Halb rutschend, halb kletternd bewältigte ich ihn und erreichte schließlich den eigentlichen Klammweg. Auch wenn ich wusste, dass die überhängenden Felsen dort seit Jahrtausenden ruhten, fühlten sie sich bedrohlich an. Das Wasser der Partnach sprudelte hoch hinauf – so weit, dass der Weg schon fast überflutet wurde.

Ich schwor mir: Sollte ich Gustav je lebend wiedersehen, dann würde ich ihm endlich sagen, wie gerne ich ihn mochte. Dass ich ihn mehr als nur mochte. Und es war mir ganz egal, was er darauf erwidern würde.

Meine Schuhe waren mittlerweile komplett nass und ich hatte überhaupt das Gefühl, trotz der dicken Regenjacke keine trockene Faser mehr am Leib zu haben. Egal, ich schritt weiter durch die Nässe. Ich dankte den Erbauern des Klammpfades, die ihn seitlich mit einem Geländer abgesichert hatten, an dem ich mich festhalten konnte. Gischt spritzte mir ins Gesicht und ich war froh, den Eingang zum Stollen, noch dunkler als die Nacht, vor mir zu erkennen. Dort drinnen hätte ich sicher für kurze Zeit Ruhe vor dem Regen.

Doch das Wasser stieg um die Füße weiter an und seine Fließgeschwindigkeit zwang mich zum Weitergehen. Es riss an mir, brodelte um mich herum und obwohl ich keuchte wie nach einem Marathon, beschleunigte ich, so gut es ging.

Im Stollen herrschte finstere Schwärze. Aber dafür waren die Geräusche von außen gedämpft. Ich gönnte mir ein paar Sekunden des Durchatmens, spürte, wie meine zu hektische Atmung Seiten stechen verursacht hatte. Ich versuchte, seitlich einen Schritt hoch in den Fels hinein zu tun, so dass ich aus dem Wasser gelangen konnte, welches durch den Stollen schoss. Doch nach allerkürzester Zeit leckte es erneut an meinen Schuhen. Keine Frage – der Wasserpegel stieg, und ich sollte mich beeilen.

Als ich den Stollen hinter mich gebracht hatte, fand ich mich an der Stelle wieder, an der ich vor ungefähr drei Wochen mit Gustav gestanden und konzentriert in die Gischt der Partnach geschaut hatte. Auf der Suche nach Spuren.

Unterhalb des Pfades war eine kleine Insel im Fluss. Und dort hatten sie Knochen gefunden. Menschliche Knochen, wie sich herausstellte. Auch einen Schädel hatte das Wildwasser bloßgelegt.

An einem freien Nachmittag war ich also mit Gustav an die Fundstelle gewandert. Ich weiß nicht, ob wir auf Nervenkitzel und etwas Grusel hofften – vielleicht würden wir einen übersehenen Kleidungsfetzen entdecken, ein alter Schuh würde angeschwemmt werden oder ein anderer Gegenstand, der die Mühlen der Zeit überstanden hatte. Doch wie immer toste das Wasser unbeeindruckt von den Ereignissen an uns vorüber. Wir diskutierten, wieso die Knochen so lange unentdeckt geblieben waren, und Gustav stellte die Theorie auf, dass jemand weit oberhalb in den Tod gestürzt und die Leiche dann langsam in Richtung des Flusses gerutscht sein könnte. Das Gelände rund um die Klamm war schwer zugänglich und unübersichtlich. Vielleicht ein Selbstmörder, spekulierte Gustav, ich tippte auf ein Unglück – oder gar einen Mord? An Knochen und Schädel hatte man Brüche festgestellt, die auf einen Sturz aus großer Höhe hinwiesen, hatten wir im *Garmischer Tagblatt* gelesen.

Wie lange die Leiche wohl zwischen den Felsbrocken der Insel gelegen hatte? Handelte es sich um einen weiblichen oder männlichen Körper? Und wie alt war das Todesopfer gewesen?

Aufmerksam verfolgten wir die Nachrichten in der Zeitung, googelten sogar im Internet, aber zunächst gab es keine weiteren Artikel oder Informationen. Auch unsere Kolleginnen und Kollegen diskutierten, die älteren versuchten, sich an Vermisstenmeldungen aus vergangenen Jahrzehnten zu erinnern. Aber niemand hatte eine Idee.

Ich war nach zwei Wochen Berufsschule zurück ins Graseck gekommen, da sprang mich eine Zeitungsschlagzeile auf dem Tischchen neben der Rezeption an.

»Wer kennt die Tote aus der Partnachklamm?«, stand in dicken Lettern quer über die Seite geschrieben. Darunter war ein Phantombild abgedruckt. Anhand einer sogenannten Weichteilrekonstruktion des Schädels hatte die Polizei das Aussehen des Opfers nachbilden können.

Eine junge Frau von etwa 25 Jahren, in jedem Fall kaum älter als ich heute, starrte mit leblosem Blick von der Zeitungsseite. Man hatte ihr sogar eine Frisur verpasst, die in der Zeit, in der sie gestorben war, verbreitet gewesen war. Und so trug die Frau auf der Zeichnung einen voluminösen Stufenschnitt. Mitte bis Ende der neunziger Jahre, so stand in dem Artikel, musste sie ums Leben gekommen sein. Das Erstaunlichste aber war: Mich durchfuhr in der ersten Sekunde meiner Betrachtung das Gefühl, die Frau schon einmal gesehen zu haben. Dabei war ich zum Zeitpunkt ihres vermuteten Todes noch gar nicht auf der Welt gewesen.

»Alles okay?«, fragte Gustav, der neben mir stand und sich das Bild ebenfalls ansah. »Du bist so blass – hast du einen Geist gesehen?«

»Das habe ich«, erwiderte ich und versuchte, meine Fassung zurückzuerlangen. »Ich weiß nur nicht wo.«

Schnell las ich den dazugehörigen Artikel. Die Polizei war überzeugt, dass der Knochenfund auf eine zum Zeitpunkt ihres Todes etwa 24 Jahre alte Frau hinwies, kaum einen Meter sechzig groß, zierlich, die zwischen 1994 und 1997 ums Leben gekommen sein musste. Die Vermisstenanzeigen aus dieser Zeit gaben keinen Hinweis auf eine Person aus der Region. War sie tatsächlich von niemandem vermisst worden? Die Polizei nahm an, dass die Tote auf unbekannte Weise in eine Felsspalte geraten war und dort festgesteckt hatte, bis sie durch natürliche Veränderungen im Flusslauf nach so vielen Jahren freigesetzt worden war.

In der folgenden Nacht wachte ich plötzlich auf und wusste, wo ich das Gesicht der jungen Frau schon einmal gesehen hatte. In einem Fotoalbum. Und dieses Fotoalbum stand im Wohnzimmer meiner Eltern. Ich stieg aus dem Bett, schlich hinunter ins Erdgeschoss und zog es aus der Schrankwand. Es war das Album, für das wir Fotos von der ganzen Verwandtschaft eingesammelt und dann meinem Vater vor fünf Jahren zum 40. Geburtstag geschenkt hatten.

Im Licht der Handytaschenlampe blätterte ich mich durch die Seiten – mein Vater als Baby, als Erstklässler, als Kommunionkind, als Ministrant, bei seinem ersten Apothekenpraktikum, als Abiturient. Und mit seiner ersten festen Freundin. Es war nur ein einziges Foto der beiden. »Hubert und Senta«, stand darunter. Es zeigte das Pärchen aus der Nähe bei einer Wanderung in der Umgebung. Mein Vater sah besitzerstolz in die Kamera, Senta schmiegte sich an ihn, ihre Hand streichelte sein Kinn. Er überragte sie um fast zwei Köpfe, sie wirkte beinahe wie eine Puppe. Keine Frage: Sie glich dem Phantombild der Toten zu mindestens neunzig Prozent. Sogar die Frisur stimmte: ein blonder, voluminöser Stufenschnitt.

Das Wasser reichte nun schon bis zur Wade. Ich hatte den größten Teil des Weges hinter mich gebracht und würde bald den Taleingang zur Klamm erreichen.

Verdammt.

Wie sollte ich die Absperrung überwinden, die den Zugang zur Schlucht außerhalb der Öffnungszeiten verschloss? Eine vergitterte Tür im Fels erwartete mich. Wie hatte ich das vergessen können?

Angesichts der Wasserfluten, die weiter ins Tal rauschten, beschloss ich, mich darauf zu konzentrieren, nicht auszurutschen. Irgendetwas würde mir schon einfallen, wenn ich dort unten stand. Ich klammerte mich an das hüfthohe Geländer und setzte Schritt vor Schritt. Ich stolperte und strauchelte, meine Knie zitterten und meine Finger brannten von Kälte und Anstrengung. Dennoch hielt ich mich fest. Dennoch setzte ich Fuß vor Fuß.

Er hat alles gestanden.

Ich hatte meiner Mutter am Morgen nach meiner Entdeckung das Foto gezeigt. Sie hatte mich ernst angeblickt und ihre sonst so roten Apfelbäckchen waren blass geworden. Gemeinsam hatten wir die Geschichte rekonstruiert, die mein Vater ihr, mir und jedem, der danach fragte, mit einem Tremolo in der Stimme erzählt hatte.

Ja, Senta war seine Freundin gewesen, er war zweiundzwanzig gewesen, sie vierundzwanzig. Sie hatte als Apothekenhelferin im Geschäft seines Vaters mitgearbeitet, ein Waisenkind ohne jede Familie. Wie er sagte, waren sie beide füreinander die erste große Liebe gewesen. Er hatte trotz seines jungen Alters um ihre Hand angehalten, sie hatten sich verlobt – und dann war sie fortgegangen, über Nacht verschwunden, hatte sich ins Ausland abgesetzt. Noch einmal hatte er eine Postkarte von ihr bekommen, aus Sizilien, wohin sie »geflohen« war, wie sie ihm schrieb. Sie hätte es nicht mehr ausgehalten in dieser engen Bergwelt, in dieser spießigen Gemeinschaft von angeblich so ehrbaren Bürgern. Sie lebte jetzt in einer Kommune und würde Deutschland nie wieder betreten. Mein Vater war am Boden zerstört gewesen. Bis er zwei Jahre später meine Mutter im Pharmaziestudium kennengelernt hatte. Und so war der Schmerz, von heute auf morgen verlassen worden zu sein, mit der Zeit ausgeblichen. Dass er meine Mutter häufig argwöhnisch im Blick behielt, eifersüchtig war und manchmal auch herrisch, entschuldigte sie immer wieder mit dieser Erfahrung. Ich an ihrer Stelle hätte ihn irgendwann in den letzten fast

25 Jahren verlassen. Aber das war für meine Mutter keine Option. In guten wie in schlechten Tagen, das war ihr Credo.

Endlich betrat ich den letzten Stollen. An dessen Ende das Tor wartete. Das Wasser reichte mir bis zu den Knien. Es schäumte und brodelte und war eiskalt. Und dann stand ich am vergitterten Tor. Dahinter erkannte ich das Kassenhäuschen in der Dunkelheit. Es schien mir wie ein Zufluchtsort, doch ich wusste, dass dieser Eindruck trügerisch wie eine Fata Morgana war. Denn erst einmal musste ich hier durch, musste dieses letzte Hindernis überwinden, um meiner Mutter zu Hilfe eilen zu können.

Erschöpft sah ich an den Streben hinauf. Die Tür war dem Felsausschnitt angepasst, nirgends gab es eine Lücke. Der Abstand zwischen den einzelnen Gitterstäben war so schmal, dass niemand hindurchpasste. Und durch den Fluss zu schwimmen, wäre lebensgefährlich.

Ich ließ meinen Kopf gegen die Gitterstäbe sinken. Es war alles vorbei. Meine Mutter lag vermutlich tot im Wohnzimmer. Ich selbst würde hier elendig ertrinken. Die Tränen stiegen mir in die Augen und nicht einmal Gustavs Stimme in meinem Kopf, die mir wieder sein »Du schaffst das« ins Ohr flüsterte, gab mir Trost. Ich würde es nicht schaffen.

Doch da bemerkte ich, dass etwas anders war als sonst. Die Tür ragte höher auf als üblich. Was eigentlich nicht sein konnte. Ich trat mit einem Fuß gegen den unteren Rand des Gitters und glaubte zunächst, ich täuschte mich. Ich ging in die Hocke und versuchte, meinen Eindruck zu überprüfen. In der Tat: Ich stand tiefer als normalerweise. Unter der Tür klaffte eine Lücke. Das Wasser hatte den Boden so durchnässt, dass Erde weggeschwemmt worden war. Ich versuchte zu schätzen, ob mein Körper durch die entstandene Lücke passen würde. Ich müsste hindurch tauchen. Es war meine einzige Chance.

Nass war ich sowieso. Durchgefroren ebenfalls. Einen Versuch war es allemal wert. Ich ließ mich auf den Po hinunter. Das Wasser stand mir bis zum Kinn. Mit den Füßen versuchte ich noch einmal, die Höhe der Lücke zu ertasten.

Ich holte tief Luft. Dann tauchte ich unter.

Das Wasser presste mich gegen das Metallgitter. Mit dem Kopf kam ich tatsächlich durch die Lücke hindurch. Ich streckte mich möglichst lang, wie ein Fisch. Schultern, Taille – aber nun kam der schwierigste Part. Hüfte und Po. Und natürlich blieb ich stecken. Beinahe hätte ich hektisch zu atmen angefangen. Panik keimte in mir auf.

»Du schaffst das!«

Ich ruckelte vor und zurück, vor und zurück. Tat sich da etwas? Gab es nichts, woran ich mich festhalten und vorwärts ziehen konnte? Ich spürte nur den matschigen Grund unter mir. Ich strampelte. Ich wollte hier nicht sterben. Ich würde hier nicht sterben!

Und dann war ich frei. Ich durchbrach die Wasseroberfläche. Ich hatte es geschafft.

Das Wasser wollte mich mitreißen und obwohl ich am liebsten nachgegeben hätte, für einen Moment von dem Gedanken überwältigt, meine Anstrengungen seien alle vergebens, rappelte ich mich auf. Meine Lungen brannten, aber ich erahnte die Straße, ich wusste, bis zu meinem Fahrrad waren es nur noch wenige Minuten.

Ich erhöhte das Tempo sogar, jetzt, wo ich asphaltierten Weg unter den Füßen hatte und wegkam vom Ufer der Partnach. Hier im breiteren Tal war die Straße zwar ebenfalls überflutet, aber noch waren es nur wenige Zentimeter.

Nie zuvor war ich so froh gewesen, mein Fahrrad zu besteigen. Und wie zur Belohnung, dass ich es bis hierher geschafft hatte, ließ der Regen nach. Der Wind flaute ab, die Wolken rasten nicht mehr über den Himmel und der Mond beschien die Szenerie. Das Piepen meines Handys machte mir klar, dass ich es in die Zivilisation geschafft hatte. Und dass das Smartphone die nassen Fluten in seiner Plastikverpackung überlebt hatte. Ich musste wissen, ob es mehr Nachrichten gab, hier, wo das Telefonnetz offensichtlich noch funktionierte.

Mit nassen Fingern dauerte es etwas, bis ich die In-Ears und das Handy aus dem Beutel geholt und den Bildschirm entsperrt hatte. Gustav hatte geschrieben, aber das musste warten. Meine Mutter hatte kurz nach ihrer ersten Nachricht eine Datei geschickt. Eine Sprachaufnahme.

Ich stöpselte die In-Ears ein und lud die Datei. Hoffentlich hielt der Akku noch lange genug. Hoffentlich war nicht doch alles zu nass. Mit bangem Herzen drückte ich auf den Startknopf der Aufnahme und schwang mich auf mein Fahrrad. Zunächst hörte ich nur Rascheln. Aber dann die Stimme meines Vaters. Offensichtlich hatte meine Mutter sein Geständnis mitgeschnitten. Weil sie wollte, dass es an die Polizei übergeben wurde – egal was mit ihr geschah? Ich trat noch kräftiger in die Pedale, wich Pfützen aus und versuchte zu erahnen, wo der Weg am besten passierbar war.

»Und was willst du jetzt machen?«, fragte mein Vater. Von meiner Mutter kam keine Antwort. »Willst du mich der Polizei melden? Glaubst du wirklich, ich habe mit Sentas Tod etwas zu tun?« Er lachte sein baritontiefes Lachen, bei dem sein inzwischen so mächtiger Bauch zitterte. »Das sollen die mir beweisen nach so langer Zeit. Wegen einer Handvoll Knochen kommen die niemals auf mich.«

»Aber es gibt noch Leute, die wissen, dass die Senta und du … dass ihr damals ein Paar wart.« Ich spürte, dass meine Mutter versuchte, Nachdruck in ihre Stimme zu legen, sie wollte sich ihre Angst nicht anmerken lassen, aber es gelang nicht.

»Von denen ist praktisch niemand mehr da«, konterte er. »Meine Eltern sind längst tot, meine eine Tante ebenfalls, die andere dement. Und die Freunde von damals … da wohnt doch keiner mehr hier. Wer soll es mitbekommen? Außer dir.« Eine Pause entstand. Ich erreichte die Bundesstraße, die wie ausgestorben dalag. Auch der Kankerbach sprudelte wie eine Quelle, das kleine Flüsschen stand kurz davor, sein Bett zu verlassen. Schnell fuhr ich weiter, immerhin war die Straße noch passierbar.

»Ich werde mich nicht stellen«, sagte mein Vater mit fester Stimme. »Ich gebe nicht auf, was ich mir in all den Jahren aufgebaut habe. Wer bin ich denn? Wegen so einem Flitscherl ...« Er lachte, diesmal verhaltener. »Sie hat mich verlassen wollen. Hat gesagt, ich klammer zu sehr und mit 24 würde sie garantiert keinen Burschen wie mich heiraten. Aber den Verlobungsring – den hat sie gerne genommen. Hatte beschlossen, ihn zu Geld zu machen, wie ich später rausgefunden habe. Sie wollte tatsächlich abhauen. Das hat sie sogar ihrer Freundin erzählt, der Maria, du erinnerst dich – die ist vor ein paar Jahren an Brustkrebs gestorben.«

»Und da hast du ...?«

»Da hab ich getan, was getan werden musste. Ich hab gesagt, ich lade sie ein auf ein Verwöhnwochenende, oben im Graseck. Wo wir nochmal alles bereden können. Ganz in Ruhe. Die Aussicht auf ein teures Essen und ein paar Massagen hat sie zustimmen lassen. Sie wollt' immer verwöhnt werden. Wegen ihrer schlimmen Kindheit, hat sie gesagt. Und weil der Onkel Alois ja damals noch für die Graseckbahn gearbeitet hat, hab' ich mir von ihm den Schlüssel für die Bahn geliehen, der hat das gar nicht mitbekommen, der war schon wieder besoffen. Und der Senta hab' ich gesagt, ich verwöhn' sie mit allen Schikanen – und dazu gehört auch eine Seilbahnfahrt ganz exklusiv, bei Sonnenuntergang, nur für sie und für mich. Die dauerte damals noch etwas länger als heutzutage. Gestrahlt hat sie, und ich hab schon gedacht, wenn du dich jetzt, auf der Seilbahnfahrt mit mir versöhnst, dann kommst noch mal davon ... aber nix war's. Sie hat dann doch nur gemeckert, ich hätte ja wenigstens einen Schampus für die Fahrt mitnehmen können und ich bräuchte gar nicht glauben, dass mich ein bisschen Wellness, ein wenig Feinschmeckermenü meinem Ziel näherbringen würde. Ihr Entschluss stand fest: Sie würde Garmisch verlassen. Und Partenkirchen auch. Da hab ich sie erst gezwungen, mir den Verlobungsring zurückzugeben ...« Wieder eine Pause. Dann hustete er laut. Mehrmals. Und holte tief Luft.

»Und dann hast du sie ...?« Meine Mutter sprach leise, wollte ihn vermutlich nicht aus seiner Erinnerung reißen und seine Aufmerksamkeit auf sich lenken.

»Da habe ich ihre Beine umklammert, sie hochgehoben und aus dem Gondelfenster hinausgeworfen. Das konnte man damals noch öffnen. Gerade, als wir die Partnach überquert haben. Gut, dass sie so klein und schmal war. Den Rest hat der Fluss erledigt. Sie war so erstaunt, dass sie nicht einmal geschrien hat. Die Seilbahn kam oben an und ich bin sofort wieder runtergefahren, hab dem schlafenden Alois den Schlüssel untergeschoben und bin nach Hause gegangen. Und dann habe ich angefangen, die Senta zu vergessen, jeden Tag ein Stückerl mehr.«

»Bis vor ein paar Wochen ...«

»Bis vor ein paar Wochen. Der Fluss hat mein Geheimnis offengelegt. Und du wirst es verraten. Dich zu vergessen, wird schwieriger werden.« Wieder ein Husten, dann brach die Aufnahme ab und mein Handy spielte jenen kurzen Sound, mit dem es herunterfährt. Der Akku war alle.

Ich betätigte die Bremsen und sprang mit beiden Füßen auf den Boden. Ich war zu spät. Ich wusste es. Wie sollte sie das überlebt haben? Auch sie war nicht sonderlich groß, geschweige denn kräftig. Und er war ein Hüne von einem Mann. Aber immerhin hatte sie die Aufnahme schicken können, versuchte ich, mir Mut zu machen. Was, wenn es ihre letzte Handlung gewesen war?

Fünfzig Meter vor mir lag die Abzweigung in unsere Straße. Das Elternhaus war das dritte auf der linken Seite. Mein Leben lang war ich dort ein- und ausgegangen, ohne darüber nachzudenken. Oft schwirrte die Hoffnung durch meinen Kopf, dass mein Vater nicht daheim sei. Erst in diesem Moment wurde mir klar, dass ich meinen Vater immer als Bedrohung empfunden, aber nie gewusst hatte, warum.

Nun wusste ich es.

Ich atmete auf. Kein Polizeiwagen stand vor der Tür. Kein Rettungswagen, kein Notarzt. Dann schreckte ich zusammen, weil das auch bedeuten konnte, dass er sein Werk unbemerkt vollbracht hatte. Ich warf mein Fahrrad neben der Zauntür von mir und stürmte durch den Vorgarten, der am Morgen noch prachtvoll geblüht hatte. Er war der ganze Stolz meiner Mutter und lag nun vom Unwetter zerfetzt darnieder. Hoffentlich war das kein böses Omen. Ich sprang die zwei Stufen zum Eingang hinauf. Nirgendwo im Haus brannte Licht. Meine Finger zitterten so sehr, dass ich Mühe hatte, den Schlüssel aus der Hosentasche zu ziehen. Endlich schaffte ich es, aufzusperren.

Nach wem sollte ich rufen? Nach ihr oder nach ihm?

»Mama?« Meine Stimme war so leise, dass sie kaum den Flur durchdrang. Unter der Wohnzimmertür schimmerte ein schmaler Lichtschein hervor. Ich bewegte mich wie auf knirschendem Eis darauf zu. Mein Herz wummerte lauter als der Sturm vorhin. Ich berührte die Türklinke. Was für ein Bild würde sich mir präsentieren?

Ganz leicht bewegte sich vor dem Kamin der Schaukelstuhl. Seine Rückenlehne mir zugewandt. Das Spiel des Feuers warf Lichtflecken in den Raum. Wie warm es hier war! Ich zog den Reißverschluss meiner Öljacke herunter. Ich war komplett nass. Jemand betete den Rosenkranz. Ich räusperte mich.

»Oh Gott, Kind!«

Meine Mutter sprang aus dem Schaukelstuhl, der Rosenkranz fiel von ihrem Schoß, sie eilte auf mich zu und zog mich, nass wie ich war, in ihre Arme. Ich weinte. Meine Tränen vermischten sich mit ihren, wir standen bestimmt fünf Minuten so da, keiner getraute sich, sich zu bewegen. Ich hatte die Augen geschlossen und spürte, wie heftig sich der Brustkorb meiner schmalen, kleinen Mutter hob und senkte. Irgendwann löste sie sich von mir und nahm mich bei der Hand.

»Es tut mir leid«, flüsterte sie und gemeinsam traten wir vor den Kamin. »Ich musste ihm das Foto zeigen. Und das Phantombild.« Die Wärme des Feuers durchflutete meinen Körper, weckte meine Lebensgeister und verlieh mir die Kraft, auf die Gestalt zu schauen, die vor dem Kamin auf dem groben, beigefarbenen Teppich lag.

Er hat alles gestanden. Ich habe ihn getötet.

Auf seinem Brustkorb war der Rosenkranz gelandet. Seine Augen starrten an die Decke. Irgendetwas Schaumiges umspülte seinen Mund.

»Es tut mir leid«, wiederholte sie, und ich legte einen Arm um ihre zitternden Schultern. »Ich habe mir das Foto heute früh noch einmal ganz genau angeschaut. Und da fiel mir auf, dass der Ring an ihrem Finger ... er war identisch mit meinem Verlobungsring.«

Wir stierten beide sprachlos in die Flammen.

»Was machen wir denn jetzt?«, wisperte sie.

»Die Polizei rufen? Könnte es ein Herzinfarkt gewesen sein?«

»Man wird das Digitalis in seinem Blut nachweisen«, antwortete sie, nun wieder ganz ruhig. Da gab es eine Apotheke voller Giftstoffe, aber meine Mutter hatte sich des Blauen Eisenhutes aus ihrem Vorgarten bedient. Vermutlich hatte sie ihm eine ausreichende Dosis unters Abendessen gemischt und ihn anschließend mit ihrem Verdacht konfrontiert. So hatte sie sichergehen können, dass er ihr nichts mehr antun würde.

»Verstehe«, sagte ich. »Hilfst du mir?«

Es dauerte ziemlich lange, bis wir seinen schweren Körper in die Schubkarre gehievt hatten. Ihn in die tosenden Fluten des Kankerbachs, der hinter unserem Grundstück entlanglief, zu wuchten, ging einfacher. Sofort wurde er mitgerissen.

»Er wollte seine geliebte Frau aus dem Unwetter retten«, hieß es zwei Tage später im Garmischer Tagblatt. »Doch der Kankerbach riss ihn mit bis zum Wehr. Die Stadt verliert ein engagiertes Mitglied des Gemeinderates, seine Angestellten einen guten Arbeitgeber und seine Familie das liebende Oberhaupt.«

Partnachklamm
Wettersteingebirge

Mein Geständnis

Ich gebe es zu: Ich bin kein Bergfex. Ich gehöre zur Fraktion Meeresliebe. Aber die Partnachklamm finde ich großartig. Immerhin fließt da auch gehörig Wasser durch. Vielleicht deshalb. Nein, im Ernst: Wie einen hier die Schönheit der Natur geradezu anspringt – schroffe Felsen, brausendes Gewässer, zartes Grün und üppige Vegetation –, ist überaus faszinierend. Und das Allerschönste: Auch so Flachlandjodler wie ich schaffen es, die Partnachklamm ohne Herzinfarkt zu durchqueren. Die Steigung ist mäßig, die Strecke nicht zu lang, die Aussichten unterwegs sind fantastisch und wenn man nicht gerade von den nachfolgenden Wanderern überrannt wird, kann man auch mal stehenbleiben, durchatmen, Fotos machen und eintauchen in die Atmosphäre dieses besonderen Ortes. Allerdings, auch das muss ich zugeben, das Hinaufgondeln mit der Seilbahn ist fast noch besser. Weil man da so schwerelos, mühelos und entrückt über allem schwebt. Zwischen Himmel und Fluss, zwischen Wolken und Felsen. Selbst wenn es ein kurzes Vergnügen ist – ein Vergnügen ist es allemal. Sogar für Meeresliebhaber.

Bettina Brömme

135

Bettina Brömme, geboren 1965 in Karlsruhe, ausgebildete und studierte Journalistin, veröffentlichte 1998 ihren ersten Roman, sechzehn weitere folgten bisher. Sie lebt seit bald dreißig Jahren in München, aber dass die Berge ein gutes Stück von der Haustür entfernt sind, ist ihr immer noch sehr recht. Ein unverstellter Blick in die Ferne ist ihr nach wie vor am liebsten. Ihr persönlicher Horizont reicht weit: Sie schreibt (Kurz- und Langkrimis, Jugendbücher, heitere Frauenromane, romantische Liebesgeschichten und Hörbücher), lektoriert, hält mit ihrer Kollegin Beatrix Mannel Schreibseminare ab und arbeitet redaktionell für den Bayerischen Rundfunk.

www.bettinabroemme.de
www.münchner-schreibakademie.de

Bernhard Hagemann

Der Kofall

Die Ostseite des Gartenschuppens war von den Nachbarn nicht einzusehen. Zudem wehrte ein Holunderbusch neugierige Blicke ab. Im Schutze der dichten Vegetation und aufgrund der günstigen Lage konnte niemand beobachten, dass Sven in Abwesenheit seiner Frau zweimal am Tag sein Training absolvierte. Er hatte sich die lebensgroße Stoffpuppe im Internet besorgt und mit alten Textilien, Handtüchern, T-Shirts und so vielen mittelgroßen Steinen gefüllt, bis die Puppe in etwa dem Gewicht eines durchtrainierten jungen Mannes entsprach. Darüber hinaus hatte er ihr mit einer schmalen Holzlatte ein Rückgrat eingeschoben, und Stöcke in den Beinen simulierten so etwas wie Standfestigkeit – vorausgesetzt, man stützte die Puppe. Gekleidet war sie mit einer alten Jeans, die von einem schmalen Ledergürtel gehalten wurde, und einem karierten Holzfällerhemd, wie es der Stockinger gerne trug und auf dessen Brusttasche Sven mit einem dicken Filzstift die Initialen JS geschrieben hatte. Ein bisschen theatralisch, das war Sven klar, aber für Sven ein gelungener Kunstgriff, um in seiner Einbildung verstärkt den Josef Stockinger vor sich zu haben. Das half der Sache. An den Füßen der Puppe waren alte Turnschuhe befestigt.

Als Trainingsuntergrund diente ein schmaler Hügel, den Sven in den letzten Wochen dicht an der Holzwand aufgeschüttet hatte, das Erdreich mit großen Flusssteinen so gefestigt, dass er einem Klettersteig in den Bergen ähnelte.

137

Nur das sichernde Drahtseil hatte sich Sven gespart, darauf kam es nicht an. Rechts die Wand, die keinen Spielraum zuließ und links der Abgrund, das genügte.

Mit seinen siebzig Zentimetern war der Abgrund vergleichsweise gering, es ging keine Gefahr von ihm aus. Aber das sollte auch gar nicht sein. Für Sven war es der perfekte Übungsplatz. Seiner Frau gegenüber erklärte er den Hügel als gestalterisches Element, eine Art Steingarten, der im Kontrast zur sonst flachen Wiese stehen sollte.

Zum wiederholten Male hielt Sven die Puppe vor sich, so, als ginge er unmittelbar hinter ihr. Was nicht einfach war auf dem schmalen Gartenhügel, aber es funktionierte halbwegs und war gut genug für Svens Zwecke. Mit der rechten Hand hielt er seinen Vordermann am Gürtel, während er ihn mit der linken am Hals stabilisierte. Dieser Griff an den Gürtel war, verbunden mit einem leicht abgewandelten Kosoto Gari, ohnehin vorgesehen: erst den Stockinger von hinten mit einem Bein unbemerkt ins Stolpern bringen und dann gleich die stützende linke Hand ins Spiel bringen, die den Stockinger sicher hielt. So, dass alles wie die Rettung vor dem Sturz in die Tiefe aussah.

Wie in seinem Judotraining fühlte sich Sven auch auf seinem kleinen, mühevoll errichteten Klettersteig auf magische Weise im seelischen Gleichgewicht und eins mit den Kräften der Natur. Sein Körper, ein kontrollierter Organismus, erschien ihm an guten Tagen perfekt modelliert, jede Sehne erfüllte ihren Zweck, jedes Körperteil agierte im Zustand einer schwebenden Sinnhaftigkeit im Zentrum des Seins. Sven – ein Ruhepol unter Spannung, so seltsam das auch klang. Als wären seine Sehnen die Enden eines unter der Erde mäandernden Gewächses, das ihn mit Energie versorgte.

Dieses Gefühl hatte er erst kennengelernt, als er in Bayern seine Wahlheimat gefunden hatte. Vier Jahre lebte er nun schon am Alpenrand, und nie hätte er gedacht, dass er einmal so intensive heimatliche Gefühle entwickeln würde. Besonders in den Bergen. Hier glaubte er, die Gesetzte der Schwerkraft aushebeln zu können. Kein Grat konnte ihm schmal genug sein, kein Abhang zu steil. Seine Trittsicherheit hatte er dem jahrelangen Judotraining zu verdanken, mit dessen Hilfe er seinen Körper zu beherrschen lernte.

Er fühlte sich mehr als nur wohl in Bayern, was man nicht zuletzt an seiner Kleidung sah. Die kurze Lederhose im Sommer zog er so gut wie nicht mehr aus. Und er ertappte sich immer mehr bei dem Wunsch, hier auf eine Art beheimatet zu sein, wie seine Frau es war. Er wollte mit aller Macht seine Wurzeln durch die grünsatten Wiesen tief in die bayerische Erde schlagen.

Ein Schritt in diese Richtung war für ihn die Aufnahme in die Bergwacht. Das Engagement in dieser Truppe hatte Tradition in der Familie seiner Frau. Aber es gab da noch eine Hürde: Skifahren. Es galt als Voraussetzung für die Aufnahme. Seit zwei Jahren versuchte Sven krampfhaft, ein ansprechendes Niveau zu erlangen, und nie hätte er gedacht, dass es eine Sportart geben könne, bei der er sich derart ungeschickt anstellen würde. Gerade er, der durch sein Judo eine derartige Körperbeherrschung besaß, dass er sich mit Drahtseilartisten messen konnte. Aber schwerer noch als das Skifahren, das er irgendwann einigermaßen beherrschen würde, schwerer wog der Spott von Josef Stockinger. Dessen Bemerkungen kamen in unregelmäßigen, aber dichten Abständen beißend daher, wie eine Abgrenzung gegen ihn, den *Preißn*, der spüren sollte, dass es Welten gab, die ihm verwehrt blieben. Diese Hürde war schwerer zu nehmen. Dafür brauchte er ein erdachtes Bergabenteuer, die fingierte Rettung vor dem tödlichen Absturz, um so den fehlenden Respekt zu erlangen. Den Respekt von Stockinger, der eine Größe in der hiesigen Bergwacht darstellte.

Der schnelle Griff an den Gürtel seines Vordermannes, gleichzeitig das ausgestellte Bein als Stolperfalle, das nach dem Bruchteil einer Sekunde ein haltendes, schützendes Bein sein würde, unterstützt von seinem linken Arm. Das alles war mittlerweile ein routinierter Bewegungsablauf – zumindest mit der Puppe. Svens Hoffnung, dass sein Vorhaben gelingen würde, war von Mal zu Mal gestiegen, bis er nun Gewissheit verspürte. Als Sven merkte, dass er soweit war, sein Vorhaben umzusetzen, erhöhte sich schlagartig seine Herzfrequenz. Ein Gefühl der Spannung und der Vorfreude mischten sich in die Aussicht, bald am Ziel zu sein. Er würde zu ihnen gehören und sich nicht mehr dem Gespött aussetzen müssen. Stockingers Gespött. Er würde mit ihm auf Augenhöhe sein.

Wenig später, die Puppe war längst wieder sicher im Schrank des Gartenschuppens verstaut, fragte ihn seine Frau: »Gehst du heute zum Stammtisch? Bringst du dem Korbinian zwei Briefe mit? Die sind mal wieder irrtümlich bei uns gelandet.«

»Kann ich machen«, antwortete Sven.

Sie sprach Hochdeutsch mit ihm. Als eine der wenigen waschechten Bayerinnen, die er kennengelernt hatte, sprach Margit das Hochdeutsche ohne Färbung. Aber wehe, wenn sie sich unter ihre Freundinnen begab, dann ging es zu wie am Damenstammtisch zur Erhaltung des bayerischen Dialektes. Da konnte Sven sich am Alpenrand so heimisch fühlen wie er wollte, seine Ohren riefen in ihm unerbittlich die Erinnerung daran wach, dass er vor dreißig Jahren in Krefeld geboren und aufgewachsen war, bevor er nach seinem Studium in München das Ammertal kennen- und lieben gelernt hatte. Erst das Ammertal und bald schon Margit, die ihm beim Murnauer Volksfest vor drei Jahren über den Weg gelaufen war. Geheiratet hatten sie ein Jahr später.

Neben seiner Arbeit als Informatiker half er seiner Frau, vier Ferienwohnungen im schwiegerelterlichen Haus zu verwalten. Alles Handwerkliche erledigte er, und er scheute sich auch nicht, den Putzeimer in die Hand zu nehmen und die Bäder auf Vordermann zu bringen. Er liebte den Umgang mit den Gästen, denen gegenüber er sich so gerne als Einheimischer präsentierte. Zu seinem

Bedauern endeten seine kurzweiligen Gespräche mit dem immer selben Kommentar der Gäste: »Sie sind aber auch nicht von hier?«

Doch das steckte er weg. Sven hatte verstanden, dass er die bayerische Mundart in diesem Leben nicht mehr zu seiner eigenen machen konnte.

»Okay, gib mir die Briefe für deinen Bruder mit«, sagte Sven, als er vom Abendessen aufstand, um sich auf den Weg zum Dorfwirt zu machen.

Eigentlich hatte er am Stammtisch der Bergwacht nichts verloren, aber durch seinen Schwager Korbinian hatte er Zugang gefunden. Erfreulicherweise nahm man es nicht so wichtig, ob er bereits bei der Bergwacht dabei war oder nicht. Niemand hatte etwas gegen seine Anwesenheit. Mal von Stockinger abgesehen, fühlte Sven sich von allen akzeptiert und angenommen, menschlich stand einer Aufnahme in die Bergwacht eigentlich nichts im Weg.

»Und lass dich vom Stockinger nicht reizen«, riet ihm Margit noch. »Schließt mal Frieden, ihr zwei. Man macht ja schon Witze über eure ewige Streiterei. Als wenn das schon so was wie ein dauerhafter Zustand wäre. So ein blödes Naturgesetz.«

»Jetzt übertreibst«, antwortete Sven, bevor er die Haustür hinter sich schloss.

Er wollte nicht der Letzte sein. Das Gefühl, bereits zu sitzen, während die anderen noch eintrudelten, gab ihm immer Sicherheit. Sich mit Korbinian und dem ersten Bier einzustimmen, das tat ihm gut.

Neu an diesem Abend war sein Hoffen darauf, Stockinger möge nicht friedlich bleiben. Wenn der sich nicht von sich aus zu seinem Spott hinreißen lassen würde, dann müsste Sven eben nachhelfen. Heute war der erste Tag zur Umsetzung seines Planes, das hatte Sven beschlossen. Alles war akribisch vorbereitet. Und am Ende würde er sich als Retter eines in Not geratenen Retters endlich die fehlende Achtung verschafft haben. Eine bessere Empfehlung für die Bergwacht gab es nicht. Dafür hatte er trainiert.

Er saß mit Korbinian am Eck, hatte ihm die Briefe überreicht und sprach über das Wetter, das zu wünschen übrig ließ, während nach und nach die Bergwächter die Gaststätte betraten. Acht waren es heute, der Stockinger war freilich dabei, mit ihm war als verlässliche Größe immer zu rechnen. Ansonsten die üblichen, zumeist sehr sympathischen Gesichter.

Wie es aussah, hatte Josef Stockinger ausgerechnet heute seinen friedlichen Tag, weshalb Sven sich genötigt sah, bald schon prahlerisch über seine letzte Bergtour zu berichten, dabei eine Spur zu offensichtlich den Ortskundigen mimte und erst gar nicht gegen seine unnötige Angewohnheit ankämpfte, sich hin und wieder in einem bayerischen Idiom zu versuchen, das aus seinem Hochdeutsch als Fähnchen der Peinlichkeit herausragte:

»Ich bin gestern den Laber aufi gegangen, was hoast« (er sprach es wie Horst) »›gegangen‹, gelafa bin i! Gerannt in droaßig Minuten. Woaßt schon.«

Es brauchte nur diesen Satz, um den Stockinger aus der Reserve zu locken. Er saß ihm schräg gegenüber mit seinem ordentlichen Seitenscheitel, neben dem sich sein dunkles Haar mit einer vorgetäuschten Bravheit über den Kopf legte. Frisch vom Friseur gekommen, sah er aus wie ein Fußballer vor einem großen Turnier. Josef Stockinger hatte gerade seinen ersten Schluck Bier genüsslich hinuntergezogen, den Bierschaum von seinem Vollbart geleckt, mit einem leichten Nicken und Grinsen Svens Satz bereits stumm kommentiert, bevor er mit Worten nachlegte. Seine glasigen Augen glänzten dabei im vorübergehend gestillten Bierdurst über den Tisch.

»Ja, schaug her. Unser Preiß is über d´Nacht a Bayer woan. Und is der Schnäiste in die Berg. Da braucht´s koan Hubschrauber mehr für d´Rettung.«

Sein Blick ging jetzt Beifall heischend in die Runde, und das allgemeine Lachen war programmiert. Obwohl Sven darauf vorbereitet war und er es bewusst provoziert hatte, der Ärger darüber stieg in ihm aus einer Region auf, die fernab von strategischem Denken sein Ego verwaltete. Es kränkte ihn, da konnte er nichts machen.

Aber er schluckte den Ärger hinunter, zum letzten Mal, bevor er sich Respekt verschafft haben würde. Bevor er mit dem Stockinger auf Augenhöhe sein würde.

»Hab ich meinem Judotraining zu verdanken«, sagte Sven. »Und meiner Grundfitness. Beispiel Kofel, den lauf i im Schlaf aufi, freilich ohne die Händ zu braucha.«

»Wer's glaubt!« Der Stockinger nickte spöttisch und Sven merkte, wie in Stockinger die Gedanken arbeiteten. Eigentlich müsste er den Kampfgeist seines Gegenübers geweckt haben, dachte Sven. Soweit kannte er den Stockinger. Und Svens Strategie sah vor, einen perfekten Vorschlag zu machen, einen, den der Stockinger nicht ablehnen konnte. Umso größer war nun Svens Erstaunen darüber, dass der Stockinger selber auf die richtige Idee kam. Sven konnte es kaum glauben, dass er es ihm so einfach machen würde. Besser hätte es nicht laufen können, fand er.

»Dann schau ma amoi, ha? Mia zwoa aufn Kofel nauf. Da werma sähng, wer sich besser o'stellt«, brummte der Stockinger.

»Morgen Nachmittag«, antwortete Sven postwendend. »Siebzehn Uhr am Parkplatz unten? Kommt mir als Training gerade recht, mal eben auf den Kofel aufi und zurück.«

»Ois klar. Da werma sähng, wer von uns zwoa der Preiß is. Dass amoi a Ruah is mit deiner Angeberei. Is ja net zum Aushoitn.«

»Du fängst doch immer an, mich zu beleidigen«, hielt Sven dagegen.

»Beleidign, so a Schmarrn. Schaug amoi in Spiagl, dann sigst, was für oana du bist.«

»Magst es auf die bajuwarische Art vor der Tür regeln, ha?«

»Jetzt gib a Ruah. Moagn werma sähng.« Da spürte Sven die besänftigende Hand seines Schwagers auf seinem Unterarm und hörte dessen versöhnliches Murmeln: »Jetzt gebt´s a Ruah, ihr zwoa. Mir woin an scheena Obnd ham.«

Schon weit vor Unterammergau konnte Sven den Gipfel des Kofels sehen, der sich als hoher großer Fels aus dem Bergrücken löste und wie ein Wahrzeichen über Oberammergau thronte. Ein riesiger Grenzstein, der den Beginn der Alpen markierte.

Es war Mai, das Wetter nicht besonders. Bevor die Wolken gegen Mittag ein wenig durchlässiger geworden waren, hatte es am Vormittag geregnet. Keine Frage, Sven konnte sich besseres Bergwetter vorstellen. Als er seinen Wagen auf dem Parkplatz neben dem Friedhof abstellte, wartete der Stockinger schon.

Wie so oft war Sven auf seine Wirkung aus und hatte sich im Vorfeld über seine Kleidung Gedanken gemacht und entschieden, dass sie so leger wie möglich sein sollte. Er wollte den Eindruck erwecken, als sei ihr Kräftemessen ein schneller, nachmittäglicher Freizeitspaß. Keine kurze Lederhose wie sonst, aber Jeans, T-Shirt, Kappe, das musste reichen. Ja, seine Sportschuhe noch, aber sonst nichts, was auf einen Ausflug auf gut 1.300 Meter hindeuten konnte. Eben mal zum Gipfel und zurück, ein Wimpernschlag, so sollte es sein. Einatmen, Ausatmen, mehr nicht.

Der Stockinger nicht viel anders. Er trug eine Cargohose, ein Zip-up-Modell, dessen Beine mit einem Reißverschluss in Kniehöhe zu kürzen waren, das für ihn typische Holzfällerhemd und ebenfalls Sportschuhe. Beide keinen Rucksack, keinen Proviant, kein Wasser, nichts. En passant mal eben auf den Kofel, das sollte der Charakter ihres Ausflugs sein.

Auf dem Parkplatz standen noch zwei weitere Autos, sonst war auch auf dem Berg der Feierabend eingeläutet.

»Griaß di«, warf der Stockinger dem Sven überraschend freundlich entgegen und Sven merkte, dass er gekünstelt reserviert wirken musste, als er mit einem knappen »Hallo« antwortete.

»Pack mas!«

Sven nickte dazu, und gemeinsam marschierten sie den Grottenweg entlang, überquerten die Kälberplatte, eine Wiese bis zum Waldrand, von wo ein schmaler Pfad in Serpentinen nach oben führte.

Kaum im Wald, wurden sie vom frischwürzigen Duft empfangen, der aus dem feuchten Boden aufstieg und sich mit der Ausdünstung der regennassen Bäume mischte. Wenn Chlorophyll einen Geruch hat, dann diesen, dachte Sven und sog die Frische der Waldluft tief in seine Lungen, wo sie auf die heimatlichen Gefühle traf, die Sven einmal mehr überfielen.

»Habts fui Gäste?«, begann der Stockinger bald schon ein Gespräch, bei dem zu merken war, dass ihm der Anstieg nicht im Entferntesten den Atem nahm.

»Ausgebucht«, antwortete Sven.

Sie gingen hintereinander, der Stockinger voranweg, und Sven spürte, dass Stockingers Tempo auch sein eigenes war. Und er staunte, als Stockinger ihm in der ersten der Kehren den Vortritt ließ, als wäre es eine höfliche Selbstverständlichkeit. Hatte was von Respektsbekundung.

»Klingt guat. Mia ham oiwei a paar Zimma frei. D' Mutter moant, 's kannt mehra sei. Mia is recht, hama weniga Arbeit. Hob eh genua zum doa.«

»Ja«, antwortete Sven. »Geht mir ähnlich. Die Gäste halten einen ganz schön auf Trab.«

Wie abgesprochen tat Sven es zwei Kehren später dem Stockinger gleich und ließ nun ihm den Vortritt. Vergleichbar zu einer Mannschaft beim Radverfolgungsrennen.

Sven musste sich nichts vormachen. Seine Irritation war groß. Wenn sie jemand sehen würde, man käme nicht im Entferntesten auf die Idee, dass hier zwei unterwegs waren, die sich im Bergssteigen messen wollten. Die Assoziation wäre wohl eher gewesen: Freunde gemeinsam bei einem Feierabendausflug. Und so verlief der sportliche Aufstieg in friedlicher Atmosphäre. Allein die Wahl seiner Schuhe bereute Sven im Nachhinein. Sowohl Stockingers wie auch seine Sportschuhe waren für den noch regennassen Boden alles andere als ideal. Die Wanderschuhe hätten mehr Trittsicherheit garantiert. Das war allerdings nicht mehr als eine kleine, kaum störende gedankliche Randnotiz.

Nach ungefähr zwei Dritteln des Aufstiegs durch den Wald überquerten sie ohne die geringsten Schwierigkeiten das Geröllfeld, und als sie wenig später oben den Sattel erreichten, waren sie sich näher gekommen. Der Stockinger hatte freimütig aus seinem Leben erzählt, von seiner Marlies, mit der es gerade so schwierig war, und von der Idee, dem Sven das Skifahren beim nächsten Schnee mal ordentlich beizubringen, damit es klappen wird mit seinem Wunsch, bei der Bergwacht zu landen. Ja, man konnte fast sagen, am Sattel oben vor dem Beginn des Klettersteiges waren sie Freunde geworden. Wie weggeblasen in Svens Gedanken das Training mit der Puppe. Sein Plan erschien ihm mit einem Mal wie ein Witz aus der Mottenkiste eines verklemmten, von Minderwertigkeitskomplexen geplagten Wesens. Seinen abgewandelten Kosoto Gari verbannte er dahin, wo er hingehörte, auf die Matte seines Judovereines. In der Bergwelt hatte der Judowurf nichts zu suchen.

Sven fühlte sich mit einem Mal wie erlöst von einer langanhaltenden Plage, er fühlte sich frei und am Ziel seiner Sehnsüchte, akzeptiert vom Stammtischleader. Er spürte ein freundschaftliches Band.

Voller Vorfreude auf die letzten Meter bis zum Gipfel blickte Sven nach oben, wo unter der hoch aufschießenden Felswand der Klettersteig begann. Da ihr Ausflug unter dem Stern der Leichtigkeit stand, nahm Josef Stockinger die Hürde des Einstiegs ohne innezuhalten, wie einen Sprung über eine kleine Pfütze. Übergangslos schwang er sich die ersten Meter in die Wand, ohne sich am Drahtseil festzuhalten. Wenig später erreichte er mit sicherem Tritt den beginnenden, dem vertikalen Gelände abgerungenen Weg. Trotz aller Erleichterung, die Sven verspürte, merkte er doch auch ein namenloses Unbehagen, als er den Stockinger so vor sich hereilen sah und er ihm mit gleicher Eleganz und Geschwindigkeit folgte. Schnell hatte Stockinger die Spitzkehre des Weges erreicht, wo er weiter aufwärts in die andere Richtung schwenkte. Sven hielt sich dicht hinter ihm. Hätte er seinen Plan noch verfolgt, wäre gerade alles wie am Schnürchen gelaufen. Er direkt hinter dem Stockinger. Ihn aus dem Gleichgewicht bringen, dass es wie ein selbstverschuldetes Stolpern aussah, dann gleichzeitig der rettende Griff, der den Stockinger kurz über den Abgrund führte – so war es geplant. Aber was eigentlich, wenn sein Plan misslungen wäre? Sven war erstaunt darüber, dass er sich darüber überhaupt keine Gedanken gemacht hatte, so sicher war er sich gewesen, dass der Plan gelingen würde. Eigentlich naiv. Was, wenn der Stockinger gemerkt hätte, was da abging?

Schlagartig wurde Sven aus seinen Gedanken gerissen.

Was war plötzlich mit Stockinger los? Einen Schritt vor Sven begann er plötzlich mit rudernden Armbewegungen. Gleichzeitig hüpfte er auf einem Bein weiter, als befände er sich mitten im Häuslhupfa-Spiel aus der Kindheit.

Genau an der Stelle, wo Sven in seinem aberwitzigen Plan den abgewandelten Kosoto Gari angesetzt hätte, hampelte der Stockinger nun sinnlos herum.

»Was machst du?«, rief Sven.

»Training«, lachte vorne der Stockinger und sprang weiter. »Is grad a Gaudi.«

»Ist nicht ungefährlich«, mahnte Sven.

»I wo«, lachte der Stockinger.

Das Imponiergehabe und Kräftemessen gab es also doch noch. Der Eindruck einer neuen, umfassenden und friedlichen Freundschaft hatte getrogen. Aber den Kofelklettersteig jetzt mit der Harmlosigkeit eines Pausenhofs in der Schule gleichzusetzen, war absolut unnötig.

Das leichte Unbehagen, das Sven zu Beginn des Klettersteigs befallen hatte, schlug um in lodernde Angst und Sorge, dass Stockingers kindlicher Übermut böse Folgen haben könnte.

»Und jetzat im Sprint bis zum Gipfi aufi, ha? Auf oam Haxn?« Der Stockinger tänzelte auf dem schmalen Pfad und legte jede Vernunft ab, die erfahrene Bergwanderer auch bei Ausgelassenheit immer begleitete.

»Lass das«, mahnte Sven noch. Aber da hatte sich der Stockinger schon hüpfend und springend zu weit entfernt, um von Sven noch mit einem beherzten Griff gehalten werden zu können.

Der linke Fuß vom Stockinger, der hüpfende, kam auf dem noch regenfeuchten Gras, das den Weg am äußeren Rand säumte, ins Rutschen. Der andere hatte für den sichernden Ausgleichsschritt keine Zeit und keinen Platz. Außerdem befand sich der Stockinger bereits in der Sturzphase und außer Reichweite des rettenden Drahtseils. Für den Bruchteil einer Sekunde sah es wie die Demonstration eines Meisters aus, der zeigte, was passieren konnte, wenn ...

Und in diesem Augenblick der Ruhe, die nur einen Wimpernschlag währte, spürte Sven die Gewissheit, dass hier einer unterwegs war, der seinen Körper beherrschte, ein König des Gleichgewichts, so wie Sven einer war. Einer, den die Bergrettung mit seinen zahlreichen Stunden in unwegsamem Gelände hatte verwachsen lassen mit der Wand, dem Überhang. Dass er ein Bestandteil des Vertikalen geworden war, dass seine Nervenstränge die Enden des mäandernden Gewächses waren, das die Welt unter der Oberfläche ausbreitete wie ein sinnstiftendes Geflecht.

So einem konnte nichts passieren, nicht hier, an diesem Steig, wo sich an schönen Tagen die Touristen zu einer Menschenkette die Hände reichen konnten. Wo der Berg seine vermeintliche Harmlosigkeit präsentierte. Wo Kinder hinaufkletterten, ältere Frauen und Männer jenseits des alpinen Idealalters. Nicht hier! Nicht hier!

Noch als er ihn fallen sah, glaubte Sven an ein Wunder, das einem wie dem Stockinger Berggeister zur Verfügung stellte, die ihm ungerufen zu Hilfe eilten, ihm, dem Einheimischen, der als kleiner Junge schon die Berge kennengelernt hatte, wofür Sven sein restliches Leben brauchen würde.

Irgendeinen Griff in die Wand, wo sich dieser Halt befand, den nur Einheimische kannten, den wird er doch wohl parat haben.

Wann wird dieser Griff erfolgen?, dachte Sven. Es wurde Zeit.

Da fing er Stockingers Blick auf und Sven wusste, dass es diesen rettenden Griff nicht geben würde. In diesem irritierten Blick lag aller Ernst der Welt, und er verriet, dass hier die unkontrollierte Schwerkraft ins Leben des Josef Stockinger eingegriffen hatte – der Blick der Erkenntnis, dass gleich folgen würde, wogegen sich ein Bergretter von Natur aus gewappnet sah. Ein leiser Ausruf, kein Schrei, ein lautes Stöhnen vielleicht, dann ein Fluch »Ja Zefix!«, begleitet von einem neuerlichen Rudern mit den Armen, das ungelenke Zappeln mit den Beinen in der Luft, der Versuch, die Flugbahn zu beherrschen, zu lenken, wie er aufkommen möge, aber da drehte sich der Stockinger schon, als wäre er kopflastig wie ein schlecht getrimmtes Segelflugzeug. Und er verschwand aus Svens Blickfeld. Sven hörte nur noch einen Aufprall, dann war Stille, und Sven sehnte sich nach dem erlösenden Ausruf, der beweisen sollte, dass es nur ein dummer Bubenstreich war: »Ois nur a Witz, a Spaß, host gmoant, des is echt, ha?«

Ja, Sven konnte bayrisch formulieren, aber nur in Gedanken.

Als Sven sich mit zitternden Knien umdrehte und wieder auf den Sattel zurückging, da sah er bald schon den Stockinger liegen wie seine Puppe im Garten. Mit verrenkten Gliedern und einer unwirklichen Kopfhaltung stark zur Seite gedreht.

Zwei Tage später war die Polizei an Svens Wohnungstür und wollte sich noch ein genaueres Bild vom Unfallhergang machen.

Niemand in der bisherigen Befragung mochte glauben, dass der Stockinger an dieser Stelle vom Kofel fiel. Einfach unvorstellbar.

Die Polizistin und der Polizist erkundigten sich bei Sven nach dem Streit, der immer wieder zwischen ihm und dem Stockinger aufgeflammt war und nach dem Wettlauf auf den Kofel, zu dem sie sich verabredet hatten.

»Man sagt, dass Sie dem Josef Stockinger deutlich machen wollten, dass Sie so was wie der bessere Bayer sind«, sagte die Polizistin, eine großgewachsene, Frau Mitte dreißig mit nach hinten gebundenen, blonden Haaren.

Als Sven antworten und die Sache mit dem Streit verharmlosen wollte, unterbrach ihn ihr Kollege, ein junger Mann mit ernst dreinblickenden Augen, dem man die fehlende Berufserfahrung anmerkte.

»Sie besuchen den Stammtisch der Bergwacht, obwohl sie nicht zur Bergwacht gehören, stimmt das?«

»Ja schon, aber ...«

»Und Sie wollen zur Bergwacht und dürfen nicht, weil Ihre Kenntnisse im Skifahren nicht ausreichen?«, unterbrach ihn die Polizistin.

»Ja, aber das werde ich schnell erledigen.« Sven gefiel das Gespräch nicht. Er merkte, dass er in die Enge getrieben wurde.

»Sie wurden von Josef Stockinger gerne gehänselt deswegen, was Sie sehr geärgert hat? Man sagt, sie wären am liebsten ein richtiger Bayer. Sie tragen ausschließlich Lederhose?« Der Blick der Polizistin auf Svens Lederhose hatte etwas Belustigtes, das Sven nicht gefiel – wie eigentlich alles an der Aufdringlichkeit der Polizei.

»So kann man es nicht ausdrücken.« Sven fühlte den Angstschweiß seinen Nacken hinunterlaufen. Er spürte den Zugriff, gegen den er sich kaum wehren konnte. Sven wusste, was die Stunde geschlagen hatte und überlegte panisch, wie er verhindern konnte, dass die Polizisten entdeckten, was sie in diesem Zusammenhang nicht sehen durften.

Da fragte auch schon er: »Was dagegen, wenn wir uns ein wenig in Ihrem Garten umsehen?«

»Nein«, antwortete Sven da eine Spur zu spontan, da pflichtbewusst – und er wusste eigentlich, dass er es hätte verneinen können. Durch das viele *Tatort*-Gucken wusste er über seine Rechte Bescheid. Aber dann hätte er doch den Verdacht erst recht auf sich gelenkt.

Die Polizistin kehrte der Haustür den Rücken und bog zielstrebig um die Ecke. Ihr Kollege folgte ihr, und Sven blieb nichts anderes, als nervös hinterherzueilen. Er kam sich wie ein Schuljunge vor, der gegen die Besichtigung seines unaufgeräumten Zimmers ankämpfte. Was sollten die Nachbarn denken, wenn sie sahen, wie die Polizei den Garten inspizierte.

Von der Terrasse aus war der Erdhügel nicht zu übersehen.

»Da haben Sie sich ja einen kleinen Klettersteig in den Garten gebaut«, kommentierte der Polizist auch gleich, während seine Kollegin vor dem Gartenschuppen stehenblieb, einen interessierten Blick durchs milchige Fensterglas warf und schließlich die nur angelehnte Tür öffnete. Während sie zu Svens Entsetzen im Inneren des Schuppens verschwand, versuchte er, ihrem Kollegen gegenüber den Erdhügel klein- und bedeutungslos zu reden.

Er versuchte, den Hügel als Gartengestaltung darzustellen, und als er sich in nichtssagenden Floskeln verlor, kam die Polizistin wieder aus dem Schuppen. Nun waren sie zu viert im Garten. Ihre Begleitung musste gestützt werden und glich in Größe und Gewicht in etwa Josef Stockinger, und an ihrem kariertem Hemd hafteten Blätter wie die, die am Fuß von Svens Erdhügel zu finden waren. Die Brust war mit den Initialen J.S. geziert.

Kofel, 1.342 m
Ammergauer Alpen

Mein Kofel

Mein Vater schleppte uns Kinder von früh an in die Chiemgauer Berge. Eine meiner ersten Erinnerungen gilt den dortigen Wanderwegen und meiner quengelnden Frage: »Wann sind wir oben?« Die Antwort »Hinter der nächsten Kurve!« kam so wiederkehrend wie meine Frage, bis wir nach unendlich vielen Kurven den Gipfel erreicht hatten. Wegen dieser Erinnerungen mied ich als junger Mann die Bergwelt. Ich lebte in Großstädten.

Seit ich aber in Oberammergau wohnte, um ein Gästehaus zu führen (Erlebnisse nachzulesen in Die Pensionsspiele von Oberammergau*), war die Bergwelt für mich wieder präsent. Für die erforderlichen Ortskenntnisse musste ich die Berge dieser Gegend kennenlernen. Ich begann mit dem Kofel und ließ bereitwillig die Verklärung meiner Kindheit zu. Ich bildete mir ein, als glückliches Kind in den Bergen aufgewachsen zu sein, die nun für mich, den Rückkehrer, ihre Arme ausbreiteten und wie einen verlorenen Sohn willkommen hießen. So bagatellisierte ich den Kofelaufstieg zu einem Spaziergang, der mich, das ehemalige Bergkind nicht beeindrucken konnte. Als ich an das Geröllfeld kam, das man mit einer gewissen Konzentration überqueren muss, lief ich auf eine Wanderin auf, die die Überquerung scheute. In meinem kindlichen Übermut, der mich umgab wie eine Wolke der Sorglosigkeit, kommentierte ich laut vor mich hin: »Ach, ist das eine dieser Stellen, weshalb man in der Zeitung häufig liest: Wanderer (57) in den Bergen abgestürzt.«*

Als die Frau mich mit vor Entsetzen aufgerissenen Augen anstarrte, wusste ich, dass ich einen Fehler begangen hatte. Und auch in der

Folgezeit, als ich in der Region erlebte, dass die Bergrettung mit Hub-schraubern immer wieder ausrückte, um Menschen zu retten, bekam ich den notwendigen Respekt vor den Bergen, die man nie unterschät-zen darf.

Bernhard Hagemann

Der Fotograf und Autor Bernhard Hagemann erblickte 1956 in Bad Reichenhall das Licht der Welt und ist im Chiemgau auf-gewachsen. Seit seinem 13. Lebensjahr befindet sich zwischen ihm und dem Licht der Welt ein Fotoapparat. Nach seinem Zivil-dienst machte er seine Leidenschaft für Fotografie zum Beruf. 1992 entdeckte er das Geschichtenerzählen und veröffentlichte seine erste Kurzgeschichte in einer Anthologie. Seither erschie-nen 45 Kinder- und Jugendbücher, ein Roman für Erwachsene sowie zwei Bildbände. Er lebt am Alpenrand, wo er einmal ein Gästehaus betrieben hat und sehr früh aufstehen musste. Er liebt das Kino, die Bücher und die Fotografie. Seine eigenen Bilder sind immer wieder in Ausstellungen zu sehen.

www.bernhardhagemann.de

Markus Richter

Die Königshütte
am Ochsenälpeleskopf

Karfreitag, 30. März 1888

Der Aufstieg

Herr Schilling wischte sich den Schweiß von der Stirn. Er stopfte das Schnupftuch zurück in die Hosentasche und schirmte die
Augen mit den Handflächen gegen die tiefstehende Sonne ab.
Für den Vorfrühling war es viel zu warm. Außerdem zählte er
nicht mehr zu den Jüngsten. Hinter ihm lag ein stundenlan-
ger Fußmarsch von Hohenschwangau über die Bleckenau ins
Ammergebirge hinein. Und das Ziel war noch lange nicht erreicht.

Sein Begleiter deutete mit dem Hirtenstock auf einen der umliegenden Gipfel, nickte ihm grunzend zu und marschierte weiter.

»Vielen Dank für das Gespräch«, murmelte Herr Schilling. Er
schob seinen Chapeau Claque wieder in die Stirn, hob die schwarze
Reisetasche vom Boden auf und folgte dem Hirten weiter auf dem
schmalen Bergpfad. Er ärgerte sich, dass er seinen üblichen dunklen
statt einem hellen Anzug trug.

Er dachte darüber nach, sich seiner Jacke zu entledigen, um
nicht den Hitzetod zu sterben. Allerdings fühlte er sich ohne Jacke
unwohl. Er konnte sich gar nicht daran erinnern, wann er sich zuletzt hemdsärmelig in der Öffentlichkeit gezeigt hatte.

»Jetzt wird's gach!«, raunte ihm sein Begleiter grinsend zu. Der Bursch steckte in einer viel zu großen, speckigen Krachledernen, die ihm bei jedem Schritt um die Knie schlotterte. Da konnte auch Herr Schilling die gesellschaftlichen Konventionen hintanstellen.

Ihr Ziel war eine kleine Schutzhütte am Ochsenälpeleskopf. Herr Schilling konnte noch immer kaum glauben, dass ihn Johann von Lutz auf diese merkwürdige Mission ins Ammergebirge entsandt hatte. Anfangs hatte er den Auftrag für einen schlechten Scherz des Ministerratsvorsitzenden gehalten. Herr Schilling war der dienstälteste Geheimpolizist Bayerns und näherte sich mit großen Schritten seinem achtzigsten Lebensjahr. Andere genossen längst ihren wohlverdienten Ruhestand.

Der Bergpfad schlängelte sich in Serpentinen über einen steilen Grashang, der im Sommer als Viehweide diente, wie ihm sein sonst ziemlich wortkarger Begleiter erklärte. Der Untergrund war stellenweise morastig, denn bis vor ein paar Tagen hatte hier noch Schnee gelegen. Die feinen Lederschuhe von Herrn Schilling erwiesen sich für diese Tour als denkbar ungeeignet. Sein Begleiter war barfuß unterwegs. Der Geheimpolizist überlegte, ob er es ihm nicht gleichtun sollte, um sein Schuhwerk zu schonen. Doch dazu konnte er sich nicht durchringen. Während seiner Militärzeit hatte er sich regelmäßig der Stiefel entledigt, um barfuß weiterzumarschieren, wenn die Blasen zu schmerzhaft geworden waren. Doch das lag schon eine halbe Ewigkeit zurück. Herr Schilling hatte die Armee während der Revolution 1848 verlassen und stattdessen den Dienst bei der Geheimpolizei angetreten.

Sein Begleiter war ihm enteilt und verschwand im Tannengrün, das sich an den Grashang anschloss. Herr Schilling bohrte seinen Gehstock aus Ebenholz in den weichen Untergrund. In den vergangenen Jahren hatte ihm der Stock hauptsächlich dazu gedient, Gebrechlichkeit vorzutäuschen. Im Notfall ließ er sich aber auch als Waffe gebrauchen.

Der Zug aus München war gestern Mittag an der Endstation Biessenhofen angekommen. Dort musste Herr Schilling eine gute Stunde auf die Kutsche für die Weiterreise warten. König Ludwig II. von Bayern, Gott hab' ihn selig, hatte die Bahnstrecke nicht bis Füssen ausbauen lassen, obwohl er regelmäßig Schloss Hohenschwangau bewohnte und ab 1869 in unmittelbarer Nachbarschaft sogar eine weitere, die »Neue Burg« errichten ließ. Denn er fürchtete, dass die Eisenbahn zu viele Sommerfrischler in diese Gegend bringen würde, die er für sich allein beanspruchte. Die fehlende Zugverbindung verkomplizierte allerdings den Bau der Neuen Burg. Ludwig II. sah sich genötigt, den Posthalter Hindelang von Biessenhofen die dort ankommenden Baumaterialien auf Fuhrwerke umladen und nach Hohenschwangau transportieren zu lassen. Hindelang erzählte Herrn Schilling von dieser Vereinbarung, nicht ohne Stolz in der Stimme, auf der Kutschfahrt nach Füssen. Erst Prinzregent Luitpold, das neue Staatsoberhaupt, ließ die Bahnstrecke von Biessenhofen bis nach Füssen fertigstellen. Die Eröffnung dieses fehlenden Abschnittes war für das kommende Jahr geplant. Das schien der Posthalter durchaus zu bedauern.

Herr Schilling trat jetzt ebenfalls in den Wald ein. Der Bergpfad schlängelte sich durch lichtes Tannenholz, das mit Fichten und Bergahorn durchsetzt war. Hin und wieder spitzte die schneebedeckte Kuppe des Ochsenälpeleskopfes durch den Bergwald.

»Wo bleibscht denn?«

Herr Schilling zuckte zusammen. Der Bursch war urplötzlich hinter einer Tanne hervorgesprungen und glotzte ihn an.

»'s isch nimma weit. Mir solltat halt droba sei, vor's finschter wird!« Herr Schilling wich einen Schritt zurück. Sein Begleiter war einen Kopf größer als er und wesentlich jünger. Er schätzte ihn auf Anfang dreißig. Unter dem braunen Schlapphut, der schief auf seinem Kopf saß, schauten zerzauste, strohblonde Haare heraus. Das weiße Leinenhemd hing nachlässig aus dem Hosenbund. Seine graue Lodenjacke hatte er über den verschlissenen Rucksack geworfen.

»Dann sollten wir keine Zeit verlieren!«

Herr Schilling deutete mit dem Stock nach oben. Dabei zielte er auf die Nasenspitze seines Begleiters.

Der Bursch grinste ihn an, räusperte sich lautstark und spuckte vor Herrn Schilling auf den Waldboden.

»An mir solls it liega, Großväterle!«

So hatte ihn noch niemand genannt. Bevor Herr Schilling die Unverfrorenheit parieren konnte, drehte sich der Bursch um und lief weiter. Herr Schilling schluckte seine Wut hinunter. Er wollte nicht schon wieder den Anschluss verlieren. Normalerweise hätte er dem Lümmel Manieren beigebracht. Das musste warten, bis sie bei der Hütte waren.

Die Hütte

Unvermittelt tauchte die Hütte vor ihnen auf. Herr Schilling blieb stehen, stellte seine Reisetasche ab, stütze sich auf den Stock und zog das Schnupftuch aus seiner Hosentasche. Es war klatschnass und zum Schweißabwischen nicht mehr zu gebrauchen. Herr Schilling fühlte sich alt.

Der Bursch sprang über einen Bach und preschte eine letzte kurze Steigung zur Hütte hinauf. Alles ganz mühelos.

Seit ihm der Bezirksamtmann von Füssen den Burschen vorgestellt hatte, waren sechs Stunden vergangen. Die Sonne verschwand hinter dem höchsten Gipfel. Herr Schilling glaubte sich von einem früheren Aufenthalt in Hohenschwangau daran zu erinnern, dass es der Säuling war, der sich einsam und markant zwischen die Tannheimer Berge und die Ammergauer Alpen spreizte. Dunkle, kühle Schatten fielen über die Felswände. Die Hütte, die eben noch in gleißendes Sonnenlicht getaucht gewesen war, thronte düster auf der grünen Kuppe, gesäumt von Latschen und gerahmt von der bizarren Felskulisse des dahinterliegenden Bergkamms. Herr Schilling fröstelte.

Um einen großen Schritt über den Bach zu machen, den sein Begleiter bereits hinter sich gelassen hatte, stützte sich Herr Schilling mit dem Gehstock ab. Seine Knie versagten den Dienst. Er landete mit einem Fuß im eiskalten Wasser, das in seinen Schuh lief und den Strumpf durchnässte.

»Zefix!«

Sein Fluch hallte von den gegenüberliegenden Felswänden wider. Er zog den Fuß aus dem Wasser, überquerte den Bach und balancierte ungelenk über zwei glitschige Steine. Nach einer letzten Anstrengung erreichte er die Hütte. Oben stand sein Begleiter, stützte sich lässig auf den Hirtenstab und grinste frech auf ihn herab. Der Bursch wurde ihm immer unsympathischer.

Der Auftrag von Herrn Schilling schien simpel, wenn auch ungewöhnlich. Prinzregent Luitpold hatte angekündigt, dass er künftig des Öfteren in den Revieren rund um Füssen, Schwangau und Ettal auf die Jagd gehen wolle. Der Onkel des vormaligen Königs Ludwig II. war, im Gegensatz zu diesem, ein passionierter Waidmann. Im kommenden Sommer plante er, mit einer großen Jagdgesellschaft durch den Ammergau zu streifen. Herr Schilling sollte sämtliche Jagdhütten hinsichtlich ihrer Sicherheit untersuchen. Denn der Prinzregent erfreute sich bei den Gebirglern keiner allzu großen Beliebtheit. Man kreidete ihm noch immer die Entmachtung und den Tod seines Neffen an.

König Ludwig II. war am Pfingstsonntag 1886 tot im Wasser des Würmsees aufgefunden worden. Ein paar Tage zuvor hatte man ihn auf Grundlage eines ärztlichen Gutachtens für geisteskrank und regierungsunfähig erklärt. Der federführende Arzt Dr. Bernhard von Gudden, als Professor und Direktor der oberbayerischen Kreisirrenanstalt München eine Kapazität auf dem Gebiet der Psychiatrie, kam gemeinsam mit dem König im See ums Leben. Gudden hatte das Gutachten im Auftrag der Minister und der königlichen Familie erstellt. Da Ludwig II. kinderlos war und sich sein einziger Bruder Otto, längst entmündigt, schon seit Jahren in nervenärztlicher Behandlung befand, übernahm Luitpold die Regentschaft. Nur wenige Tage, nachdem Ludwig II. auf der Neuen Burg Hohenschwangau von einer Kommission abgesetzt und zur Behandlung nach Schloss Berg am Würmsee gebracht worden war, ereignete sich die Tragödie.

Herr Schilling war in jenen schicksalhaften Tagen hautnah dabei gewesen und wusste, wie sich Entmündigung, Festsetzung und Sterben Ludwigs II. wirklich zugetragen hatten. Offiziell hieß es, der König habe den Tod im Wasser gesucht und Bernhard von Gudden, der ihn davon abhalten wollte, mit bloßen Händen erwürgt. Anschließend sei Ludwig II. ertrunken.

Herr Schilling kannte die Wahrheit.

Sein Begleiter sperrte die Hüttentür auf, ging hinein, öffnete die drei Fenster und schlug die Läden zurück. Herr Schilling blieb im Türrahmen stehen. Der Raum war winzig. Auf der Eckbank fanden höchstens drei schmale Personen Platz. Außerdem standen zwei aus dem Leim geratene Holzstühle um den Tisch. Als Kochgelegenheit diente ein kleiner, gusseiserner Herd. Über der Eckbank hing ein Portrait von König Ludwig II. in Generalsuniform. Das musste natürlich dringend gegen ein Bild des Prinzregenten ausgetauscht werden. Neben der Tür stand ein Schrank, gegenüber ein Stockbett.

»Oben oder unten?«, fragte ihn der Bursch feixend.

Herr Schilling blickte konsterniert auf die bescheidene Schlafstatt. Hier sollte er die Nacht verbringen? Auf engstem Raum mit dem rotzfrechen Lümmel? Wahrscheinlich schnarchte er und stank wie ein Iltis.

Herr Schilling ließ sich ächzend auf der Sonnenbank vor der Hütte nieder und lehnte sich an die geschindelte Wand. Er stellte seine Reisetasche ab und legte den Chapeau Claque neben sich.

»Müssen wir wirklich hier übernachten?«

Der Bursch trat aus der Hütte, ging wortlos an Herrn Schilling vorbei und steuerte auf den Holztrog zu, in den das Wasser einer nahen Quelle plätscherte. Der Bursch wusch sich das Gesicht und prustete.

»Morga früa lauf mer durchs Ochsakar und num zur Jägerhütt.«

Er zeigte zum Ochsenälpeleskopf hinauf, dessen schneebedeckte Kuppe im späten Sonnenlicht leuchtete.

»Des Kar got zwischa dem Ochsenkopf und dem Kreuzspitzla dur. Da mias ma dur'n Schnee. Des wär für heut viel z'viel und in zwoa Stund isch d' Sonn furt. Ruh di besser aus, Großväterle! Morga isch o no a Dag.«

»Will der Prinzregent wirklich in dieser …« Herr Schilling rang nach dem passenden Wort. »… in dieser Hundehütte übernachten? Und wo soll die Jagdgesellschaft logieren?«

Der Bursch starrte ihn ausdruckslos an und zuckte mit den Schultern. Dann klatschte er sich erneut Wasser ins Gesicht, wischte sich mit dem Hemdsärmel ab und verschwand hinter der Hütte.

Herr Schilling hörte ihn kurz darauf Holz machen und kam ins Grübeln.

Die Lage war eine außerordentlich schöne, mit einer herrlichen Aussicht ins Tal. Trotzdem konnte er sich beim besten Willen nicht vorstellen, dass der 67-jährige Prinzregent hier übernachten wollte. Denn die Hütte, errichtet wohl als Notunterkunft für Jäger und Holzmacher, schien ihm – bei aller Vorliebe Luitpolds für das Einfache – allzu schlicht. Hatte König Ludwig II., der des Öfteren mit einem einzigen Begleiter im Gebirge unterwegs gewesen war, diese Hütte benutzt? Weshalb sonst nannte sie der Bursch *Königshütte*?

Herr Schilling fühlte sich erschöpft und spürte, wie sich seine Muskeln entspannten.

Plötzlich schreckte er auf. Der Bursch lief an ihm vorbei, die Arme voller Brennholz.

»'s werd zapfig heit Nacht. I mach a Fuiar.«

Herr Schilling konnte ein Gähnen nicht unterdrücken. Er stand auf, streckte sich und warf einen Blick hinter die Hütte. Dort stapelte sich jede Menge Holz.

»Des isch no z' groaß für des kloine Ofaloch.«

Der Bursch stand schon wieder neben ihm und packte sich weitere Scheite auf die Unterarme.

Herr Schilling spürte ein Knacksen im Kniegelenk und einen heftigen Schmerz. Er setzte sich wieder auf die Sonnenbank und nahm sich vor, als nächstes die topografische Karte zu studieren, die er sich vor seiner Abreise im Büro des Königlich Bayerischen Generalstabes besorgt hatte.

Er lehnte den Kopf zurück und dämmerte weg.

Die Jagd

Herr Schilling spürte einen Luftzug von rechts. Instinktiv riss er den Kopf zur Seite und hörte einen dumpfen Schlag. Ein stechender Schmerz schoss durch sein rechtes Ohr. Aus dem Augenwinkel erkannte er die angerostete Klinge einer Axt, die direkt neben seinem Kopf in den Schindeln der Hüttenwand steckte. Finger mit schmutzigen Nägeln umklammerten den Stiel. Vor ihm stand der Bursch. Für einen Moment trafen sich ihre Blicke.

»Was zur Hölle …«, stammelte Herr Schilling.

Der Bursch fletschte die Zähne und griff auch mit der anderen Hand nach dem Stiel. Er stellte den rechten Fuß zwischen Herrn Schillings Beine auf die Bank und stemmte sich mit aller Kraft nach hinten, um die Axt herauszuziehen.

Herrn Schilling blieb keine Zeit, darüber nachzudenken, weshalb ihm der Bursch den Schädeln spalten wollte.

Er fingerte nach seiner Reisetasche, in der die Pistole griffbereit auf der Leibwäsche lag. Doch bevor er sie erreichte, drückte ihm der Bursch das Knie gegen den Brustkorb und presste ihn gegen die Hüttenwand. Herrn Schilling blieb die Luft weg.

»Du kommscht it aus, Großväterle!«

Herr Schilling hatte keine Chance, an seine Tasche zu gelangen. Der Bursch rüttelte mit aller Macht am Stiel, um die Klinge freizubekommen.

In der Hoffnung, den Burschen abwehren zu können, tastete Herr Schilling nach seinem Gehstock, der neben der Bank an der Wand lehnte. Mit den Fingerspitzen berührte er schon den silbernen Griff. Weiter kam er aber nicht.

»Glei hab i di!«, zischte der Bursch.

Geifer spritzte aus seinen Mund und landete auf Herrn Schillings Wange. Plötzlich bewegte sich die Axt, der Bursch kippte nach hinten – und Herr Schilling bekam den Gehstock doch zu fassen. Beherzt rammte er dem Angreifer den silbernen Griff gegen die Schläfe. Der Bursch jaulte auf, taumelte zur Seite und zog die Axt auf diese Weise vollends aus der Hüttenwand. Er stürzte rücklings zu Boden, ließ die Axt aber nicht los.

Benommen schüttelte er den Kopf.

Herr Schilling sprang auf, ließ Reisetasche und Hut liegen, jagte am Wassertrog vorbei zum Bergpfad zurück. Aus dem Augenwinkel sah er, dass der Bursch wieder aufrecht stand, seinen Schlapphut aufhob und ihm hinterherschrie.

»Du entkommscht mir it, Großväterle!«

Herr Schilling hatte an die dreißig Fuß Vorsprung. Ohne sich umzusehen, rannte er den Hang hinunter, setzte über den Bach und lief auf den Wald zu. Es war noch zu hell, um sich hier zu verstecken. Zudem kam ihm der Bursch schon bedrohlich näher. Herr Schilling ahnte, dass er sich einem Zweikampf stellen musste.

Sein Verfolger schleuderte ihm die wildesten Verwünschungen hinterher. Herrn Schilling schossen Fragen um Fragen durch den Kopf: Warum wollte ihn der Bursch umbringen? Wer hatte ihn beauftragt? Warum hatte er nicht schon auf dem Hinweg zur Hütte zugeschlagen?

Statt den Serpentinen des Bergpfades zu folgen, kürzte Herr Schilling ab und rannte den steilen Grashang geradeaus hinunter. Wenn er ins Rutschen kam, bewahrte ihn sein Gehstock vor dem Straucheln. Schließlich gelang es ihm sogar, seinen Vorsprung zu vergrößern. Er fühlte sich beinahe wie in alten Zeiten und wunderte sich selbst über seine Behändigkeit. Doch plötzlich schmerzten seine Oberschenkel. Die Lungen brannten. Er japste.

»Jetza hab i di!«

Herr Schilling spürte eine Hand des Burschen auf seiner linken Schulter. Er rechnete mit dem finalen Hieb, mobilisierte seine letzten Kräfte und entwand sich dem festen Griff.

Atemlos erreichte er einen schmalen Steg, der einen rauschenden Gebirgsbach mit felsiger Sohle und mehreren Gumpen überspannte. Herr Schilling rutschte auf den glitschigen Holzbohlen aus und fiel mit dem Hinterteil voraus ins eiskalte Wasser. Er klammerte sich mit erfrierenden Fingern an einen Felsen und richtete sich keuchend und mit tobenden Schmerzen im Steißbein auf.

Sein Verfolger stand auf dem Steg und schaute verdutzt zu ihm herunter. Dann grinste er breit und sprang ebenfalls ins Wasser.

Drei Armlängen entfernt baute er sich triefnass und mit der Axt in der Rechten vor Herrn Schilling auf.

Herr Schilling schlotterte am ganzen Körper. »Warum willst du mich erschlagen?«

»Es isch nix Persönliches, Großväterle! I hob sogar den größschten Reschpekt vo dir. Für die Alter bischt guat beinand. Aber die ham guat zahlt. Du woascht z'viel über'n Tod vom Kenig, ham se g'meint.«

Er umklammerte den Axtstiel mit beiden Händen und watete einen Schritt auf sein Opfer zu.

Bei Herrn Schilling fiel der Groschen. Der saubere Herr von Lutz wollte ihn loswerden. Hatte der Prinzregent womöglich sogar seinen Segen dazu gegeben? Immerhin wusste Herr Schilling genau, wer den Befehl erteilt hatte, Ludwig II. zu entmachten. Die angebliche Geisteskrankheit war nur ein Vorwand gewesen. In Wirklichkeit ging es um Macht und Geld. Herr Schilling hatte Ludwig II. während der letzten Stunden in der Neuen Burg Hohenschwangau persönlich erlebt und festgestellt, dass der König schwermütig, aber geistig völlig klar war. Von Verrücktheit keine Spur. Das hatte er dem Ministerratsvorsitzenden Lutz vor einigen Wochen auch geschildert. War das der Grund dafür, dass er jetzt beseitigt werden sollte? Jedenfalls hatte die Staatsmaschinerie alle Hebel in Bewegung gesetzt, die Bevölkerung von der dauerhaften Unzurechnungsfähigkeit des Königs zu überzeugen.

Vertraute ihm, Herrn Schilling, die Regierung nicht mehr?

Bislang war es den Herrschaften herzlich gleichgültig gewesen, wie er seine Aufträge erledigte. Man hatte ihm stets die delikaten Angelegenheiten zugewiesen. Jahrzehntelang galt er als Meister geräuschloser Aktionen, der nicht davor zurückschreckte, sich für den Staatsapparat die Hände schmutzig zu machen. Jetzt war er gefährlich geworden.

Der Bursch machte einen weiteren Schritt auf ihn zu und holte aus. Er grinste. Herr Schilling konnte nicht ausweichen. Gut so.

Denn er gedachte, seinem Angreifer das Gefühl der Überlegenheit zu geben.

Blitzschnell löste Herr Schilling die Arretierung am Griff seines Gehstocks, und zog einen messerscharfen, halbmeterlangen Degen aus dem Schaft. Der Stahl glänzte in der Dämmerung. Lautlos durchbohrte Herr Schilling den Hals des Burschen unterhalb des Adamsapfels und zog die Klinge elegant wieder heraus.

Der Mann riss die Augen auf. Eine Blutfontäne spritzte Herrn Schilling entgegen und verfehlte ihn knapp. Die Axt fiel klirrend zu Boden. Mit einem leisen Seufzer kippte der Mann nach hinten und klatschte ins seichte Wasser. In der Dämmerung verfärbte es sich schwarz.

Die einfallende Nacht war lausig kalt. Herr Schilling stieg zu einer kleinen Schutzhütte auf, die er vom Steg aus entdeckt hatte, und verschaffte sich Zugang, indem er ein Fenster einschlug. Er zog den nassen Anzug aus, legte sich in das klapprige Feldbett, fror trotz dreier Filzdecken und machte kein Auge zu. Bei jeder Bewegung quälten ihn stechende Schmerzen im Steiß. Und wenn er sich auf die rechte Seite legte, blutete sein geschlitztes Ohr.

Als die Sonne aufging, stieg er mit immer noch klammen Kleidern zum Gebirgsbach hinunter, zerrte den Leichnam aus dem Wasser und band ihn unter großen Mühen auf einer Handkarre fest, die er hinter der Schutzhütte gefunden hatte.

Er rumpelte mit dem Toten den Hang hinunter, bis zum ausgebauten Ziehweg, der zur Bleckenau zurückführte. Den nutzten seines Wissens nicht nur die hohen Herrschaften bei ihren Jagdausflügen ins Ammergebirge, sondern auch die Holzmacher – und die Viehhirten, die demnächst mit den Vorbereitungen für den Alpauftrieb beginnen würden. Die Arme des Toten hingen schlaff von der Karre herunter und schleiften am Boden. An einer Gabelung, an der ein Bergpfad zu einem weiteren Alpgebiet abzuzweigen schien, band er den Toten los, zog ihn von der Karre und ließ ihn auf den Boden fallen.

Er hob die Axt, hieb in den Hals des Toten, traf exakt die Stelle, an der er den Burschen mit dem Degen durchbohrt hatte. Der Hieb durchtrennte die Halswirbelsäule nicht ganz. Herr Schilling musste sein Knie auf das Gesicht des Toten pressen, um die Klinge zu lockern. Es knirschte und knackste, als er am Stiel rüttelte. Schließlich bekam er die Axt frei. Blutige Fetzen klebten am Stahl.

Beim zweiten Hieb brachen die Knochen zur Gänze, der Kopf rollte seitlich weg. Die zertrümmerte Halswirbelsäule ragte blank aus dem Fleisch. Herr Schilling legte die Axt beiseite, packte den abgetrennten Kopf bei den blonden Haaren und schleuderte ihn in den Wald. Dann durchsuchte er die Hosentaschen des Toten. Er entdeckte in der einen zehn frisch geprägte Goldmünzen zu jeweils zehn Mark mit dem Konterfei des nur nominell regierenden Königs Otto von Bayern. War sein Leben den Auftraggebern gerade einmal hundert Mark wert gewesen?

In der anderen Hosentasche steckte eine zerknitterte Fotografie des Prinzregenten. Mit einem spitzen Zweig bohrte Herr Schilling Löcher durch die Augen Luitpolds, steckte die Fotografie und die Münzen in die Hosentaschen zurück und richtete sich auf.

Wenn der Leichnam entdeckt würde, würde sich jeder fragen, warum der Tote eine Fotografie des Prinzregenten mit ausgestochenen Augen bei sich trug. Die örtliche Gendarmerie würde zuerst im Dunkeln tappen, die Auftraggeber wären freilich gewarnt. Dass die Sicherheit des Prinzregenten in dieser Gegend nicht zufriedenstellend gewährleistet sein würde, war damit ebenfalls offensichtlich.

Zwischen den Bäumen leuchteten die blonden Haare des Toten. Herr Schilling bückte sich, hob den Schlapphut des Burschen vom Boden auf und ging hinüber zum abgetrennten Schädel.

»Ist ja schließlich deiner«, flüsterte Herr Schilling und setzte ihm den Hut ordentlich auf.

Dann machte er sich auf den Weg zur Königshütte Er musste noch seine Habseligkeiten holen: den Chapeau Claque und die Reisetasche mit Leibwäsche, topografischer Karte und mit der Pistole.

Er plante, sich unsichtbar zu machen.

Ochsenälpeleskopf
(auch Ochsenkopf genannt)
1.905 m
Ammergauer Alpen

Die Aufenthalte in der Königshütte unterhalb von Ochsenkopf und Kreuzkopf im Ammergebirge gehören zu meinen glücklichsten Kindheits- und Jugenderinnerungen. Frisches Quellwasser, ein Plumpsklo hinter der Hütte und zum Schlafen ein Stockbett. Für eine dritte Person konnte ein Feldbett aufgestellt werden. Ich verbinde mit der Königshütte zwei Erinnerungen, die mit meinem verstorbenen Vater zu tun haben. Ich war vielleicht zehn Jahre alt, als wir, von der Bleckenau kommend, eine neue, hölzerne Dachrinne auf den Schultern nach oben trugen, damit sie von den Männern, die sich um die Königshütte kümmerten, montiert werden konnte. Zu denen gehörte auch mein Vater, weshalb wir dort regelmäßig übernachten durften. Lebhaft erinnere ich mich an das Gewicht der fünf bis sechs Meter langen Rinne auf meinen schmächtigen Schultern. Ich fürchtete, dass wir niemals ankommen würden und war stolz, als wir es dann doch geschafft hatten.

Außerdem erinnere ich mich an eine Bergtour von der Hütte auf den Gipfel des Kreuzkopfes. Mein Vater wollte unbedingt die hinter dem Säuling untergehende Sonne fotografieren. Allerdings hatten wir nicht bedacht, wie schnell es nach dem Sonnenuntergang dunkel wird. Eine Lampe hatten wir nicht dabei. Deshalb brachten wir den Rückweg über die Grashänge auf dem Hosenboden und mit rasendem Herzklopfen hinter uns.

Markus Richter

Fast zwanzig Jahre arbeitete Markus Richter im berühmtesten Schloss Deutschlands, Neuschwanstein. Zuletzt war er als Kastellan für die täglichen Abläufe zuständig. Einige Jahre wohnte er mit seiner Familie sogar im »Märchenschloss«.

Bei der historischen Recherche für eine besondere Schlossführung stolperte er in der Chronik des Dorflehrers Alois Left über einen Eintrag zum Tod des Bauführers. Daraus entstand die Idee zu mehreren Neuschwanstein-Thrillern. Schon in den ersten beiden Bänden *Ins Herz* und *Ohne Herz* spielt Herr Schilling eine zwielichtige Rolle. In Band 3, *Königsherz*, der in Vorbereitung ist, greift er gar ein in die mysteriösen Vorgänge rund um die Absetzung und den Tod König Ludwigs II.

www.markus-richter-autor.de

Arno Wilhelm

Wanderzeit

Das Licht auf der Bühne erlosch. Das dicht gedrängte Publikum johlte und klatschte. Die Nebelmaschinen hüllten die Bühne in Rauch, und leise Streicher spielten eine sich stetig wiederholende Melodie. Musik und Publikum wurden lauter und lauter. Jetzt übernahm ein ganzes Orchester die Melodie, dessen Spiel an Fahrt aufnahm und immer weiter anschwoll. Der schwere, rote Vorhang teilte sich und dort stand er im grellweißen Licht: Jack Rodman. Den Hut tief in die Stirn gezogen. Abrupt endete das Intro und es wurde ganz still im Saal. Jack lächelte und begann leise zu singen.

»Die Lieferanten werden langsam unruhig«, sagte die Frau im Dunkeln zur gleichen Zeit tief im Süden des Landes, weit von dem Konzert entfernt. Ihre Stimme klang heiser. Durchs Fenster fiel das schwache, orangefarbene Licht des Sonnenunterganges, der draußen die Berghänge der Alpen beleuchtete. Doch keiner der drei, die hier um den massiven Holztisch an ihrem üblichen Treffpunkt saßen, hatte Zeit, den Ausblick zu genießen. Sie waren angespannt.

Das mit geschwungenen Mustern in dezenten Blautönen elegant verzierte Haus in der Füssener Altstadt gehörte ihnen gemeinsam über verschiedene Briefkastenfirmen. Es fiel trotz der Fassade inmitten der anderen verzierten Fassaden nicht weiter auf und konnte über drei Wege – Vordertür, Hintertür und einen versteckten Durchgang zum Nachbarhaus – betreten und insbesondere verlassen werden, was es zum perfekten Treffpunkt machte. Vor der Wohnzimmertür hörte man einen der bulligen Wachmänner schnaufen.

Eine ernste, kalte Frauenstimme, die zu einer Geschäftsfrau mit dem Namen Nina gehörte, antwortete: »Wir müssen die Kripo hier in der Stadt schnellstmöglich loswerden. Diese fette Kommissarin bringt die Geschäfte in Gefahr. Wo kommt die nochmal her?«

»Berlin«, antwortete Kim, die Frau mit der heiseren Stimme. »Zwei Morde, so kurz nacheinander. Ich denke auch. Das muss geklärt werden. Sonst wird es ungemütlich. Nächste Woche kommt neue Ware aus Italien über die zweite Route in Österreich hierher. Nicht, dass Enrico oder die Zwillinge noch kalte Füße kriegen, wenn die Kripo hier rumschnüffelt. Aber was sollen wir tun?«

»Mein Plan ist, eine Helferin zu engagieren, die sich um das Problem kümmert und herausfindet, wer für die Morde verantwortlich ist«, sagte Nina. »Ich kenne da jemanden. Sie hat einen guten Ruf und ist effizient. Und wir brauchen ein Ablenkungsmanöver, damit uns die Polizei nicht länger im Weg rumsteht. Hat wer von euch eine Idee?«

Eine Weile sagte niemand etwas. Dann ertönte der tiefe Bass von Robert, des Dritten im Raum. »Ich weiß schon, wen wir da einspannen. Ein Musiker. Lasst mich nur machen.«

Er schwieg wieder. Die anderen beiden wagten nicht, nachzufragen.

»Wir können es uns nicht leisten, dass die Deals platzen. Hoffentlich gibt es keine weiteren Morde«, sagte Kim mit ihrer heiseren Stimme. Doch dieser Wunsch sollte nicht in Erfüllung gehen.

Schon am nächsten Morgen begrüßte die Bergwacht die Kriminalhauptkommissarin Helga Herbertsen mit ihrem kleinen Team an einem neuen Tatort. Dieser dritte Tote war am Ende des schmalen Forstwegs, der quer durch den Wald Richtung Säuling führte, aufgefunden worden. Für Helga ein unfassbar langer Aufstieg, nachdem sie am berühmten Schloss Neuschwanstein notgedrungen mit ihrer Wanderung begonnen hatten. Es war unumgänglich, die Leiche vor Ort in Augenschein zu nehmen, doch jetzt kämpfte sie erstmal mit ihrer Puste, und ihre Seite schmerzte wie nie zuvor. Die Wolken und der Wind hatten es ihnen nicht erlaubt, es sich mit dem Hubschrauber einfacher zu machen.

Helga war in die Hocke gegangen, atmete schwer und laut. Große, dunkle Schweißflecken waren unter ihren Armen zu sehen. Ihre Teammitglieder, anders als sie allesamt am Rande der Alpen aufgewachsen, wirkten dagegen vergleichsweise frisch. Als sich Helgas Atmung beruhigt hatte, trank sie einen großen Schluck Wasser und aß eines ihrer im Rucksack mitgebrachten Leberwurstbrote.

Während Dr. Sulzbach, die junge Ärztin der KTU, schon die Leiche untersuchte, winkte die Kommissarin die Bergwachtler zu sich. Die drei Männer wirkten alle sportlich und angesichts der Umstände überraschend entspannt. Sie hatten bei ihren Einsätzen wohl schon Schlimmeres gesehen. Helga selbst machte auf Fremde mit ihrem freundlichen Lächeln und den grauen Locken zunächst meist den Eindruck einer gutmütigen Oma, die niemanden auch nur schimpfen würde. Sie nannte ihren Namen und wollte dann wissen: »Wer hat die Leiche gefunden?«

Bei einem der Männer zeigten sich erste graue Haare im Bart. Helga schätzte ihn auf Anfang vierzig. Er stellte sich als Josef Waginger vor. »Du kannst aber Sepp zu mir sagen, machen alle.«

Helga hatte das nicht vor und beschloss, ab sofort die Anrede zu vermeiden.

»Kirchner heißt er. Ein Wanderer, der hier öfter unterwegs ist. Soweit ich mich erinnere, ist er Lehrer in Füssen. Wollte kurz bieseln und ist hier ein Stück oberhalb des Weges zwischen die Bäume gegangen, und da hat er einen Schuh gesehen. Oder ein Stück davon. Er war ziemlich aufgelöst vorhin, aber wenn ich ihn richtig verstanden habe, hat er sich erstmal über die Touristen aufgeregt, die hier mit Müll rumwerfen und ist hin. Da lag die Leiche unter ein paar Ästen.«

»Klingt, als wäre sie nicht besonders gut versteckt worden«, sinnierte Helga. »Vielleicht musste es schnell gehen. Wo ist Herr Kirchner jetzt?« Sie blickte sich suchend um.

»Unten in der Stadt. Der stand unter Schock. Eine Kollegin von mir bringt ihn gerade ins Krankenhaus. Er kam zu unserer Diensthütte und wollte uns holen. Sein Handy hatte keinen Empfang. Erst hat er nur wirres Zeug geredet. Zum Glück haben ihn die Kollegen gleich soweit ernstgenommen.«

Helga bedankte sich bei den Männern der Bergwacht und wandte ihre Aufmerksamkeit der Ärztin samt Leiche zu. Die beiden anderen Ermittler in ihrem eilig zusammengestellten Team musste sie zum Glück nicht gleich in Kenntnis setzten. Die untersuchten die Umgebung und würden Schaulustige fernhalten.

Der Tote hatte eine Glatze und einen breiten, grauen Schnurrbart. Die dunklen Würgemale am Hals waren nicht zu übersehen. Mit den geschlossenen Augen wirkte die Leiche deutlich friedlicher als die beiden von neulich.

»Haben Sie schon Erkenntnisse, Frau Sulzbach?«

»Doktor Sulzbach«, korrigierte die Ärztin mit genervtem Blick.

»Schon wieder vergessen«, sagte Helga, hob entschuldigend die Hände und sparte sich ein süffisantes Lächeln, das die ganze Prozedur hier nur weiter erschwert hätte. »Ich gelobe Besserung.«

Die Ärztin nickte knapp. »Also, ich kann noch nicht wahnsinnig viel sagen. Das Opfer hat ja nichts bei sich, was Rückschlüsse auf die Identität zulässt. Ich schätze ihn auf Mitte oder Ende sechzig. Als Todesursache würde ich auch hier vermuten, dass er erwürgt wurde, genau wie die anderen. Es ist davon auszugehen, dass Hals und Hände wieder mit einem Desinfektionstuch abgewischt wurden, um Spuren zu verwischen. Die Kleidung ist in einem guten Zustand, die Schuhe passen vom Dreck zu einer Wanderung hier hoch. Nach dem Forstweg geht es schnell über in steiniges Gelände bis hoch zum Gipfel. Die Schuhe sähen durch das Geröll sicher anders aus, wäre er schon auf dem Rückweg gewesen. Aber ich will natürlich nicht in Ihre Ermittlungen eingreifen. Neben den Würgemalen gibt es weitere Kampfspuren an der Leiche. Offenbar wurde er an Händen und Armen gepackt und hat auch einen Schlag ins Gesicht abbekommen. Meiner ersten Schätzung nach ist er seit vier bis sechs Stunden tot. Das basiert aber nur auf einer groben Betrachtung der Haut, der Temperatur und seines Zustandes. Alles Weitere kann ich erst in ein paar Tagen sagen, ich bin mit der Obduktion des anderen Mannes noch nicht mal ganz durch und habe noch eine Menge Papierkram auf dem Tisch.«

Die Kommissarin zog die Augenbrauen hoch. »Haben Sie noch immer keine Verstärkung gekriegt? Wir brauchen dringend Unterstützung. Mir wurde das fest zugesichert. Soll ich da nochmal nachhaken?«

Die Ärztin winkte ab. »In Kempten geht gerade alles drunter und drüber. Ein Haufen Mordfälle in letzter Zeit rund um Kempten bis raus nach Altusried, die Kollegen sind schon völlig überlastet. Unter normalen Umständen würde ich lieber von dort aus arbeiten, und eher ein Kommissar aus der Gegend würde die Ermittlungskommission ...« Ihre Ohren wurden rot, und sie ließ den Satz unvollendet und unangenehm im Raum stehen.

Für einen Moment war ein säuerlicher Ausdruck auf dem Mund der Kommissarin zu sehen. Mittlerweile hatten sich die beiden Kollegen, die zusammen mit Helga Herbertsen die noch etwas dünn besetzte Ermittlungskommission bildeten, neben ihr eingefunden, um Bericht zu erstatten. Beide waren groß und stämmig und hatten kurz geschorene Haare. Helga fiel es schwer, sie zu unterscheiden. Der mit dem Leberfleck auf der Wange hieß Haugg, den Namen des anderen hatte sie nicht verstanden. Meizi oder etwas in der Art. Er war Kriminalobereister und hatte viel Bergerfahrung. In der Personalakte stand Messleitner, also war Meizi wohl sein Spitzname. Kriminaloberkommissar Haugg berichtete kurz, wie weit sie die Umgebung des Fundortes abgesucht hatten. »Bis jetza hamma nix Auffälligs gfunda«, fasste er schließlich zusammen. Wie immer, wenn er redete, kniff Helga vor Konzentration die Augen zusammen, um seinen Dialekt zu verstehen. »Alls recht ähnla zu de beida Leicha am Tegelberg. Drui Morde am Berg und koi brauchbare Schpur vor Ort.«

Helga nickte. »Ja, ich habe die Protokolle rauf und runter gelesen. Wir müssen unbedingt herausbekommen, was die drei Opfer gemeinsam haben. Ich gehe wieder zurück ins Büro und versuche von dort aus, mehr über die anderen beiden zu erfahren. Sie, Haugg, suchen bitte noch in einem größeren Radius. Weiter oben gibt es auch eine Hütte?«

Haugg schüttelte den Kopf. »'s Säulinghaus isch a guats Stuck weg, auf d'r öschterreichischen Seite. Die hand gwias nix mitkriagt.«

»Dann sehen Sie sich bitte hier umso gründlicher um, damit wir nichts übersehen. Und Sie ...« Helga zeigte auf den anderen Ermittler und stockte, nach wie vor unsicher wegen des Namens, »Sie bereiten bitte den Abtransport der Leiche vor. Sobald die Wolken weg sind, soll der Hubschrauber kommen. Der Mann muss schnellstmöglich identifiziert werden. Wenn es auch wieder ein Einheimischer ist, finden Sie bestimmt eine Möglichkeit.« Helga verabschiedete sich und machte sich an den Abstieg. In ihrem ganzen Leben war sie auf keinen so hohen Berg gestiegen. Warum gab es hier keine vernünftige Straße? Um sie herum waren fast nur Bäume zu sehen. Da quälte sie sich schon mal einen Berg hinunter und konnte nicht mal die Aussicht dabei genießen. Jeder Schritt jagte Schmerzen durch ihre Knie. Sie brauchte jetzt dringend ein paar Minuten für sich, um ihre Gedanken und die Ermittlungsergebnisse zu ordnen. Wann würde der nächste Mord geschehen? Die Zeit drängte.

Der Applaus in der ausverkauften Halle donnerte Jack Rodman entgegen. Er deutete ein letztes Mal eine Verbeugung an, reckte die Gitarre triumphierend in die Höhe und genoss einen Moment den Anblick. Das Publikum war verschwitzt, verausgabt und begeistert. Sie klatschten und schrien sich die Seele aus dem Leib. Die junge Frau am Lichtpult dimmte wie besprochen den Spot immer weiter, so dass Jack sich mit ein paar eleganten Schritten hinter die Bühne verziehen konnte. Sein Roadie Karsten nahm ihm wie nach jedem Gig die Gitarre ab. Für die Zuschauer wurde jetzt ein großer, leuchtender Schriftzug mit seinem Namen eingeblendet, in schlanken Lettern neu designt für das anstehende nächste Album. Jack atmete tief durch und wischte sich den Schweiß von der Stirn. Er liebte diesen Augenblick, in dem der Adrenalinspiegel langsam sank und das Publikum noch zu hören war. Jetzt ein Bier und dann würde er sich am Hinterausgang der Halle blicken lassen und ein paar Autogramme geben. Ob die schöne Helena heute wieder auf ihn wartete?

Ein altmodisch piepsendes Handyklingeln aus dem Backstageraum riss ihn aus seinen Gedanken. Er wusste sofort, was das bedeutete. Mit flauem Gefühl im Magen nahm er das billige, schwarze Wegwerftelefon vom Tisch und ging ran. »Uwe?«

»Ich habe mal wieder eine Bitte an dich.« Die Stimme weckte in ihm bei jedem ihrer seltenen Gespräche die Erinnerung an die Zeit in der Reha.

»Du weißt, dass ich dir nichts abschlagen kann«, sagte Jack.

Ein trockenes Lachen erklang.

»Geht es um Geld? Ein Alibi?«, fragte Jack und unterdrückte ein Seufzen.

»Du spielst doch nächste Woche in Füssen – unten im Allgäu«, sagte Uwe. »Deshalb hat mich jemand kontaktiert, dem ich noch einen Gefallen schulde. Du musst ein paar Leuten dort ein bisschen helfen, nichts Gefährliches. Beweg einfach deinen Arsch da runter. Wo deine Kontaktperson morgen früh zu finden ist, steht auf dem Zettel unter deinem Fahrersitz. Und als kleiner Ratschlag: Die Kontaktperson ist eine ziemlich taffe Frau. Fass der lieber nicht ungefragt an den Arsch, wenn du weiter mit beiden Händen Gitarre spielen willst.« Wieder das trockene Lachen.

»Aber ich habe noch zwei andere Gigs, Stuttgart und Ulm, ich kann morgen nicht schon nach Füssen fahren«, sagte Jack verzweifelt.

Schweigen in der Leitung. Unangenehmes Schweigen.

Jack schloss die Augen. »Lässt sich sicherlich irgendwie machen«, gab er nach einer gefühlten Ewigkeit nach. Ihm graute es jetzt schon vor dem Gespräch mit seinem Tourmanager. »Wir können dort bestimmt auch früher unsere Zelte aufschlagen. Und das Handy?«

»Wirf es auf der Fahrt aus dem Fenster. Und enttäusch mich nicht«, knurrte Uwe, dann war nur noch ein Piepen in der Leitung.

Jack ließ sich gefrustet aufs Sofa fallen. Seine Vorfreude auf die Autogramme war ihm vergangen.

Am Mittag des folgenden Tages regnete es in Strömen. Kommissarin Helga Herbertsen und ihr Team samt der Ärztin saßen im provisorisch eingerichteten Besprechungsraum mit Blick auf das nass-glänzende graue Kopfsteinpflaster des alten Klosterhofs. Sie gingen noch einmal alles durch, was sie wussten, während der Regen an die Scheibe trommelte. Helga stand am Fenster und massierte sich nachdenklich mit einer Hand ihren Nacken.

»Es muss doch einen Zusammenhang geben. Drei Mordopfer rund um eine so kleine Stadt. Alle drei erwürgt. Aber ich kann einfach nichts entdecken, was die drei verbindet. Und warum sie alle gerade beim Wandern den Tod gefunden haben. Hat von Ihnen noch jemand eine Idee?« Sie blickte in die Runde, aber niemand sagte etwas. Alle drei sahen sie finster an. Meizi hatte die Arme verschränkt. Helga wusste nur zu gut, dass niemand nachvollziehen konnte, warum ausgerechnet sie hier die Ermittlungskommission leitete, die Neue. Und auf ihren Wunsch sogar direkt in Füssen statt wie üblich von Kempten aus, wo ihr noch mehr Frust entgegenschlagen würde. Aber seit den Ermittlungen in Zusammenhang mit dem Minister Hein, dessen Tochter sie im vergangenen Jahr nicht nur den Ruf, sondern sogar das Leben gerettet hatte, genoss Helga eine gewisse Narrenfreiheit.

Dennoch musste sie sich jetzt hier beweisen, wenn sie sich bei der bayerischen Kripo einen guten Stand erarbeiten wollte. Ihr letzter Fall in Berlin hatte genug verbrannte Erde hinterlassen.

»Gehen wir die Opfer nochmal durch. Zunächst wäre da mal Franziska Sendlinger. 55 Jahre alt. Ihre Leiche wurde am Tegelberg gefunden, mit vergleichbaren Würgemalen zu der Leiche von gestern, ein Stück oberhalb der Rohrkopfhütte. Am Hals frisch mit Desinfektionsmitteln gereinigt. Das war vor dreizehn Tagen. Sie leitete eine kleine IT-Firma in Füssen, die laut den Aussagen der beiden Azubis hauptsächlich für die Videoüberwachung von Supermärkten und für Computerreparaturen zuständig war. Opfer zwei?« Sie blickte zu Haugg hinüber, der die Informationen zur zweiten Leiche ohne Blick auf seine Notizen abspulte.

»Männlich, Alois Huber. 67 Johr alt. Wohnhaft in ar kloana Wohnung z' Fiassa-Wescht. Er isch von seim Bua als vermisst g'meldt und schließla am Tegelberg g'funda wora, wo er an Hang nagfalla isch, a Stuck hinter d'r Rampa vo d'r Gleitschirmfluigar. Jetzt in d'r beschta Tourischtasaison schockiert des natürli d' Leit. Die Wanderluscht nimmt a, wenn hier am Berg Morde g'schechat. D'r Schturz war ja itta die Todesursach, er war ja scho vorher hi. O erwürgt und laut KTU mit derselba Art Tuch am Hals g'reinigt worda.«

Diesmal verstand Helga seine Worte sogar vergleichsweise problemlos. Bei dem Verweis auf die KTU hatte Haugg Frau Dr. Sulzbach mit einem kurzen Nicken seine Anerkennung ausgedrückt, was sie mit einem schmallippigen Lächeln zur Kenntnis nahm. Helga blickte zu Meizi.

»Das dritte Opfer wurde gestern auf dem Säuling gefunden und konnte mittlerweile identifiziert werden«, berichtete er. »Maximilian Schuster, 72 Jahre. Sonst wissen wir noch nicht allzu viel, sind aber dran.«

»Danke«, sagte Helga. »Die beiden Männer waren Rentner, und soweit wir bisher wissen, kannten sich die Opfer nicht. Keine gemeinsamen Vereine, nie im selben Betrieb gearbeitet und keine Hinweise auf gemeinsame Freunde. Alle waren ziemlich fit, haben aber auch nicht im selben Fitnessstudio trainiert oder so.« Sie grübelte einen Moment und sah wieder aus dem Fenster.

Das Gewitter hatte sich verzogen. Eine Gruppe Touristen fotografierte den Innenhof des ehemaligen Klosters St. Mang, wo die Ermittlertruppe vorläufig ein Büro nutzte. Helga trat einen Schritt zurück, um nicht auf den Fotos zu landen. »Ich sehe keinen Zusammenhang. Wir können aber auch nicht rumsitzen und auf das nächste Opfer warten. Dann lassen Sie uns mal die Aufgaben für heute verteilen. Ich schlage vor, die beiden Herren befragen nochmal die Auszubildenden des ersten Opfers, und …«

Haugg fiel ihr ins Wort.

»Des bringt doch so nix. Eiser Team isch viel z' klua, wir brauchat Unterschtützung aus Kempta, für den Papierkram und für die Ermittlunga.«

»Ich treffe hier die Entscheidungen«, konterte Helga und ließ sich entnervt auf ihrem Schreibtischstuhl nieder. Sie packte die Käsesemmel vor sich aus der weißen Folie. »Und die Ermittlungskommission wurde mir anvertraut, wie Sie wissen. Ich telefoniere täglich mit Kempten, wir kriegen in den nächsten Tagen massiv Verstärkung. Aber gut, bis dahin können wir ...«

Wieder wurde sie unterbrochen, denn plötzlich flog die Tür auf und ein Mann in weißem Anzug und mit auffälligen Cowboystiefeln trat ein. Er trug einen schwarzen Hut und wirkte in seiner Aufmachung hier fast schon so deplatziert wie die Sonnenbrille, die seine Augen verdeckte. Er spazierte durch den Raum, als wäre es das Normalste der Welt, in das Besprechungszimmer einer Polizeieinheit einzudringen, ließ sich gemütlich auf dem Stuhl vor Helgas Schreibtisch nieder und legte die Füße auf den Tisch.

Die vier anderen blickten ihn mit offenem Mund an. Sie alle kannten sein Konterfei aus dem Fernsehen und von den Plakaten, mit denen Füssen zurzeit tapeziert war.

»Jack Rodman?«, platzte Meizi heraus. »Was machst du, äh, machen Sie denn hier?«

»Kannst mich ruhig duzen«, gestattete Jack gönnerhaft und nickte ihm freundlich zu.

Die Kommissarin legte ihre Käsesemmel zur Seite und betrachtete mit ernstem Blick abwechselnd Jacks Gesicht und seine Stiefel auf ihrem Schreibtisch.

»Was tun Sie hier?«, fragte sie. Ihre Stimme war deutlich dominanter als sonst, auch ihre Haltung wirkte weit weniger gutmütig.

»Ich bin jetzt schon in der Stadt. Sie wissen bestimmt, dass ich hier in ein paar Tagen ein Konzert gebe«, antwortete Jack und ließ den Satz stehen, als sei damit alles gesagt.

Eifrig nutzte Meizi die Lücke im Gespräch: »Mein Bruder ist sogar vor Ort beim Konzert im Dienst und regelt den Verkehr am

Festspielhaus«, sagte er stolz und fing sich einen finsteren Blick der Kommissarin ein.

»Das beantwortet nicht meine Frage, was Sie hier tun.«

»Ich wollte meine Hilfe anbieten, wegen den Morden«, sagte Jack und lächelte selbstbewusst.

»Wissen Sie etwas darüber?«

»Nein.«

»Haben Sie etwas gesehen?«

»Nein.«

»Haben Sie Kenntnis von irgendetwas«, Helga betonte das letzte Worte ganz besonders, »das uns in diesen Ermittlungen weiterbringen kann?«

»Nein.«

Helga massierte wieder ihren Nacken.

»Ich dachte, wir könnten möglicherweise meine Bekanntheit nutzen, um nach dem Täter zu suchen«, erklärte Jack. »Ihm eine Falle zu stellen.«

Helga sah ihn einen langen Augenblick ernst an.

»Oder der Täterin«, schob er bemüht hilfreich nach.

Helga holte tief Luft, um ihm ihren Frust entgegenzubrüllen, da erschütterte eine laute Explosion den Klosterhof. Die Scheiben des Büros erbebten, und das Ermittlungsteam stürmte zum Fenster, bereit, augenblicklich einzugreifen.

Jack brauchte einen Moment, um sich von seinem Schrecken zu erholen, dann besann er sich auf den Plan und klemmte die kleine schwarze Plastikmanschette an das dünne Kabel, das den Laptop der Kommissarin mit dem Router verband. Schnell machte er es sich wieder auf dem Stuhl gemütlich. Keine Sekunde zu früh.

Helga kehrte kopfschüttelnd vom Fenster zurück. »Sieht aus wie ein stinknormaler Böller von Silvester«, sagte Helga, mehr an sich selbst gerichtet. »Da war wohl jemand besonders witzig.« Dann fiel ihr Blick auf Jack und sie legte die Stirn in Falten. »Herr Rodman, ich weiß nicht so ganz genau, was Ihr seltsamer Auftritt hier soll. Wir sind keine Künstlerbeschäftigungsanstalt, sondern führen gerade Mordermittlungen durch. Verlassen Sie jetzt unser Büro.«

Jack tat wie geheißen. Nur ein besonders finsterer Blick der Kommissarin schien Meizi davon abzuhalten, nach einem Autogramm zu fragen, bevor sich die Türe hinter dem Musiker schloss. Es dauerte eine ganze Weile, bis wieder jemand von ihnen sprach.

Jack lief die Straße vom Kloster bergab und über die Lechbrücke. Völlig selbstverständlich hielt in dem Moment, als er sich der Schwangauer Straße näherte, ein schwarzer *VW*-Bus mit getönten Scheiben. Die Seitentür wurde aufgeschoben, und Jack stieg ein. Augenblicklich schloss sich die Tür, und die Fahrt ging weiter.

Die Frau, seine Kontaktperson, wirkte ernst, aber nicht unfreundlich. Konzentriert und lösungsorientiert, hatte sie mit ihm die Schritte rund um sein Gastspiel bei der Polizei mitsamt vieler Eventualitäten besprochen. Bis auf einige Sommersprossen auf den Wangen war ihr Gesicht unauffällig. Brauner Pferdeschwanz, dunkle Kleidung. Sie wirkte nicht gefährlich. Da war nichts, was Uwes Warnung am Telefon verständlich machte. Möglich, dass dieser nur übertrieb, aber Jack hatte in den letzten Jahren allzu oft erlebt, dass man Menschen nicht unbedingt ansah, was sich in ihnen verbarg.

Die Frau, die ihm keinen Namen genannt hatte, blickte von ihrem Laptop auf. »Die Verbindung steht, es scheint also alles geklappt zu haben«, sagte sie in sachlichem Ton.

»Das mit der Explosion war heftig«, sprudelte es aus Jack heraus, »ich hätte fast vergessen, was zu tun war. Mir wäre der Plan mit der leisen Rauchbombe lieber gewesen.«

»Der Böller schien mir passender«, sagte sie. »Ich hatte auf ein Auto dort im Innenhof gehofft, oder etwas anderes, das dem Rauch eine gewisse Authentizität verliehen hätte. Aber so war der Böller die bessere Variante.« Der Fahrer des *VW*-Busses bog in eine Seitenstraße ein.

»Du hältst dich weiter im Hotel zur Verfügung. Ich habe noch ein paar kleinere Aufgaben für dich.«

Jack nickte und bemühte sich, den Vorwurf aus seinem Ton heraus zu halten: »Die zwei Auftritte in Ulm und Stuttgart sind abgesagt worden. Ich habe gleich einen Termin im Festspielhaus, ansonsten steht die nächsten Tage nichts an.«

»Wir fahren dich hin«, sagte die Frau und tippte wieder auf ihrem Laptop herum.

»Wir müssen hier nur einmal ums Gebäude herum, Herr Niederegger erwartet Sie bereits.« Der ernste, drahtige Mann mit dem grauen Vollbart, der Jack am Festspielhaus dienststeifrig in Empfang genommen hatte und ihn jetzt durch den Garten leitete, trug einen eng sitzenden Anzug und machte einen höflichen, etwas biederen Eindruck. Ganz anders verhielt es sich da mit dem Millionär, der nun in großen Schritten und mit einem breiten, grellen, weißen Lächeln auf Jack zukam, das einer Zahnarztwerbung gerecht geworden wäre. Er schüttelte Jack mit festem Händedruck die Hand.

»Niederegger, Franz Niederegger mein Name. Ich ziehe hier die nächsten Tage die Strippen, wie man so schön sagt.«

Er ließ ein bellendes Lachen erklingen.

»Als ich von ihrem Tourmanager gehört habe, dass Sie schon früher als gedacht in Füssen sein werden und die anderen Auftritte ausfallen, musste ich Sie unbedingt schon mal treffen. Bin ein großer Fan, ganz ehrlich. Deshalb habe ich Sie auch zur Gala eingeladen, als meinen Stargast sozusagen. Wo ist ihr Tourmanager überhaupt?«

Jack überlegte einen Moment, wie er antworten sollte, und meinte dann nur: »Auf Arbeitssuche.«

Niederegger guckte erst verwundert, dann kam wieder das bellende Lachen.

»Da drüben, direkt mit dem Forggensee und dem schönen Bergpanorama im Rücken, wird die Bühne stehen. Am Abend ist dann auch das Königsschloss beleuchtet und verleiht dem Ganzen das besondere Etwas. Ein paar lokale Vorbands spielen und dann kommt Ihr Auftritt. Zeiten und diesen ganzen Kram klären Sie bitte mit Stefan, also Herrn Gärtner, den Sie ja bereits kennengelernt haben.« Er wies auf den Mann, der Jack hergeführt hatte. »Alle Eintrittsgelder und Spenden zum Konzert gehen an eine Stiftung für Kinder in Libyen, mit der ich schon öfter zusammengearbeitet habe. Es arbeiten alle ehrenamtlich an diesem Projekt. Also außer Ihnen natürlich.«

Wieder das bellende Lachen, wie eine Explosion. Gefühlt nur wenig leiser als der Böller vorhin. Jack hatte Mühe, nicht wegzuzucken. Niederegger stammte aus einer reichen Familie und hatte sich vor Jahren über Aktien bei einem großen bayerischen Autokonzern eingekauft. Seitdem mischte er in vielem mit, was die Autolobby anging. So viel Information hatte sich Jack über ihn angelesen. Trotz seiner angeblich ziemlich protzigen Villa am Stadtrand von Füssen und der *Rolex* an seinem Arm engagierte er sich auch regelmäßig für wohltätige Zwecke.

»Mein Mann ist jetzt noch unterwegs«, redete Niederegger weiter, der offenbar nicht vorhatte, Jack allzu viel Redezeit zu gönnen, sondern lieber seine Selbstdarstellung pflegte. »Er würde Sie aber vor dem Konzert auch gern kennenlernen. Das mit dem Feuerwerk muss noch dringend geklärt werden. Kümmerst du dich darum, Stefan?«

Der Angesprochene nickte knapp.

»Es wird ein toller Abend.« Es folgte eine weitschweifige Erklärung, welche wichtigen Leute alles kommen sollten, nicht zuletzt die Bürgermeisterin samt Gemahl.

Jack konnte es kaum erwarten, wieder im Hotel zu sein. Während Niederegger sich in Ausführungen erging und dieser Stefan nur dienstbeflissen neben ihnen stand und sich gelegentlich Notizen machte, sprangen Jacks Gedanken erneut zu der Frau im *VW*-Bus. Was hatte sie mit den kleinen Aufgaben gemeint, die sie noch für ihn hatte?

Ein Telefon klingelte schrill.

»Dieser Jack Rodman fängt an, mir ernsthaft auf die Nerven zu gehen«, stöhnte Helga Herbertsen, drückte den Anruf weg und biss von einem Landjäger ab. Sie und ihr Team hatten zur Koordination jetzt eine tägliche Brotzeitbesprechung eingeführt – immer um Punkt zwölf. »Wollen wir einmal die Runde machen? Dr. Sulzbach, fangen Sie gerne an.«

»Die Obduktion aller drei Leichen ist jetzt beendet. Es sind keine auswertbaren DNA-Spuren zu finden. Alle Opfer wurden erwürgt und danach mit einem Desinfektionstuch abgewischt. Sonst keine Auffälligkeiten. Nichts davon liefert uns neue Erkenntnisse. Das Desinfektionstuch ist von einer handelsüblichen Marke, das gibt es in jeder Drogerie. Das war es von mir.« Die Ärztin belegte sich eine Semmel dick mit vier Scheiben Salami und zwei Scheiben Käse und aß, während Helga das Wort an Haugg weitergab.

»Mir hand uns die beide Auszubildenden vo der Firma vo d'r Frau Sendlinger, dem erschta Opfer auf'm Tegelberg nomal vorgnomma«, sagte dieser, während er eine Breze in Weißwurstsenf tunkte. »Mir hand iahna die Bilder vo d'r andra Opfer zoagt, abr des hot nix brocht und die beida ham insgesamt itta viel beizumtragn. Sand in ziemlich a Schockstarre und no dazu jetza vermutlich arbeitslos.«

Wieder klingelte das Telefon. Helga fluchte leise und drückte einen weiteren Anruf weg.

»Erst gibt dieser Jack Rodman der Füssener Zeitung ein Interview, in dem es klingt, als wäre er ein wichtiger Teil der Ermittlungen, und heute Morgen dann noch diese lächerliche Pressekonferenz.« Sie schüttelte den Kopf. »Dass der ernsthaft ein Treffen mit sich unter den besten Hinweisgebern verlost, dafür unsere Nummer für sachdienliche Hinweise verkündet hat und seitdem hier nur noch Spaßvögel und durchgeknallte Fans anrufen … Also dafür würde ich diesen Typen am liebsten einsperren lassen. Ich gehe heute überhaupt nicht mehr ans Telefon. Diesen Unsinn muss ich mir nicht anhören.«

»Denken Sie, er ist in den Fall verstrickt?«, fragte Frau Dr. Sulzbach.

Die Kommissarin schüttelte den Kopf. »Ich denke, er will sich nur wichtigmachen oder Werbung für sich und sein Konzert morgen haben. Aber er kostet uns viel zu viel Zeit, die wir nicht haben. Wer auch immer diese Leute umgebracht hat, könnte schließlich jederzeit wieder zuschlagen. Meizi, haben Sie noch Neuigkeiten?«

»Wir haben weiter die Nachbarn aller Opfer befragt, aber da gibt es nichts zu holen, sagt mir mein Bauchgefühl. Das eine Opfer war früher Architekt, das letzte Elektriker. Nachher mache ich weiter mit den Befragungen. Bei der Frau mit der Computerfirma und dem Architekten gab es ein paar ungewöhnliche Geldbewegungen auf dem Konto, aber ich hatte noch keine Zeit, mir das in Ruhe anzusehen. Die Kollegen in Kempten, die zuständig sind, hatten dafür auch noch keine Zeit. Ich denke, wir müssen uns darauf konzentrieren, dass alle drei in den Bergen getötet wurden. Das kann doch kein Zufall sein. Das ist ganz sicher ein Hinweis. Morgen gehen Haugg und ich nochmal in Ruhe die Wanderwege zum Tegelberg und Säuling ab und untersuchen die weitere Umgebung der Fundstellen erneut.«

Helga blickte ihn zweifelnd an.

Es war Nacht, und die Frau wühlte sich mit einer kleinen Taschenlampe in der Hand durch Unterlagen. Ansonsten war die

Wohnung des toten Max Schuster völlig dunkel. In den Konto-auszügen und Steuerunterlagen ließ sich nichts Aussagekräftiges finden, aber im Notizbuch des Mannes erzielte sie einen Treffer. Diesen Namen hatte sie gesucht. Ein flüchtiges Lächeln huschte über ihr schmales Gesicht. Sie machte zwei Fotos, dann räumte sie alles wieder ordentlich an seinen Platz und schloss hinter sich die Wohnungstür. Sie brachte aus ihren Vorräten ein passendes Siegel als Ersatz für das an, das sie bei ihrem Eintreffen zerstört hatte. Dann verschwand sie in die dunkle Nacht.

Der Geburtsname der Frau war Annalena Gonzales, auch wenn sie in den vergangenen Jahren verschiedenste Identitäten angenommen hatte, im Auftrag von Dieben und Mördern genauso wie in ihrer Ausbildung durch den spanischen Geheimdienst, bis diese abgebrochen wurde, als ihre Tarnung aufflog. Doch kein Name, kein Pseudonym war ihr geheimnisvoll genug. Schließlich ging es in ihrer Branche immer um den Eindruck, den man machte. So beließ sie es mittlerweile gegenüber Kunden dabei, ohne Namen aufzutreten.

Sie lief zügig, aber nicht so eilig, dass es auffallen würde. Wenig später betrat sie in der Füssener Altstadt den Treffpunkt ihrer Auftraggeber, wenn auch weniger elegant, als sie es sich vorgenommen hatte.

Einer der Wachmänner drehte ihr den Arm auf den Rücken und schob sie vor sich her in den düsteren Raum. »Die Frau will zu Ihnen«, sagte der Wachmann, ohne eine Andeutung, sie loszulassen.

»Ich hatte dir doch einen Gast angekündigt«, sagte Nina barsch.

»Hatte mit einem Mann gerechnet«, sagte der Wachmann achselzuckend.

»Du kannst froh sein, dass sie das zugelassen hat, sonst erginge es dir schlecht«, sagte Nina und verdrehte die Augen.

Dem Wachmann entfuhr ein kurzer höhnischer Lacher.

»Zeig ihm doch bitte, was ich meine«, sagte Nina mit Blick zu Annalena, und ihre Stimme ließ das schmale Lächeln auf ihren Lippen erahnen, das man in der Düsternis des Raumes kaum wahrnehmen konnte.

Annalena war halb so breit wie der Mann, der sie festhielt, doch Männer unterschätzten bei ihr nur zu gerne die Kraft. Sie riss ihn abrupt zur Seite, befreite in einer halben Drehung ihren Arm und zog dem Wachmann mit einem kräftigen Ruck ihres Fußes die Beine unter dem Körper weg. Er schlug hart auf dem Boden auf. Da es nur um eine Demonstration ihrer Fähigkeiten ging, ließ sie von ihm ab.

Nun sprach der Mann am Tisch, Robert, mit seiner tiefen Bass-Stimme: »Nicht, dass ich nicht beeindruckt wäre …« Er machte eine kurze Pause. »Flavio, geh wieder auf deinen Posten.«

Der Wachmann nickte kaum merklich. Er erhob sich mit ernstem Blick und vor Scham oder Wut roten Wangen und ging.

»Gibt es Ergebnisse zu vermelden?«

Annalena war völlig entspannt und nickte nur. »Erste Punkte habe ich. Ich weiß, worauf es der oder die Täter abgesehen haben, aber noch nicht, wer die Morde begangen hat.«

Alle drei am Tisch zeigten sich interessiert, also fasste Annalena ihr bisheriges Vorgehen kurz zusammen und verkündete als Ergebnisse: »Bei den ersten zwei Opfern sind über die Jahre größere Geldbeträge verschwunden, das ist auffällig. Dazu kommt: Alle drei Mordopfer hatten in der Vergangenheit mit der Villa dieses Millionärs, Niederegger, zu tun. Die IT-Frau hat dort die Sicherheitsanlage installiert, die das Gelände umgibt, der Elektriker hat sie später an zwei Stellen neu verkabelt, und der Architekt hat die ganze Mauer um das Grundstück und Teile der Villa neu gestaltet. Weniger ländlich. Da die beiden Männer schwarz gearbeitet haben, vermute ich, die Polizei braucht noch ein paar Tage, um auf den Trichter zu kommen. Noch dazu, wo Mister Rodman sie hoffentlich weiter schön auf Trab hält.«

An dieser Stelle unterbrach Kim ihren Redefluss: »Ist das nicht zu riskant?«, fragte sie in die Runde. »Was nützt es uns bitte, dass er die Polizeiarbeit stört?«

Annalena antwortete, bevor es einer der anderen tat. »Er war hilfreich, um das Abhörgerät anzubringen, dadurch konnte ich auf einige wichtige Daten zugreifen, und jetzt soll er sie davon abhalten, meine Spur aufzunehmen und in meinen Ermittlungen herumzupfuschen. Es geht mit Sicherheit um einen Einbruch in die Villa. Niederegger soll Goldmünzen im Wert von Millionen dort gesammelt haben. Der Typ ist ein bisschen speziell. Hat noch dazu einen Faible für Diamanten. Ich stelle mir vor, dass sich jemand, der sich ausgesprochen für Gold und Diamanten interessiert, mit den Opfern angefreundet und sie ausgefragt hat. Von Füssen aus kann man ja gut mit Freunden und Bekannten in die Berge zum Wandern gehen, und da sind angenehm wenig Zeugen in der Nähe. Man kommt ins Reden, die ganze Situation ist von Natur aus harmlos. Wenn er alle Informationen hatte, mussten sie dran glauben. Der Täter geht in gewisser Weise auf Nummer sicher, niemand kann etwas ausplaudern, man spart sich die Einschüchterung. Auch wenn die Methode Risiken hat. Und es scheint eilig zu sein. Die Morde folgen schnell aufeinander Wer es ist und wann der Einbruch geschehen soll …« Sie geriet ins Stocken, doch dann breitete sich ein zufriedenes Lächeln auf ihrem Gesicht aus.

»Was ist los? Was ist dir eingefallen?«, fragte Nina ungeduldig und drehte ihr Weinglas in der Hand.

»Bisher hatte ich keine Zeit, darüber nachzudenken, aber morgen Abend findet diese Gala von Niederegger im Festspielhaus statt, bei der unser werter Jack Rodman auch spielt. Der Millionär ist also definitiv nicht zuhause«, folgerte Annalena, »und auch die Polizei wird gut beschäftigt sein, dort die Besoffenen zu kontrollieren. Ein perfekter Zeitpunkt.«

»Je schneller diese ganze Sache endet, umso besser. Sorgen Sie dafür«, bestimmte Kim unmissverständlich.

Als am folgenden Abend kurz vor 23 Uhr, als Jack Rodman mit einer schwarzen, mit kleinen, flackernden Lichtern gespickten E-Gitarre die Bühne betrat, den ersten Powerchord anschlug und das Publikum laut zu jubeln begann, schlich ein Mann am Stadtrand um das Grundstück von Franz Niederegger. Er bewegte sich auf die einzige Stelle zu, an denen die Kameras einen Winkel des Grundstücks nicht erfassten, und kletterte behände über die Mauer. In ihrem Schatten huschte er einige Meter bis zu einem Kabelstrang, der dort verlief. Die richtigen Kabel in der passenden Reihenfolge zu durchtrennen, war eine Frage des Wissens und der Vorbereitung. Annalena sah interessiert von ihrem Versteck aus zu, wie er die Alarmanlage lahmlegte. Jetzt bewegte sich der Mann freier, am Pool und am Wasserspeier vorbei, und zog ein Stemmeisen hervor, um die Tür zum Haus aufzubrechen. In dem Moment flammte auf Knopfdruck ein greller Scheinwerfer direkt vor der Tür auf. Der Einbrecher hielt wie erstarrt inne. Dann wurde er am Arm gepackt. Er begann, in Panik wild um sich zu schlagen, und setzte dabei beeindruckende Kräfte frei. Er trug eine Rennfahrermaske über dem Gesicht und schrie jetzt laut und barbarisch, hatte aber gegen die Kraft und Technik von Annalena keine Chance. Ein Schlag verfehlte ihr Bein dennoch nur knapp. Sie rang die Gestalt zu Boden, riss ihr erst das Stemmeisen aus der Hand und dann die Maske vom Gesicht.

»Stefan Gärtner«, stellte Annalena zufrieden fest. »Ich habe Ihr Bild in den Unterlagen von Herrn Niederegger gesehen. Sie arbeiten doch eigentlich auch bei der Gala heute mit, oder nicht? Sind Sie nicht so eine Art Mädchen für alles dort?«

Gärtner verzog angewidert das Gesicht.

»Lassen sie mich raten, Sie haben sich heute krank gemeldet?«
Er nickte.

»Und all der Aufwand nur, um heute hier die Diamanten rauszutragen?«, fragte sie den hektisch um sich blickenden Mann und schnürte seine Hände mit weißen Kabelbindern hinter seinem Rücken aneinander. »Wir haben alle Zeit der Welt, bevor ich die Polizei rufe«, sagte sie lächelnd.

Gärtner stiegen Tränen in die Augen.

Sie ließ die Stille einen Augenblick wirken und hielt ihn weiter fest. Er bebte am ganzen Körper. Keine Frage, der würde von sich aus reden. Und tatsächlich begann er leise zu erzählen: »Ich bin verschuldet. Bin auf Betrüger reingefallen. Kann mein Geld ja nicht den Banken geben, oder? Die verarschen uns doch nur« Er schüttelte den Kopf. »Kann man nicht. Weiß ja keiner, was die da machen. Und den Drecksack kannte ich schon länger, und er meinte, er könne mein Geld anlegen, auf den Bahamas, ganz ohne Banken und so, aber mit viel Profit. Klang wie eine tolle Idee, endlich ohne Geldsorgen zu sein. Ich hab extra bei so einer Drecksbank einen Kredit aufgenommen. Der meinte, er und seine Partner würden mich reich machen und für mich das System austricksen.« Jetzt biss sich Gärtner auf die Lippen und schüttelte nur noch wutentbrannt seinen Kopf.

»Ich vermute mal«, sagte Annalena, »die Betrüger waren Niederegger und die Toten am Berg?«

»Nur die vom Tegelberg, Huber und Sendlinger. Um den Elektriker tat es mir leid, aber ich musste einen Weg finden, in die Villa zu kommen, um meine Schulden zu bezahlen, und die anderen beiden wussten nicht genug. Die Bank will pfänden. Meine Familie darf nichts erfahren. Das mit dem Elektriker war nicht gut, das hat mich geärgert. Aber dem war ganz schnell klar, was ich vorhabe, und dann fing er an, Ärger zu machen.«

»Danach hätte auch Niederegger dran glauben müssen?«

»Er hat immer wieder betont, wie sehr es ihm leid tut, dass das Investment fehlgeschlagen ist. Ich habe trotzdem keinen Cent wiederbekommen. Er hätte auch noch seine gerechte Strafe bekommen.«

Einen langen Augenblick war Stille zwischen ihnen.

»Aber warum ausgerechnet beim Wandern?«, fragte Annalena.

Für einen winzigen Moment lächelte Gärtner sogar. Er richtete sich weiter auf, so gut es ging in Annalenas Griff.

»Ich gehe gern wandern und kenne mich da aus. Außerdem ist es harmlos für alle. Die hätten sich doch niemals zuhause mit mir getroffen, die feinen Herrschaften. Aber wer schlägt schon eine Einladung zu einer Wanderung aus? Die wollten die Wogen glätten, mit mir Frieden haben. Vielleicht hatten sie sogar Angst, dass ich zur Presse gehe. Aber vor mir selbst fürchteten sie sich überhaupt nicht. Und beim Wandern kann man auch gut hinter anderen gehen. Ich hatte immer das Überraschungsmoment auf meiner Seite. Als sie dann in meiner Gewalt waren, am Boden lagen und nur einen kleinen Tritt vom Abgrund entfernt, haben sie ganz bereitwillig ernsthaft mit mir geredet. Und Spuren gab es hinterher auch wenig. Es wirkte perfekt.«

Gerade noch schien Gärtner resigniert, dann sprang er plötzlich erstaunlich behände auf. Er riss sich los und legte mit den hinter dem Rücken gefesselten Händen einen Spurt hin.

Annalena war überrumpelt und reagierte nur aufgrund ihrer langjährigen Erfahrung noch rechtzeitig. Das Stemmeisen traf ihn am unteren Rücken. Mit einem Schrei rutschte Gärtner über den Kies und ging zu Boden.

Annalena wollte hinter ihm her, da rief eine laute, dominante Stimme: »Hände hoch und stillgestanden. Hier spricht die Polizei. Das Haus ist umstellt.«

Sie sah, dass Gärtner sich am Boden wand, aber der würde nicht mehr weglaufen. Annalena ging im Kopf ihre Optionen durch. Sie drehte sich langsam um. Keine fünf Meter von ihr entfernt stand Helga Herbertsen in ihrer ganzen Fülle, aber mit erstaunlicher Körperspannung trotz ihres Alters. Ungünstigerweise hatte sie ihre Dienstwaffe im Anschlag. Annalena machte ein paar gemütliche Schritte.

»Keine Bewegung, habe ich gesagt. Sonst schieße ich«, rief die Kommissarin.

»Unwahrscheinlich«, sagte Annalena mit ruhiger Stimme. »Dieser ganze Marmorkram hier zwischen uns kostet doch bestimmt ein Vermögen. Wenn der Wasserspeier eine Kugel abbekommt … Das wird teuer für die Polizei.« Ein weiterer Schritt.

Die Kriminalkommissarin spannte sich an. Würde sie doch schießen? Annalena konnte ihr nicht zu viel Zeit zum Überlegen lassen. Ein Schritt fehlte noch, höchstens zwei. »So klein wie ihr Team ist, bezweifle ich, dass dieses Angeber-Grundstück wirklich umstellt ist«, sagte Annalena und rannte augenblicklich los. Mit einem großen Satz sprang sie an die Mauer, die das Grundstück umgab. Ihre Hände bekamen die kupferne Abdeckung zu fassen, ihr Fuß suchte Halt an einem winzigen Vorsprung. Sie rutschte weg und hielt ihr Gewicht nur mit der Kraft ihrer Arme, bis ihr Fuß den Vorsprung wieder fand. Mit großer Anstrengung zog sie sich hoch auf die Mauer.

Der Schuss ließ sie zusammenfahren. Für eine Sekunde stand alles still. Annalena musste zweimal tief durchatmen, um sich zu beruhigen. Sie spürte keine Schusswunde.

Mit einem weiteren Sprung landete sie auf der anderen Seite und verschwand in der Nacht. Niemand hielt sie auf. Warum die Kommissarin sie mit ihrer Kugel in diesem Augenblick nicht getroffen hatte, beschäftigte beide Frauen in den folgenden Monaten wieder und wieder.

Annalena kam noch rechtzeitig am Festspielhaus an, um aus der Ferne wenigstens noch Jack Rodmans Zugaben zu hören. Sie mochte ein paar seiner Songs, hätte das ihm gegenüber aber niemals erwähnt. Als die letzten Töne und der Gesang verklangen, brach gleichzeitig mit dem Applaus ein atemberaubendes rotes und gelbes Feuerwerk los. Es war an der Zeit, Füssen wieder zu verlassen.

Tegelberg, 1.881m
Säuling, 2.047 m
Ammergauer Alpen

Ich kam in Karl-Marx-Stadt, dem heutigen Chemnitz, zur Welt. Eine Gegend, die nicht gerade für ihre Berge bekannt ist. Als ich eineinhalb Jahre alt war, kurz vor dem Mauerfall, sind wir geflohen. Es verschlug uns ins Allgäu mit seiner schönen Natur und dem leckeren Bier, wenn ich auch beides erst später zu schätzen lernte.

Nun lebte ich also ab meinem zweiten Lebensjahr in der Gegend rund um Füssen, bis ich mit zwanzig nach Berlin gezogen bin. Trotzdem spielte bislang keine meiner Geschichten in den Bergen.

Jeden Berg, der in dem Krimi hier in dieser Anthologie vorkommt, verbinde ich mit etwas anderem. Der Tegelberg ist für mich ein Ort zum Snowboarden, Sommerrodeln und dem Beobachten von Gleitschirmfliegern. Die Aussicht von oben war dank der Tegelbergbahn meist eher leicht verdient.

Zum Säulinghaus und sogar zur Spitze des Säulings habe ich es auch ein paar Mal geschafft und den Ausblick vom Berg aus genossen. Aber da hatte ich mir meist vorher den Mund fusslig geflucht beim Aufstieg. Glücklicherweise kann man den Anblick dieses beeindrucken-

den Bergmassivs von den unterschiedlichsten Orten in der Gegend aus bewundern. Für mich ist er sehr mit meiner Zeit im Allgäu verbunden.

Mittlerweile lebe ich seit über zehn Jahren in Berlin, wo das Wort Berg deutlich leichtfertiger benutzt wird, beispielsweise beim Kreuzberg oder Teufelsberg. Meine Kinder wachsen hier am Rand der Stadt auf und sind dementsprechend eher den Anblick von Fernsehturm und Oberbaumbrücke gewohnt, anders als ich, der die Alpen und das Schloss Neuschwanstein permanent in Sichtweite hatte. Vergangenes Jahr waren sie das erste Mal auf dem Tegelberg und angemessen beeindruckt. Ob wir es eines Tages wohl auch noch gemeinsam auf den Säuling schaffen?

Arno Wilhelm

Arno Wilhelm ist Begründer der Lyrik-Lesebühne *Dichtungsring* in Berlin-Neukölln. Seit 2009 tritt er als Poetry-Slammer auf. Mit seinen Texten war er beim *ARTE* Webslam und im Literaturautomaten Düsseldorf vertreten. Sein Gedicht *Moderne Kleingärtnervereine* wurde von *RTL* als Poetryclip verfilmt. Er hat Gedichtbände wie *Ich wär gern ein Pandabär* und zwei Romane voll augenzwinkernder Katastrophenstimmung veröffentlicht: *Jack Rodman – die ganze Wahrheit* und *Was man so alles tut kurz vor dem Weltuntergang*.

www.arno-wilhelm.de

Wolfgang Schweiger

Zwischenfall am Teisenberg

Der Anruf, der alles auslöste, erreichte mich an einem verregneten Freitagabend Ende Juni.

»Boris hier. Hast eine Minute Zeit?«

Typisch Boris. Immer direkt, nie ein Wort zu viel.

»Sicher«, erwiderte ich, legte den Kochlöffel beiseite und setzte mich an den Küchentisch. »Aber erst einmal freue ich mich, mal wieder von dir zu hören.«

»Wart's ab. Gerade eben hat mich nämlich unser alter Freund Fiedler angerufen und gefragt, wie er dich erreichen kann.«

Klaus Fiedler!

Für ein paar Sekunden war wieder alles präsent, so glasklar und schmerzhaft, als wäre das Ganze erst gestern passiert: das Geschrei, die Schüsse, das Zersplittern der Autoscheiben. Die Erwartung, gleich etwas abzukriegen. Das Blut in Boris' Gesicht. Die Panik. Die plötzlich Stille.

Ich atmete einmal tief durch und sagte: »Hat er auch erwähnt, wieso?«

»Er hat was von einem Jobangebot gesagt. Eine einfache Sache, aber vergleichsweise lukrativ.«

»Und wieso kommt er damit zu mir?«

»Das musst du ihn schon selber fragen ...«

Ich wischte mit dem Ärmel ein paar Krümel vom Tisch und blickte nachdenklich auf die Terrasse hinaus, auf der sich bereits mehrere

Pfützen gebildet hatten. Hauptkommissar Klaus Fiedler! Was wollte der Kerl von mir, jetzt, nach über neun Jahren? Er wusste doch, was ich von ihm hielt. Und dass ich keinen Wert auf ein Wiedersehen legte.

»Hast du zufällig eine Meinung dazu?«, fragte ich Boris.

»Klar doch. Sag ihm, er soll sich erst eine Kugel in die Brust schießen und sich dann wieder melden.«

Nicht schlecht, dachte ich, geriet aber dennoch ins Schwanken. Ich war im Augenblick nicht gerade überbeschäftigt, und ein wenig Abwechslung würde mir gut tun. Also könnte ich mir zumindest anhören, was er zu bieten hatte. Er war im Grunde ja kein schlechter Mensch, nur ein zuweilen gefährlicher Trottel.

»Was jetzt?«, fragte Boris.

»Okay, gib ihm die Nummer, dann sehen wir weiter.«

Ich erwartete einen Kommentar dazu, aber Boris sagte nur: »Ganz wie du willst.« Ich hörte vage, wie er jemandem etwas zurief, bevor er fragte: »Wie geht's Fabienne?«

»Eigentlich ganz gut. Sie wird nächste Woche entlassen.«

»Grüß sie von mir.« Und weg war er.

Ich stand auf, nahm den Topf mit den Nudeln von der Kochplatte und schaltete den Ofen aus. Nach einem Blick auf die Uhr holte ich mir eine Flasche Bier aus dem Kühlschrank, trank einen Schluck und stellte die Flasche auf dem Tisch ab. Im nächsten Moment klingelte das Telefon. Keine Nummer auf dem Display.

»Ja?«

»Hätte nicht gedacht, dass Boris dich über meine Anfrage informiert«, sagte Fiedler.

»Er hat's auch nicht dir zuliebe gemacht, keine Sorge. Also, was willst du?«

»Eigentlich nicht viel. Nur für einen Tag deine Anwesenheit. Bringt dir fünftausend Euro und mir die Gelegenheit, dass wir uns endlich mal aussprechen.«

»Ich wüsste nicht, worüber wir uns aussprechen könnten. Es sei denn, du bringst für Boris ein neues Auge und für mich den fehlenden Teil meiner Lunge mit.«

Fiedler hüstelte kurz, sagte nichts.

»Na schön, dann klär mich mal auf. Aber mach's kurz, ich bin gerade beim Kochen.«

Ich verbrachte den Samstagvormittag mit Einkäufen, machte mir zum Mittagessen ein Lammkotelett mit Bohnen und Bratkartoffeln, blätterte nebenbei in der neuen *Cicero*-Ausgabe, und fuhr gegen zwei Uhr ins Krankenhaus. Fabienne lag im Bett und hörte wie üblich mit Kopfhörern Musik, als ich eintrat. Ich stellte meine Tasche mit den Sachen, die ich ihr besorgt hatte, auf den Tisch und setzte mich zu ihr aufs Bett. Sie nahm die Kopfhörer ab und drückte mit einem Lächeln meine Hand. Sie war verschwitzt, hatte Schattenringe unter den Augen und wirkte müde.

»Kannst du nicht schlafen?« fragte ich.

»Geht schon.«

Ich wies auf die Tasche: »Ich habe dir diesen Roman besorgt, von dem du vor ein paar Tagen gesprochen hast.«

»Danke dir.«

»Glaubst du wirklich, dass das im Augenblick die richtige Lektüre ist? Laut Klappentext geht es darin um eine Frau, die plötzlich von aller Welt isoliert ist, umgeben von einer unsichtbaren Wand.«

Sie sagte nichts dazu. Senkte nur den Blick und rieb sich die Hände.

Ich schalt mich einen Idioten, schwieg eine Weile betreten und sagte schließlich: »Du wirst nicht glauben, wer mich gestern angerufen hat.«

Fabienne blickte mich fragend an.

»Klaus Fiedler ...«

Sie runzelte kurz die Stirn. »Der Mann, der damals diesen Einsatz verbockt hat?«

»Genau der.«

»Und was wollte er, nach so vielen Jahren?«

»Nun ja, er hat mir ein Angebot gemacht. Ich soll ihn morgen über München zur österreichischen Grenze begleiten, wo er sich irgendwo kurz vor Salzburg mit ein paar Leuten treffen will, um Informationen zu kaufen. Und weil dabei eine Menge Geld im Spiel ist und er diese Leute nicht kennt, hätte er gerne Begleitschutz. Genauer gesagt, den besten Mann für den Job, den er kennen würde, wie er sich ausgedrückt hat.«

»Und was sollen das für Informationen sein?«

Ich stand auf, lief ein paar Schritte hin und her und stellte mich dann mit dem Rücken ans Fenster. »Nun ja, wie du vielleicht weißt, sind die Chinesen seit einiger Zeit dabei, sich halb Südosteuropa unter den Nagel zu reißen. Das heißt, sie finanzieren Hafenanlagen, Autobahnen, Brücken, Flughäfen und so weiter und machen die Länder dadurch von sich abhängig. Erst mal ökonomisch und später dann auch politisch, wenn diese Länder ihre Kredite nicht begleichen können.«

Fabienne nickte. »Ja, davon habe ich gelesen. Die ›Neue Seidenstraße‹. Aber was hat dieser Fiedler damit zu tun?«

»Gute Frage. Angeblich arbeitet er seit ein paar Jahren für einen geheimen Nachrichtendienst der Europäischen Kommission, und dabei ist ihm eine Art Strategiepapier angeboten worden, das auflistet, wen die Chinesen bereits in der Tasche haben, Minister, Abgeordnete, Manager, und was sie als Nächstes vorhaben.«

»Also so etwas Ähnliches wie diese Steuer-CDs?«

»Genau.«

»Und woher stammt dieses Strategiepapier?«

»Vermutlich geklaut beziehungsweise gehackt. Oder von einem Verräter, der Geld braucht.«

»Das heißt, die Sache ist illegal und vermutlich auch gefährlich.«

Ich beruhigte sie mit einem Lächeln und einer wegwerfenden Handbewegung. »Gefährlich bestimmt nicht, höchstens mit einem gewissen Risiko verbunden. Aber in keiner Weise vergleichbar mit den Sachen, die ich als Undercover-Agent oder später als Zielfahnder erlebt habe.«

»Du willst endlich mal wieder raus, stimmt's?«

»Vielleicht ...«

»Und wenn dieser Fiedler irgendein falsches Spiel spielt?«

»Glaube ich nicht. Warum sollte er. Und wenn doch, hat er Boris im Nacken. Und das wünscht sich kein Mensch.«

Fiedler hatte als Treffpunkt einen Parkplatz am Rande der Frankfurter City vorgeschlagen. Zeitpunkt: Sieben Uhr morgens. Ich erreichte den Parkplatz, der so gut wie leer war, mit ein paar Minuten Verspätung, doch von Fiedler keine Spur. Ich stellte meinen alten *Subaru*-Kombi etwa in der Mitte ab und öffnete das Handschuhfach. Da ich annahm, dass wir in Fiedlers Wagen zu seinem Rendezvous fahren würden, holte ich die *Glock* und die beiden Ersatzmagazine heraus und steckte die Pistole in die rechte Seitentasche meiner Safarijacke, die Ersatzmunition in die linke. Gleich darauf ertönte sehr dezentes Motorengeräusch und ich erblickte eine schwarze *Audi*-Limousine, die auf mich zurollte. Ich stieg aus, sperrte den *Subaru* ab und wartete mit verschränkten Armen.

Fiedler stoppte ein paar Meter entfernt von mir, stellte den Motor ab und stieg ebenfalls aus. Er trug eine schwarze Windjacke und schwarze Jeans und hatte sich, zumindest auf den ersten Blick, kaum verändert. Er trat auf mich zu, lächelte breit und reckte mir die rechte Faust entgegen. Ich ignorierte die Faust und nickte nur.

»Freut mich ehrlich, dich zu sehen«, sagte er. »Hast dich gut gehalten, alter Junge.«

»Schön zu hören«, erwiderte ich. »Also dann ...«

»Klar, machen wir uns auf den Weg.« Er setzte sich wieder ans Steuer, und ich nahm auf dem Beifahrersitz des *Audi* Platz. Fiedler öffnete das Handschuhfach, holte einen prall gefüllten Umschlag heraus und reichte ihn mir. Ich zählte kurz nach, kam auf die fünftausend und steckte den Umschlag dann in eine der Innentaschen meiner Jacke.

»Und wie viel Geld kriegen diese Möchtegern-Spione?«, fragte ich.

Fiedler wies mit dem Daumen nach hinten. Ich drehte mich zur Seite und erblickte auf der Rückbank einen billig wirkenden, aber ebenfalls gut gefüllten Rucksack und eine lederne Umhängetasche. »Eine halbe Million. Alles Hunderter. Gewicht gut fünf Kilo.«

»Welche Route nehmen wir eigentlich?«, fragte ich, nachdem wir den Parkplatz hinter uns gelassen hatten.

»Wir fahren über Nürnberg nach München und von dort auf der A 8 Richtung Salzburg ... Willst du Musik hören?«

»Vielleicht später ... Aber sag mal, diese ominöse Liste, um die es hier geht. Mal davon abgesehen, dass diese Typen es vielleicht nur auf dein Geld abgesehen haben, können sie da doch reinschreiben, was sie wollen. Wie wollt ihr überprüfen, ob die Namen und Angaben auf Fakten beruhen oder nur gut erfunden sind?«

Fiedler warf mir ein wissendes Lächeln zu. »Da hast du vollkommen Recht. Aber ganz blind sind wir auch nicht. Wir haben natürlich auch unsere Informationen, und deswegen läuft der Deal folgendermaßen ab: Die legen mir rund zwanzig Prozent der Liste vor, und wenn es da nicht ein paar Übereinstimmungen gibt, ist die Sache gestorben. Dann packen wir zusammen und verschwinden wieder.«

»Und wenn es sich dabei nur um Zufallstreffer handelt? Dann seid ihr eine halbe Million los und so klug wie vorher.«

Fiedler schüttelte belustigt den Kopf. »Oh Mann, du hast dich wirklich nicht verändert. Noch immer der alte Nörgler, der alles in Frage stellt.«

»Vielleicht bin ich genau deswegen noch am Leben.«

»Okay, du Klugscheißer, dann nenne ich dir jetzt mal eine Zahl: 14,2 Milliarden!«

»Und?«

»Das genau ist die Summe, die die Türkei und sechs Balkanstaaten wie zum Beispiel Albanien, Montenegro oder Serbien bis Ende 2027 an sogenannter Heranführungshilfe von der EU erhalten werden.«

»Heranführungshilfe!«, wiederholte ich.

»Genau.«

»Und wie soll die aussehen?«

»Ganz einfach, indem Reformen aller Art angeschoben beziehungsweise finanziert werden, die zur schrittweisen Angleichung an die Verhältnisse in der EU erforderlich sind.«

»Reformen, die dann auf dem Papier stehen, während die Kohle dort landet, wo sie immer landet, in den Taschen korrupter Politiker.«

»Klar. Und deswegen spielt es auch kaum eine Rolle, was bei diesem Deal heute herauskommt. Eine halbe Million mehr oder weniger, who cares.«

»Und warum hast du mich dann überhaupt engagiert?«

Fiedler lachte. »Ganz einfach, weil ich dich wiedersehen wollte. Sehen, wie's dir geht und so.«

Kurz vor München deutete Fiedler auf das Handschuhfach. »Hol mal die Karte da drin raus. Damit du langsam weißt, wo genau es hingeht.«

Ich öffnete das Handschuhfach und fand eine abgegriffene, reichlich zerknitterte Straßenkarte der Region zwischen dem Chiemsee und Salzburg vor.

»Ein Überbleibsel aus meiner ersten Ehe«, erklärte Fiedler dazu. »Hätte nicht gedacht, dass ich das Ding noch mal brauche.«

»Verstehe ich nicht ...«

»Na ja, meine erste Frau war ein Riesenbayernfan«, sagte Fiedler weiter. »Wollte jeden Urlaub unbedingt am Alpenrand verbringen, speziell im Chiemgau. Dabei sind wir auch mal in einem Kaff namens Oberteisendorf hängengeblieben. Und woher, denkst du, hat dieses Dorf seinen Namen?«

»Treiben wir jetzt Heimatkunde?«

»Genau. Nämlich vom Teisenberg, der sich gleich dahinter entlangzieht. Eigentlich kein Berg, sondern eher ein langgestreckter Hügel. Und genau dorthin werde ich die Verkäufer dirigieren, auf eine Alm mit weitem Blick übers Land, so dass uns keiner überraschen kann.«

»Heißt das, die wissen noch gar nicht, wo der Treffpunkt sein wird?«

»Nicht exakt. Ich habe sie nur angewiesen, sich in einem Dorf namens Anger bereitzuhalten. Liegt am östlichen Ende des Bergs, direkt neben der Autobahn. Von dort führt ein gut ausgebauter Wanderweg auf die Alm. Wir nehmen natürlich eine andere Route. Heißt, eine gute Stunde stramm bergan durchs Gehölz.«

Eine Alm als Treffpunkt!

Ein wahrhaft raffinierter Plan.

»Und wenn ihnen das nicht gefällt?«

»Keine Sorge, die wollen schließlich was von uns. Also werden sie auch schön tun, was wir verlangen.«

»Gibt's da oben auch ein Gasthaus?«

»Klar doch. Nennt sich Stoißer-Alm ...«

Ich nickte ergeben und schwieg. Als linkerhand der Chiemsee auftauchte, holte Fiedler ein billiges Prepaid-Handy aus seiner Jacke und tippte eine Nummer ein: »Seid ihr bereit? ... Gut, dann hört auf, in der Gegend herumzulungern und macht euch auf den Weg zur Stoißer-Alm. Die befindet sich auf dem Teisenberg, der gleich vor eurer Nase liegen müsste, wenn ihr da seid, wo ihr sein solltet ... Was? ... Auf keinen Fall. Entweder auf dieser Alm oder nirgendwo ... Keine Ahnung, zwei Stunden vielleicht. Hängt davon ab, wie sportlich ihr seid ... Wie ihr uns erkennt? Ich bin ganz in schwarz gekleidet und mein Begleiter trägt eine braune Jacke ... Gut, dann bis später. Und verlauft euch nicht. Ich habe nicht den ganzen Tag Zeit.«

Fiedler steckte das Handy wieder ein und sagte mit einem Schmunzeln: »Begeistert waren sie nicht gerade, aber so kommen sie statt auf dumme Gedanken wenigstens ins Schwitzen. Hoffe ich jedenfalls.«

»So, da müssen wir jetzt runter«, sagte Fiedler, als die Ausfahrt »Neukirchen am Teisenberg« in Sicht kam. Danach bog er links ab und fuhr unter der Autobahn hindurch ins Dorf hinein. Hier folgte er der Straße bis zu einer Tankstelle, wo er wieder abbog, dieses Mal nach rechts. Gleich darauf unterquerten wir die Autobahn erneut und Fiedler kurvte für eine Weile am Fuß des Berges entlang, vorbei an vereinzelten Gehöften und Weideland, bis er einen freien Platz erreichte, an dessen Rand Baumstämme gelagert waren. Und ein Forstweg durch den Wald nach oben führte. Er parkte ein, und eine Minute später marschierten wir los.

Kurz vor halb drei ließen wir den Wald hinter uns und ich erblickte eine kleine, grasbewachsene Hochebene mit einem langgestreckten Gebäude in der Mitte.

»Da wären wir«, sagte Fiedler, während er sich mit einem Taschentuch den Schweiß von der Stirn wischte. »Tolle Aussicht, nicht?«

Ich nickte nur. Aber das Panorama war wirklich beeindruckend.

Wir gingen gemächlich weiter und näherten uns dem Gastgarten, einer Ansammlung von verwitterten Holztischen und -bänken auf der Südostseite des Gebäudes. Fast alle davon waren besetzt, meist von jüngeren Leuten in T-Shirts und kurzen Hosen, die als Mountainbiker unterwegs waren. Fiedler zog mit seinem Pastoren-Outfit ein paar neugierige Blicke auf sich, während wir außen herumgingen und den letzten freien Tisch ansteuerten. Wir legten unser Gepäck ab und Fiedler deutete auf den Eingang des Gebäudes.

»Wenn sich nichts geändert hat, herrscht hier noch immer Selbstbedienung. Soll ich dir was mitbringen?«

»Nur ein Wasser.«

Fiedler nickte und drehte ab. Ich blickte mich aufmerksam um, konnte aber nichts erkennen, was irgendwie verdächtig gewirkt hätte. Nur ein Typ am Nebentisch musterte meine Jacke und meinte dann: »Ganz schön kühl hatte, was?« Ich ignorierte ihn, setzte meine Sonnenbrille auf und wartete. Fiedler kam mit zwei Flaschen Wasser zurück, die er auf dem Tisch abstellte, bevor er mir gegenüber Platz nahm.

»Jetzt heißt es warten und den Tag genießen«, sagte er. »Oder was meinst du?«

Ich nickte nur.

Doch statt zu genießen, holte Fiedler nach wenigen Minuten seinen Laptop aus der Umhängetasche und begann, die Tastatur zu bearbeiten.

Nach etwa einer halben Stunde hielten zwei stark verschwitzte Männer um die dreißig auf uns zu. Einer trug einen Rucksack. Sie wirkten abgekämpft und verärgert.

»Könnte es sein, dass wir hier verabredet sind?«, fragte der mit dem Rucksack.

»Hallo Gerry«, erwiderte Fiedler. »Schön, dass wir uns endlich kennenlernen. Wer ist dein Freund da?«

»Nur ein Freund.« Gerry rümpfte die Nase. »Super Idee, uns den Scheißberg hier raufzujagen.«

»Nur eine Vorsichtsmaßnahme«, sagte Fiedler.

Gerry nahm seinen Rucksack ab, und die beiden setzten sich zu uns an den Tisch.

Ich stand auf und blickte auf den Weg, den die beiden gekommen waren. Zuerst nahmen mir ein paar Radfahrer und ein älteres Paar mit Wanderstöcken die Sicht, aber danach machte ich drei jüngere Leute aus, darunter eine Frau, die sich vergleichsweise eiligen Schritts näherten. Nur eine harmlose Wandergruppe mehr, die den Aufstieg endlich hinter sich bringen wollte?

»Seid ihr beide auch wirklich allein unterwegs?«, fragte ich Gerry.

»Logisch.« Er kramte in seinem Rucksack, brachte einen Laptop zum Vorschein. »Können wir gleich loslegen? Manuel hier kann inzwischen das Geld überprüfen.«

»Kein Problem«, erwiderte Fiedler.

»Wo is'n die Toilette?«, fragte Manuel.

Fiedler drehte sich halb zur Seite und deutete auf eine Tür in der Ecke des L-förmigen Gebäudes. »Da rein und dann links.«

»Also dann.« Manuel blickte mich auffordend an.

Ich nahm den Rucksack wieder zur Hand und wir gingen nebeneinander zur Tür.

»Sind Sie eigentlich bewaffnet?«, fragte er.

»Bewaffnet und gefährlich.«

»Uhhh.«

Manuel ging voran, und ich folgte ihm die paar Holzstufen hinauf in einen Flur, in dem es rechts zur Gaststube ging und links zu den Toiletten. Dort angekommen, übergab ich Manuel den Rucksack, der sich daraufhin in einer der Kabinen einschloss, während ich im Vorraum am Waschbecken stehen blieb und den Flur im Auge behielt.

Nach etwa einer Minute erschien ein drahtiger Mann mit glatt rasiertem Schädel im Flur und blickte sich suchend um, bevor er, an der Damentoilette vorbei, langsamen Schritts näher kam, den Blick starr auf mich gerichtet. Das gefiel mir gar nicht. Ich straffte mich und zog die *Glock* gut sichtbar halb aus der Tasche.

Der Glatzkopf hielt inne, fixierte die Pistole und machte zögerlich wieder kehrt.

Das wär's dann gewesen, dachte ich.

Gleich darauf hörte ich, wie Manuel die Kabinentür entriegelte. Ich huschte hinzu. Manuel grinste mich an. Arglos, wie es schien.

»Alles super«, sagte er.

Ich grinste zurück und versetzte ihm im nächsten Augenblick einen Faustschlag auf die Nase, der ihn zurück in die Toilettenkabine torkeln ließ. Ich setzte ihm nach, entriss ihm den Rucksack und warf die Tür der Kabine zu. Dann trat ich vorsichtig in den Flur hinaus, wich zwei kichernden Frauen aus und spähte um die Ecke. Der Glatzkopf stand nun ein paar Meter vom Eingang entfernt, die Hände in den Taschen seiner Windjacke. Er blickte überrascht auf den Rucksack in meiner Hand, machte aber keine Anstalten, mich aufzuhalten.

Ich war kurz versucht, ihn anzusprechen, bemerkte im selben Moment aber, dass Fiedler und dieser Gerry mittlerweile Gesellschaft bekommen hatten: Neben Gerry saß ein etwa dreißigjähriger Mann mit Bart, hinter Fiedler stand eine dunkelhaarige, etwas jüngere Frau, die ihre rechte Hand auf Fiedlers Schulter gelegt hatte.

Zusammen mit dem Glatzkopf zweifellos das Trio, das ich beobachtet hatte.

Eine hübsche Falle, in die wir da getappt waren!

Was nicht passte, war Gerrys gequälter Gesichtsausdruck.

Ich blieb etwa zwei Meter vor ihnen stehen und suchte Fiedlers Blick.

»Wo ist der andere?«, fragte der Bärtige.

Der andere!

Das hörte sich nicht nach einem Komplizen an.

»Was ist hier los, Klaus?« fragte ich. »Haben wir ein Problem?«

Fiedler nickte mit grimmiger Miene. »Allerdings. Diese zwei Idioten haben nicht gemerkt, dass sie längst überwacht wurden.«

»Überwacht von wem?«

»Wir hatten unsere Informationen von einem Typ, der für die chinesische Botschaft in Wien arbeitet«, sagte Gerry mit gepresster Stimme. »Einem Typ mit einem Drogenproblem, um genau zu sein.«

»Und was habt ihr damit zu tun?«, fragte ich den Bärtigen nach einem Seitenblick zu der Frau.

»Nun, wir sind da, um die Sache wieder auszubügeln«, erwiderte er in breitem Wiener Dialekt.

Ich warf einen Blick zu dem Glatzkopf, der inzwischen ein paar Meter entfernt Stellung bezogen hatte. »Interessant. Dann seid ihr drei wohl die örtlichen Hilfskräfte der Botschaft?«

»Gut kombiniert.«

»Aber nicht überzeugt.«

»Wen hätten Sie denn an unserer Stelle geschickt? Drei Chinesen mit einem Kontrabass?«

»Und wieso erst jetzt und hier?«

»Offen gesagt, geht Sie das einen Scheiß an.«

»Das dachte ich mir.« Ich wandte mich Fiedler zu. »Gut, dann brechen wir mal auf, würde ich sagen.«

Zu meinem Erstaunen zog die Frau ihre Hand zurück, und Fiedler erhob sich ruckartig. Er steckte seinen Laptop in die Tasche und trat einen Schritt vom Tisch weg.

»Das Geld bleibt aber hier!«, sagte der Bärtige beiläufig.

Fiedler und ich wechselten einen Blick.

»Jetzt verstehe ich«, sagte ich. »Für eine halbe Million kann man sich schon mal Zeit lassen.«

Der Bärtige grinste.

»Und wenn wir das Geld doch mitnehmen?«, fragte ich.

»Dann frage ich mich, wie ihr diesen Berg wieder runterkommen wollt?«

Ich blickte mich forschend um. Noch war niemand so richtig auf uns aufmerksam geworden. Nur ein paar irritierte Blicke, mehr nicht. Ich trat ein Stück vor und sagte leise, aber bestimmt: »Nun, ich würde sagen: Genauso, wie wir heraufgekommen sind. Zu Fuß und bewaffnet. Und fest entschlossen, jedem Handlanger einer lausigen Diktatur eine Kugel ins Bein zu jagen, der uns daran hindern möchte. War das deutlich genug?«

Der Bärtige beugte sich leicht vor und sagte: »Für einen Mann, der gerade dabei war, Diebesgut zu kaufen, haben Sie eine verdammt große Klappe.«

»Wir können jederzeit die Polizei rufen«, sagte Fiedler.

»Steht dir frei«, erwiderte der Bärtige mit ausdrucksloser Miene. »Aber dann achte auf die Dame hinter dir. Ich weiß nicht genau, wie viele Kampfsportarten sie beherrscht, aber ich bin sicher, du würdest in keiner gegen sie bestehen.«

»Und er da?«, sagte Fiedler mit Blick zu mir.

»Dein Revolverheld?«

»Genau.«

»Nun, da hätte ich Folgendes zu bieten: Sowie er seine Waffe hervorholt, springe ich auf und schreie so laut wie möglich um Hilfe.« Er hob die Hände und wedelte theatralisch mit den Fingern. »Hilfe, Hilfe, ein Terrorist, er hat eine Bombe im Rucksack. Was denkst du, was dann hier los ist? Gleichzeitig wird mein werter Kollege da hinten«, wobei er auf den Glatzkopf deutete, »mit seinem Elektroschocker anrücken und deinem Freund hier eine halbe Million Volt durch den Körper jagen.«

»Reizvolle Taktik«, sagte ich.

»Finde ich auch«, erwiderte der Bärtige. »Also sind wir uns einig?«

Ich trat einen Schritt auf Fiedler zu, zuckte mit den Schultern und sagte: »Sieht so aus, als hätten wir keine andere Wahl«, während ich gleichzeitig mein Gewicht auf den linken Fuß verlagerte. Fiedler öffnete den Mund, doch bevor er einen Ton herausbrachte, trat ich mit aller Kraft gegen die linke Kniescheibe der Frau.

Wäre es bei einem Einsatz gewesen, hätte ich ihr noch die Stirn gegen die Nase gerammt und die Sache mit einem Handkantenschlag in den Nacken zu Ende gebracht.

Aber es reichte auch so.

Ihr gebräuntes Gesicht verlor schlagartig an Farbe, sie schnappte nach Luft und stürzte dann schwer zu Boden.

»Los jetzt«, zischte ich Fiedler zu, und wir rannten wie zwei aufgescheuchte Feldhasen los, Fiedler voran. Wir erregten zwar mächtig Aufsehen, hörten Zurufe und Gelächter, aber sonst passierte nichts.

Niemand folgte uns.

»Mann oh Mann, das war knapp«, sagte Fiedler keuchend, als wir den schützenden Waldrand erreicht hatten.

Ich nickte.

Adios, schöne Alm.

»Ich kann's immer noch nicht glauben«, sagte Fiedler, während wir gemächlichen Schritts weitergingen.

»Was denn? Dass wir ihnen entwischt sind?«

»Das auch. Aber dass die zwei so blöd waren und von der Überwachung nichts bemerkt haben ...«

»Ich würde sagen, von Überwachung kann hier keine Rede sein.«

»Was?« Fiedler packte mich am Arm und zwang mich zum Stehenbleiben. »Was meinst du damit?«

Ich lachte. »Das war eine Schmierenkomödie ersten Ranges. Die hatten nur Angst, sich zu zweit mit uns anzulegen. Also haben sie gleich die ganze Truppe in Trab gesetzt und gute Jungs, böse Jungs gespielt. Eine gut organisierte Bande von Ganoven, die auch Zeitung lesen. Und deswegen wissen, was da zwischen der EU, diversen Balkanstaaten und China läuft. Die angebliche Liste war nur ein Köder, um euch auszunehmen. Und du bist prompt darauf reingefallen. Genauso wie die Arschgeigen vom *Stern* bei diesen ›Hitler-Tagebüchern‹.«

»Aber dieser Gerry war echt erschrocken, als die drei plötzlich aufgetaucht sind.«

»Alles nur Show.«

»Bist du sicher?«

»Todsicher.«

»Scheiße.«

Wir gingen weiter.

»Was hast du eigentlich mit dem Typ gemacht, der das Geld zählen wollte?«, fragte Fiedler dann.

»Ich hab ihm zum Abschied eins auf die Nase gegeben.«

Es war längst dunkel, als wir den Parkplatz erreichten, wo ich meinen *Subaru*-Kombi abgestellt hatte. Ich war müde und noch immer unschlüssig, ob ich die Sache wirklich durchziehen wollte. Wir hatten während der Fahrt nicht viel gesprochen. Fiedler hatte sich auf den Verkehr konzentriert, und ich war die Optionen durchgegangen, die mir noch blieben, mit einer kranken Frau an meiner Seite und einem Job als Chef einer kleinen Security-Truppe, die seit über einem Jahr kaum Aufträge erhielt.

Fiedler hielt neben dem *Subaru* an und stellte den Motor ab. Er strich sich kurz übers Gesicht und meinte dann, ohne mich dabei richtig anzublicken: »Tja, was sagt man jetzt in so einem Fall? Danke und mach's gut?«

»Reicht mir vollkommen«, erwiderte ich. »Aber könnte ich mal kurz dein Handy haben? Bei meinem ist der Akku leer ...«

»Wen willst du denn anrufen?«

»Meine Lebensgefährtin. Sie liegt derzeit im Krankenhaus.«

Fiedler fragte nicht nach, zog den Apparat nur umständlich aus seiner Jackentasche und reichte ihn mir.

»Dauert nur eine Minute«, sagte ich und stieg aus. Doch statt zu telefonieren, legte ich das Handy auf das Wagendach, öffnete mit Schwung die rechte Hintertür des *Audi* und schnappte mir sowohl den Rucksack mit dem Geld als auch Fiedlers Umhängetasche. Ich hatte beides kaum in der Hand, da kam Fiedler schon um das Wagenheck auf mich zugestürmt.

Ich zog meine Pistole, richtete sie auf seinen Bauch und sagte: »Mach jetzt keinen Blödsinn, hörst du.«

Fiedler hielt inne und blickte mich fassungslos an: »Du würdest doch niemals auf mich schießen ...«

»Stimmt. Aber ein kräftiger Rumms auf deine Nase wäre allemal drin.«

Wir starrten uns sekundenlang wortlos an. Er wusste, dass er keine Chance hatte.

»Das hätte ich nie von dir gedacht«, murmelte er schließlich. »Wenn es einen gibt, dem ich blind vertraut habe, dann warst du das.«

»Die Zeiten haben sich geändert. Und ich mich mit ihnen.« Ich steckte die Pistole wieder ein. »Du kannst deinen Leuten ja weismachen, dass genau das abgelaufen ist, was diese Ganoven *uns* weismachen wollten.«

»Ich zeige dich an.«

»Dann steht Aussage gegen Aussage. Und du würdest dich dabei nur lächerlich machen. Vergiss es.«

»Wir finden dich.«

»Glaube ich nicht. Ich habe als Zielfahnder so gut wie jeden Trick kennengelernt, wie man spurlos abtaucht.«

Fiedler zögerte kurz, bevor er sich ein Lächeln abmühte. »Okay, du Mistkerl, wenn schon, dann machen wir wenigstens halbe-halbe.«

Ich lächelte zurück. Fiedler war noch dümmer, als ich gedacht hatte. Sein Vorschlag war der letzte Beweis dafür, dass er den Verlust

der halben Million regeln könnte. Und auch sonst stillhalten würde, schon allein wegen Boris.

»Warum nicht«, sagte ich. »Das Dumme ist nur, dass du deine
Hälfte schon vor neun Jahren aufgebraucht hast. Deine Sachen lasse
ich dir in den nächsten Tagen zukommen. Und jetzt setzt dich in
deinen Wagen und warte einfach, bis ich weg bin.«

Ich nahm sein Prepaid-Handy vom Wagendach, steckte es
ein und sperrte meinen *Subaru* auf. Ich warf den Rucksack
und die Umhängetasche auf den Rücksitz und setzte mich ans
Steuer.

Fiedler stand noch immer da.

Auch gut, dachte ich und fuhr los.

Teisenberg, 1.333 m
Chiemgauer Alpen

Ich habe, mit einigen Unterbrechungen, fast fünfzig Jahre in Sichtweite
des Teisenbergs gewohnt. Bestiegen habe ich ihn zum ersten Mal im
Alter von neun Jahren im Rahmen eines Schulausflugs. Das Besonde-
re an dem Berg ist, dass er nicht nur ein Paradies für Wanderer und
Mountainbiker ist, sondern mit seiner Höhe von 1.333 Metern auch
der nördlichste Tausender der Deutschen Alpen. Und das reicht mir
vollkommen, andere Berge habe ich seitdem nur per Seilbahn erklom-
men, frei nach dem Motto: »Die Berge von unten, die Kirchen von
außen und die Wirtshäuser von innen«.

Wolfgang Schweiger

Wolfgang Schweiger wurde 1951 in Traunstein geboren. Nach einer Ausbildung zum Speditionskaufmann, Fachabitur und etlichen Semestern BWL und Sozialpädagogik ist er seit Ende der 1970er-Jahre als Schriftsteller tätig. Er hat bislang rund zwanzig Kriminalromane und das erste deutschsprachige Sachbuch zum Polizeifilm veröffentlicht sowie eine Reihe von Drehbüchern für TV-Krimiserien wie *Der Fahnder* oder *Soko 5113* verfasst. Als Western-Fan gilt seine große Vorliebe dem amerikanischen Südwesten, dem Schauplatz vieler Filme von Sam Peckinpah, seinem Lieblings-Regisseur. Nach vielen Jahren auf dem Land lebt er heute in Traunstein, wo er als freischaffender Kulturjournalist tätig ist.

www.wolfgangschweiger.de

Nicole Eick

Übern Rand

Wir haben uns beim Klettern kennengelernt. Sagt sie. Ist natürlich Quatsch. Ich klettere. Marie kratzt höchstens am Fuß des Felsens. Wenn sie über zwei Meter steigt, wird ihr schwindlig. Steht sie oben am Fels, kann sie nicht übern Rand schauen. Das zieht mich runter, sagt sie dann. Sie würde nie freiwillig bis an die Kante gehen. Nicht nur das war keine gute Voraussetzung für eine Beziehung.

Alfred Meister, Kriminalhauptkommissar der Polizeiinspektion Bamberg, schnauft laut. Zum einen, weil er wegen des hohen Krankenstands der Coburger Kriminalpolizei diese eigentlich zuständigen Kollegen vertreten muss. Zum anderen wegen des teilweise vereisten Staffelberg-Plateaus. Er musste deshalb ebenso wie die uniformierten Kollegen seinen Dienstwagen an der Adelgundiskapelle stehen lassen und die wenigen hundert Meter des schräg bis zu den Felskanten ansteigenden Plateaus zu Fuß gehen – rutschend und fluchend. Keiner hat ihm gesagt, dass er Bergstiefel braucht, und sein Gewicht von fast hundert Kilo bei bescheidener Größe tut ein Übriges dazu, dass ihm die Stapferei schwer fällt. Außerdem ist es Februar, Sonntagmorgen halb sechs, stockdunkel und eisig kalt.

»Ist die Neue schon da?«, fragt er schnaufend den Kollegen von der Kriminaltechnik. Der keucht neben ihm her, weil er allerlei Gerätschaften mit sich schleppt, zum Beispiel Scheinwerfer, um das Gelände auszuleuchten.

»Hm?«, macht er begriffsstutzig.

»Na diese Frau Brodbecker, ihr solltet sie doch anrufen!«

Dominique Brodbecker, Alfreds neue Kollegin, war zuletzt in Nürnberg bei der Sitte, soll ziemlich gut aussehen und eine ziemlich gute Aufklärungsquote haben. Am Freitag wäre ihr erster Arbeitstag gewesen. *Wäre.* Warum sie nicht auftauchte, entzieht sich Alfreds Kenntnis, und er ist deshalb nicht besonders gnädig gestimmt.

»Kann mir mal einer erklären, wonach wir eigentlich suchen?« Zu sehen ist nämlich gar nichts hier oben, zumindest nicht auf den ersten Blick. Nur herumwuselnde Polizisten. Alfred bleibt stehen und stemmt die Hände in die Seiten. Definitiv wird heute der obligatorische Sonntagsspaziergang mit Ehefrau Grete ausfallen. Er hatte seinen Frühsport schon.

»Tja.« Die Polizeihauptmeisterin aus Lichtenfels, die ihm Rapport erstatten wird, runzelt die Stirn. Sie hatte die Nachtschicht von Samstag auf Sonntag, und Meister kennt sie als sehr erfahren. »Also. Wir haben kurz nach Mitternacht einen Anruf gekriegt, Feuerwehr Bad Staffelstein. Die wiederum ist von mehreren Bürgern verständigt worden, man sähe einen Feuerschein unterhalb der Staffelbergfelsen. Also ist die Feuerwehr ausgerückt, musste aber feststellen, dass dem Brandherd auch mit schwerem Gerät nicht beizukommen war. In Absprache mit uns wurde der Hubschrauber angefordert. Und die Besatzung entdeckte dann einen noch schwelenden Haufen am Fuß der Felsen. Genauer gesagt, ein ausgebranntes Auto. Mit der Bergung wird begonnen, sobald es hell wird.«

»Personenschaden?«, fragt Alfred gewohnheitsmäßig, denn eigentlich hasst er dieses Wort.

»Wissen wir noch nicht. Aber Sie erinnern sich an den Fall vor ein paar Jahren? Die Frau, die sich bei äußerst schlechter Sicht auf der Suche nach ihrem Sohn hier verfahren hat und mit ihrem Auto über die Kante gestürzt ist?«

»Dunkel, ja. Aber sie hat doch überlebt?«

»Sogar ohne Verletzungen. Wenn man mal vom Schock absieht. Allerdings ist sie nicht an der steilsten Stelle abgestürzt und nicht auf Fels aufgeprallt ...«

»Sie meinen also, das Auto kam auch von hier oben?«

Die Beamtin nickt. »Führt ja auch keine Straße an die Stelle, wo das Wrack liegt ... Und schaun Sie mal hier«, sie leuchtet mit einer starken Stablampe über den vereisten und an manchen Stellen von einer dünnen Schneeschicht bedeckten Boden, »Reifenspuren.«

»Na gut.« Alfred inspiziert die kurze Spur. »Wird sich ja dann herausstellen, ob die Spuren zu dem Auto da unten passen. War denn die Sicht heute Nacht auch schlecht?«

Wieder Nicken. »Es war neblig, am späten Abend hat weiter oben leichter Schneefall eingesetzt. Wir sind hier über 500 Meter.«

Genauer gesagt, 539 Meter. So viel misst Frankens Hausberg immerhin. Knapp halb so viel wie Oberfrankens Höchster, der Schneeberg im Fichtelgebirge.

»Unfall oder Suizid?« Eine angenehme Stimme in Alfreds Rücken.

»Was?«, fragen er und die Beamtin gleichzeitig und drehen sich um.

»Dominique Brodbecker«, sagt die sehr große und sehr gut aussehende Frau, zu der die Stimme gehört.

Alfreds Blick fällt automatisch auf ihre Schuhe. Die Schuhe sind Stiefel, Stiefel mit sehr hohem Schaft und sehr hohen Absätzen. Bei der Frau ist alles *sehr*.

Die Besitzerin der Stiefel wartet keine Antwort ab, leuchtet stattdessen mit ihrem Smartphone über die nähere Umgebung.

»Schön, dass Sie sich zu uns gesellen«, brummt Alfred. Das hat ihm grad noch gefehlt. Eine Dominique, die aussieht wie eine Domina.

Tatsächlich haben wir uns auf dem Staffelberg-Plateau kennengelernt. Sie hockte oben auf den Felsen in der Sonne, in Shorts und engem Top,

*braungebrannt, ihr blondes Haar zu zwei Zöpfen geflochten. Ich kletterte
mit einem Freund zusammen. Der Staffelberg ist keine große Herausforderung für einen wie mich, aber von Bamberg aus schnell zu erreichen.*

*Wir sind jetzt seit zwei Jahren zusammen. Marie will endlich ein
Kind, ich nicht. Marie will heiraten, ich nicht. Marie will Urlaub auf
Mallorca, ich habe eine Klettertour gebucht. Am Anfang war alles gut.
Jetzt wird es immer schwieriger.*

Von einem Moment auf den anderen ist es taghell auf dem Staffelberg-Plateau. Die Kriminaltechnik hat die Beleuchtung montiert
und ihre Arbeit aufgenommen. Stellt Abdrücke der Reifenspuren
sicher, nimmt akribisch die Felskante unter die Lupe, um frische
Abbrüche zu entdecken.

Die Neue hat sich von Alfred Meister entfernt und sucht den
Boden ab.

»Knackig, was?«, bemerkt ein Beamter grinsend. Er hat sich neben den Kommissar gestellt und eine Zigarette angezündet.

»Na na, lassen Sie das nicht die Gleichstellungsbeauftragte hören«, sagt Alfred und droht gutmütig mit dem Zeigefinger.

Insgeheim gibt er dem Kollegen Recht. Noch mehr wundert er
sich, dass Frau Brodbecker in ihrem knappen Lederjäckchen und
ohne Schal nicht friert.

»Sieht man das Wrack von hier oben?« Er geht vorsichtig ein
Stück Richtung Kante. Vor ihm kniet einer der Spurensicherer und
kratzt am Fels herum. »Wenn Sie ganz nah rangehen, ja.«

»Muss nicht sein, danke.«

»Kann aber«, sagt Dominique Brodbecker, die wieder neben ihm
auftaucht und ohne zu zögern bis an den Felsabbruch herantritt.

»Vorsicht, ist glatt!«, mahnt Alfred.

Die Kommissarin schabt probeweise mit ihrem Stiefel über den Boden, und Alfred kann kaum hinsehen, wie nah sie dem Abgrund ist.

»Geben Sie mir Ihre Hand«, sagt sie und winkt ihn näher.

Auch das noch. Er geht ein kleines Stück auf sie zu, mehr ist beim besten Willen nicht möglich.

Ihre Hand mit den langen schlanken Fingern greift nach seiner, dann beugt sie den Oberkörper Richtung Nichts.

Oh Gott, lass mich Petrus der Fels sein, betet Alfred zum Gott seiner gut katholischen Ehefrau und geht in die Grätsche, um nicht mitsamt der neuen schönen Kollegin übern Rand zu rutschen. Gott hat ihn wohl gehört, denn Dominique Brodbecker tritt einen Schritt zurück und lässt seine Hand wieder los. »Ein Haufen Schrott«, sagt sie. »Hoffentlich ohne Leiche.«

»Die Frage nach Suizid oder Unfall stellt sich noch«, greift Alfred das vorige Thema wieder auf. »Warum wir überhaupt gerufen wurden.«

»Deshalb!«, ruft die Polizeihauptmeisterin aus ein paar Metern Entfernung. Sie steht am Übergang der Felsfläche zum Grasboden des Plateaus – dort ist ein Quadrat von einmal einem Meter mit rotem Band abgesteckt – und zeigt auf den Boden. »Haben wir zufällig entdeckt. Kam uns komisch vor.«

Alfred und Dominique gehen zu ihr. Da, auf einem kleinen Fleckchen dünnen Schnees ist der Abdruck eines Schuhs zu sehen, zwar nur schwach, aber mit deutlich erkennbarem Profil.

»Kann das jemand von uns gewesen sein?«, fragt Alfred.

Die Kollegin schüttelt den Kopf. »Hier nicht. Und der Abdruck kann nur von heute Nacht sein. Bis abends lag hier noch kein Schnee.«

Ihre Schwester rief mich vorhin an. Marie habe ihr eine ausgeliehene Bohrmaschine zurückbringen wollen, ist aber nicht gekommen und ging nicht ans Telefon. Bei mir ist sie auch nicht. Und ich war gestern nicht bei ihr. Meine Mutter brauchte mich für ein paar kleine Repara-

turen im Haus. Wir haben zusammen zu Abend gegessen, ich trank zu
viel Wein und übernachtete deshalb in meinem alten Kinderzimmer.

Auf Bitte ihrer Schwester bin ich zu ihrer Wohnung gefahren. Nie-
mand machte auf. Ich habe einen Schlüssel, bin hinein. Sie war nicht
da. Wir machen uns nun doch Sorgen und haben verabredet, sie spätes-
tens am Abend vermisst zu melden, wenn sie bis dahin nicht auftaucht.

Gut anderthalb Stunden später sinkt Alfred Meister in seinem
Bamberger Büro erschöpft auf den Stuhl. Kurz zuvor hat er beim
Café Fuchsbau gehalten und eine Tüte Bamberger Hörnla besorgt
sowie zwei Kaffee to go. In wieder verwendbaren Bechern natürlich.
Frau Brodbecker hockt mit dem halben Hintern auf der Schreib-
tischkante ihres noch leeren Arbeitstisches und langt zu, als er ihr
Tüte und Becher hinschiebt.

»Dominique«, sagt sie kauend.

»Hm?«, macht Alfred.

»Dominique. Und du?«

Er schlussfolgert, dass ihm die Meisterin der knappen Dialoge
das Du anbietet. Auch okay, warum nicht.

»Alfred.«

Alfreds Computer gibt Laut, ein Fenster ploppt auf, und der
in der Coburger Inspektion Dienst habende Polizeioberkommissar
wird sichtbar. »Was habt ihr?«

Dominique zieht sich einen Bürostuhl heran und rollt neben
Alfred.

»Ein über die Felskante des Staffelbergs gestürztes Auto, Bergung beginnt in diesen Minuten. Wir wissen hoffentlich bald, ob
sich jemand darin befunden hat. Wenn ja, dürfte er oder sie tot sein,
das Fahrzeug ist ausgebrannt. Die Lichtenfelser Kollegen haben einen frischen Schuhabdruck im Schnee entdeckt, geschätzt Größe
42 oder 43, vermutlich ein Mann. Falls der Besitzer des Stiefels

nicht tot im Auto liegt, wird's interessant: Dann kommt durchaus in Frage, dass beim Absturz jemand nachgeholfen hat.«

Der Kollege aus Coburg schnäuzt sich lautstark. »Danke schon mal. Könnt ihr dranbleiben? Ich glaube, ich werde auch krank ... Grippewelle.«

»Klar doch.« Das Bild wird dunkel.

Es dauert keine fünf Minuten, da klingelt das Telefon. Alfred stellt laut.

Die Feuerwehr Bad Staffelstein. »Wir sind jetzt beim Auto, ein *Hyundai i10*, Reifenprofil passt zu dem von oben«, meldet eine junge weibliche Stimme. »Auf dem Fahrersitz eine Leiche, zum Teil verkohlt. Haare sind teilweise erhalten, blond und lang. Sieht nach Frau aus. Der Kriminaltechniker nimmt eine DNA-Probe.«

»Danke. Er soll auch das, was vom Auto noch übrig ist, nach DNA absuchen. Und nach Fingerabdrücken. Naja, wisst ihr ja selber«, sagt Alfred, und zu Dominique: »Wir müssen schnellstmöglich wissen, wer sie ist. Und wem dieser Schuh gehört, der da oben rumgelaufen ist.«

Marie ist nicht aufgetaucht. Ihre Schwester machte sich Sorgen. Ich natürlich auch. Wir trafen uns bei mir und riefen die Polizei in Lichtenfels an. Es gab ein Hin und Her wegen der Zuständigkeit. Wir wurden nach Coburg verbunden. Der Beamte am Telefon fragte sehr genau nach, seit wann sie weg ist, wie sie aussieht, was sie für ein Auto fährt. Bleiben Sie dran, sagte er dann, und verband uns erneut. Dieses Mal nach Bamberg, ein Mann namens Alfred Meister meldete sich. Kriminalpolizeiinspektion. Wir waren sehr beunruhigt.

Ein paar Stunden verbringt Alfred zuhause, nahezu mit Standleitung zur Kriminaltechnik, die ihm die ersten Untersuchungsergebnisse durchgibt. Wenigstens Gretes Schweinsbraten mit Kloß und Soß bekommt seine volle Aufmerksamkeit. Grete versteht, dass er für den Spaziergang danach ausfällt. Sehr bedauerlich.

Am späten Nachmittag trifft er sich erneut mit Kollegin Dominique im Büro. Die Halterin des *Hyundai* ist inzwischen ermittelt: Marie Stübner aus Bad Staffelstein, 32 Jahre alt, Friseurmeisterin, ledig. Die Kollegen vor Ort suchen noch nach Angehörigen. Sonntags nicht so leicht.

Dann wird ihnen dieser Anruf aus Coburg durchgestellt.

Ein Mann aus Bamberg vermisst seine Freundin, eine Frau aus Bad Staffelstein ihre Schwester. Es ist die Tote vom Fuß des Staffelbergs.

»Wo können wir Sie treffen?«, fragt Alfred den Mann am Telefon, ohne ihn über den makabren Unfall zu informieren.

»Ich bin in meiner Wohnung, Gärtnerviertel in Bamberg, ihre Schwester ist hier bei mir.«

»Wir sind in zehn Minuten da.«

Sie ist tot. Sie ist unwiderruflich tot. Ihre Schwester erstarrte, ich habe die Fassung gewahrt. Die Mienen der beiden Kommissare – ein kleiner Dicker, sicher über Fünfzig, und eine äußerst attraktive, groß gewachsene Frau, vielleicht Mitte Dreißig – waren undurchdringlich. Sie fragten, was sie gegen Mitternacht auf dem Staffelberg zu suchen hatte, mit dem Auto, bei Schneeregen, Nebel und Kälte. Gute Frage. Ich erzählte ihnen, dass wir uns da oben kennengelernt haben und der Platz eine besondere Bedeutung für sie hatte. Dann fragten sie nach unseren Alibis. Ihre Schwester ist verheiratet, sie und ihr Mann haben ferngesehen. Ich war bei meiner Mutter, sie wohnt in Bad Staffelstein. Natürlich kann sie meinen Besuch bezeugen, ich habe schließlich sogar bei ihr übernachtet. Außerdem wollten sie die Schuhgröße von Marie wissen. 38, glaube ich. Keine Antwort, warum das von Belang ist. Ob wir sie nochmal sehen könnten, uns verabschieden dürften? Das fragte ihre Schwester. Lieber nicht, antwortete der Kommissar, sie ist nicht mehr zu erkennen. Ihr stark verschmortes Smartphone werde zurzeit untersucht, vielleicht gebe es darauf Hinweise auf eine Verabredung. Oder könnten wir uns Suizidabsichten vorstellen? Ihre Schwester und ich schauten uns an. Ich wagte eine Antwort: Sie hatte schwanger werden wollen, aber es klappte nicht. Sie war labil, ergänzte ihre Schwester, denkbar ist alles.

Alfred Meister und Dominique Brodbecker haben den Angehörigen bewusst nichts von der Spur im Schnee erzählt. Wenn sich die Alibis beider bestätigen, muss man Trauernde nicht mit Verdächtigungen belasten. Das ist zumindest Alfreds Einstellung. Ob er in dieser Frage und in vielen anderen mit der neuen Kollegin harmonieren wird, wird sich herausstellen. Was ihn auf der Rückfahrt in die Polizeiinspektion völlig aus dem Gleichgewicht bringt, ist der Fahrstil der taffen Kommissarin. Er hat ihr großzügig das Steuer des Dienstwagens überlassen, und sie fährt alles andere als gemütlich.

»Wir haben kein Blaulicht auf dem Dach«, erinnert Alfred und hält sich am Türgriff fest.

Sie schaut ihn von der Seite an und grinst. Dann gibt sie erneut Gas und steuert die Autobahnzufahrt an.

»Wohin wollen Sie ... du denn?«

»Bad Staffelstein? A 73 Richtung Coburg, richtig?«

»Oh ja, gute Idee. Machen wir.« Alfred nestelt den Zettel mit den Adressen der Schwester und der Mutter des Freundes aus der Jackentasche. »Erst zur Familie der Schwester?«

Dort sind sie zehn Minuten später, und Alfred läuft Schweiß über die Stirn, trotz der Kälte – Angstschweiß. Zurück wird er lieber wieder selber fahren.

Der Mann der Schwester bestätigt, dass sie am Abend zuhause waren. Er ist aber auch entrüstet: Die Polizei glaubt doch nicht allen Ernstes, seine Frau hätte etwas mit dem Tod ihrer Schwester zu tun! Er selber könne sich nur einen schrecklichen Unfall vorstellen. Nebel, schlechte Sicht ... das ist doch so wie vor ein paar Jahren, als die Frau auf der Suche nach ihrem Sohn ...

»Wir kennen die Geschichte«, winkt Alfred ab.

Kurz darauf sind sie bei der Mutter des Freundes. Ein altes Haus am anderen Ende von Bad Staffelstein, das letzte in einer Sackgasse, die Haustür befindet sich auf der Rückseite. Eine kleine gebeugte Frau unbestimmten Alters öffnet und lächelt sehr freundlich.

»Kommen Sie doch herein! Möchten Sie eine Tasse Tee mit mir trinken?«

Dominique und Alfred schauen sich an. Er nickt und sagt »gern«, sie schüttelt den Kopf.

Alfred schiebt Informationen nach – wer sie sind, warum sie hier sind.

»Ach, das arme Mädchen!«, ruft die Frau aus, während sie die Kommissare an ihren Küchentisch dirigiert und dann unschlüssig vor der Spüle steht.

»Ihr Sohn, war er gestern und über Nacht bei Ihnen?«, fragt Alfred.

»Ja ja, mein Sohn war da, ein guter Junge, er hilft mir so viel.«

»Und er hat auch hier übernachtet?«

»Ja ja, das hat er.« Sie steht immer noch an der Spüle, mit dem Rücken zur Polizei.

»Er ist nicht mal ums Haus gegangen? Spazieren, Zigaretten holen?«

Jetzt dreht sie sich um. »Möchten Sie vielleicht eine Tasse Tee mit mir trinken?«

Ich habe meine Mutter angerufen und sie gefragt, ob Polizisten bei ihr waren. Sie erzählte mir von zwei sehr netten Leuten, mit denen sie Tee getrunken hat. Dass sie nach mir gefragt hätten und sie ihnen mehrmals gesagt hat, was ich für ein guter Junge sei. Mütter!

Dass ich gestern Abend bei dir war, auch in meinem alten Zimmer übernachtet habe? Wissen sie das?

Ja ja, sagte meine Mutter, aber bei ihr weiß man nie.

»Wollen wir kurz in Bamberg einkehren?«, schlägt Alfred auf der Rückfahrt vor. Er hat wieder das Steuer erobert, und Dominique hat den Beifahrersitz komplett zurückgeschoben, um ihre endlos langen Beine auszustrecken. Die Frau besteht zu zwei Dritteln nur aus wohlgeformtem Bein. »Ich hab Riesenhunger und das dumme Gefühl, es wird heute noch länger dauern bis Feierabend ...«

»Unbedingt.« Sie nickt.

Also sitzen sie kurz darauf im *Fässla*, Alfreds Stammkneipe in der Oberen Königstraße, und essen Bratwürste mit Sauerkraut, notgedrungen mit alkoholfreiem Bier dazu. Alfred hatte am Morgen schon mit Wohlwollen bemerkt, dass die Kollegin trotz Model-Figur ordentlich reinhauen kann – zweieinhalb Hörnla aus der Bäckertüte waren in Nullkommanix weg. Auch jetzt isst sie mit viel Appetit. Allerdings muss er vermuten, dass sie mittags keinen Schweinsbraten mit Kloß hatte. Aber vielleicht doch, ihre Familienverhältnisse sind ihm noch unbekannt. Er will auch nicht zu neugierig sein.

»Was sagst du zu der alten Dame in Bad Staffelstein? Sehr nett, aber irgendwie vergesslich«, sinniert Alfred. Er nimmt einen großen Schluck spritfreies Bier und schüttelt sich. »Fast so gut wie Spülwasser.«

»Sie ist dement.« Dominique spießt ihren letzten Zipfel Bratwurst auf. »Wie sehr, sollten wir feststellen.«

»Und wie? Wenn ihr Sohn etwas mit dem Unfall seiner Freundin zu tun hat, wird er uns nicht die Wahrheit sagen.«

»Über ihren Hausarzt?«

»Gute Idee.« Alfred greift zu seinem Handy und ruft einen Diensthabenden an, der sich sofort aufregt, wie er am späten Sonntagnachmittag einen Hausarzt erreichen soll.

»Sind wir die Polizei oder nicht?«, macht Alfred Druck. »Ich erwarte Ihren Rückruf. Bald.«

Dominique hat ihren Teller leergeputzt und lehnt sich wohlig seufzend in der Bank zurück. »Die meisten Morde sind ja Beziehungstaten. Lass uns mal die Handydaten des Freundes anfordern. Und die der Toten.«

»Wir sollten uns auch seine Schuhe zeigen lassen. Oder sind dir irgendwelche Treter mit ordentlich Profil aufgefallen, als wir bei ihm waren?«

Dominique zuckt die Schultern. »Ich würde gern nochmal mit der Schwester reden. Allein.«

Nun waren sie schon wieder da. Wollten meine Schuhe sehen, alle. Warum??? Auch das haben sie nicht gesagt. Sie haben aber auch nicht ausdrücklich gefragt, ob ich zusätzlich ein Paar Trekking-Schuhe im Hyundai *deponiert habe.*

Und die Kommissarin rief noch von meiner Wohnung aus ihre Schwester an. Natürlich klingelte deren Smartphone ganz in der Nähe. Sie war noch bei mir, machte sich im Bad frisch. Die Kommissarin bat sie, sie in ihr Büro zu begleiten.

Alfred sucht als erstes den Diensthabenden auf. Der hebt sofort entschuldigend die Hände. »Hab grad erst die Hausärztin der Dame erreicht. Sie hat ihre Praxis in Lichtenfels. Und ja, ihre Patientin ist dement. Bisher hat sie sich nur in ihrem Wohnumfeld verlaufen, und da sei wenig Verkehr, so dass die Ärztin noch keinen Druck gemacht hat, einen Pflegeheimplatz zu suchen. Der Sohn kümmere sich gut ...«

»Danke.« Alfred schaut grimmig. Das Alibi des Freundes ist soeben geplatzt.

Dominique hat routinemäßig Speichelprobe und Fingerabdrücke der Schwester nehmen lassen und sie dann in einen der Vernehmungsräume gesetzt. Die Frau war mit der Aufzeichnung des Gespräches einverstanden. Alfred steht an der Einwegscheibe und beobachtet.

Es dauert keine zehn Minuten, bis die neue Kommissarin die Frau zum Reden bringt. Marie wollte schwanger werden, ja, das schon, aber ihr Freund wollte nicht, und die Spannungen zwischen beiden hatten in den letzten Wochen zugenommen. Der Freund suchte Trost bei der Schwester. Die ein schlechtes Gewissen hatte. Hat. Aber mit dem Todesfall habe weder sie noch der Freund zu tun. Ob ihr Mann nicht ihr Alibi bestätigt habe? Der übrigens nichts von der heimlichen Beziehung wisse, was auch bitte vorläufig so bleiben solle.

»Welche Schuhgröße hat ihr Freund?«, fragt Dominique unvermittelt. »*Ihr* Freund«, betont sie und schaut ihrem Gegenüber direkt in die Augen.

»So 43?«, stottert die Schwester, »warum?«

Die Kommissarin verlässt ohne Antwort den Raum. Von Alfred hört sie, dass der Mann kein belastbares Alibi mehr hat. Aber wie kam er auf den Staffelberg, wenn nicht mit seiner Freundin im Auto? Und wie hat er Marie dazu gebracht, mit dem eigenen Auto über die Felskante zu fahren?

Ich habe sie wirklich geliebt, im ersten Jahr. Dachte auch, es könnte dieses Mal für länger sein. Aber sie wollte mich schnell an die Kette legen. Ihre Schwester war in den letzten Wochen eine nette Abwechslung. Ähnlich attraktiv, sehr leidenschaftlich. Nun drängte sie mich schon eine Zeitlang, endlich mit Marie Schluss zu machen. Sie wollte auch ihren Mann für mich verlassen. Ob sie kein Mitleid mit ihrer Schwester habe, fragte ich sie. Aber da gab es wohl etwas, das zwischen beiden unter der Oberfläche gärte, ich sah es in ihrem Gesicht. Ich selber zögerte, sagte ihr, ich täte mich schwer damit, eine Beziehung zu beenden. Aber vielleicht fände sich eine andere Lösung, die uns beiden helfen würde ...

»Wir behalten sie da«, schlägt Alfred vor. »Für seine Wohnung besorgen wir uns einen Durchsuchungsbeschluss. Und ich mach nochmal Druck wegen der Handydaten. Wenn sein Telefon oben am Berg war, dann war er's auch. Kaffee?«

»Jep.«

Als das Bürogebräu fertig ist und Alfred zwei klebrige Tassen vollgießt, verzieht die neue Kollegin angewidert das Gesicht. »*Das* ist Spülwasser. Das alkoholfreie Bier vorhin war Champagner dagegen.«

»Mag sein. Bin's so gewohnt. Der Kaffee, den meine Frau kocht, ist auf jeden Fall besser.«

Der PC gibt Laut, der Bildschirm erwacht zum Leben – auch wenn er Dr. Tod vom Institut für Rechtsmedizin in Erlangen zeigt. Dr. Tod, Spitzname des schrägen Mediziners.

»Einen wunderschönen Sonntagabend«, grüßt der Doc und ist nur verwackelt zu sehen, da er sein Smartphone mal wieder nicht ruhig in der Hand halten kann. »Da haben Sie mir heute Gegrilltes geliefert, werte Kollegen. Kann aber leider nicht viel mehr aus der unvollständigen Dame herauskriegen. Zum Beispiel, ob sie getrunken hat. Dazu fehlt mir der rote Saft.«

»Schade.« Alfred schaut Dominique an. »Im Auto war nichts dergleichen? Flasche, Glas?« Sie schüttelt den Kopf, der entsprechende Bericht der KT liegt seit Kurzem vor.

»Danke, Doc.«

Dr. Tod nickt und grinst.

Sie trank sehr gerne Rotwein. Auch wenn sie noch fahren musste. Beide Schwestern tranken gerne. Früher sind sie oft gemeinsam auf den Staffelberg gewandert. Dort in der Staffelbergklause gab's Bier statt Wein, dazu eine ordentliche Brotzeit – Salzfleisch mit Gurke oder angemachten Käs mit Brot. Der Mann der Schwester war ein Langweiler, außerdem unsportlich. Hockte abends vor dem Fernseher und schlief dabei ein.

Was hatte Marie gestern Abend vor?

Es geht Schlag auf Schlag: Die Auswertung der Handydaten erscheint auf Alfreds Bildschirm und sieht zunächst unauffällig aus: Das Telefon des Freundes war ununterbrochen im Funkzellenbereich der Mutter eingeloggt. »Schau«, sagt Dominique, als sie über die Daten der Toten scrollen. »Marie war ebenfalls in Bad Staffelstein, gegen 22 Uhr, Funkzelle Ortsmitte. Und noch lebendig.«

»Und dann bewegt sich ihr Telefon Richtung Staffelberg, bis das Auto oben zum Stehen kommt.«

»Und abstürzt.«

»Das heißt, sie hat ihn abgeholt? An einem zentralen Treffpunkt, damit die Mutter nichts merkt? Er ist dann zu Fuß nach Bad Staffelstein zurück? Machbar, oder?« Alfred greift selbst zum Telefon, ruft die Kollegen an, die noch vor Ort sind, und fragt nach weiteren Spuren. »Sucht auch die Wege runter nach Bad Staffelstein ab. Vielleicht findet sich ein weiterer Abdruck im Schnee.«

»Weiter unten liegt kein Schnee. Aber wir suchen«, verspricht der Beamte. Was in der beginnenden Dunkelheit wieder schwierig wird.

»Wie hat er sie dazu gebracht, über die Kante zu fahren? Ohne ihn?? Oder sind sie in Streit geraten? Beide alkoholisiert …«

Erneut klingelt das Telefon: Die Hausdurchsuchung beim Freund der Toten ist durch. Die Beamten waren akribisch, haben sich auch seinen Keller vorgenommen. Und nichts gefunden.

»Nehmt seine Fingerabdrücke. Und eine Speichelprobe«, sagt Alfred resigniert.

Aber dann: Erneuter Video-Anruf von Dr. Tod. Der Bildausschnitt zeigt ihn am Seziertisch, seine Hand lässt triumphierend eine Pinzette über der Toten schweben. »Kollegen! Da ist ein Haar in der Suppe!« Er kichert. »Gehört nicht der blonden Dame. Wird sofort untersucht, Sie haben die DNA schneller, als die Polizei erlaubt!«

Alfred und Dominique schauen sich an.

»Noch können wir nicht beweisen, dass ihr Freund mit da oben war ...«

»Aber vielleicht gleich.« Alfred ruft die Kollegen an, die mit der Hausdurchsuchung beauftragt waren. »Bringt den Mann mit. Und sagt ihm nur was von offenen Fragen ...«

Nun sitze auch ich im Vernehmungsraum der Polizei, keine Ahnung, was man von mir will. Ob sie ihre Schwester wieder haben gehen lassen, entzieht sich meiner Kenntnis. Ich wiederhole zum zigsten Mal geduldig, dass ich das Haus meiner Mutter weder abends noch nachts verlassen habe. Sie sollen mir erst mal das Gegenteil beweisen. Bei Marie kann man getrost von Unfall oder Suizid ausgehen.

Während Alfred den Freund in die Mangel nimmt, sammelt Dominique Ergebnisse: Die Kriminaltechnik berichtet ihr von Fingerabdrücken des Freundes im *Hyundai*, allerdings verwischt und wohl älteren Datums. Kein Beweis. Er kann Handschuhe getragen haben, es war kalt.

Dann geht eine Mail der Rechtsmedizin ein, die Haar-DNA ist ermittelt. Dominique informiert Alfred im Vernehmungsraum über Headphone. Sie sieht, wie der Kommissar die Stirn runzelt, und hört, was er zu dem Mann sagt: »Sie können gehen.«

Mit einer vagen Vorstellung des Tathergangs und dem sicheren Wissen um die DNA des Haares an der Toten nehmen sie sich erneut die Schwester vor.

Dominique macht es auf die einfühlsame Art. »Wir haben Ihre DNA an Marie gefunden und wissen, dass Sie heute Nacht mit ihr auf dem Staffelberg waren. Es gab sicher einen nachvollziehbaren Grund. Eine Aussprache vielleicht? Die aus dem Ruder gelaufen ist?«

Die Schwester sitzt vor ihr wie ein Häufchen Elend und spricht so leise, dass kaum etwas zu verstehen ist.

»Lauter bitte«, sagt Alfred.

»Maries Freund …« Sie zögert und atmet tief durch. »Er ist meine große Liebe, aber es war so aussichtslos … Sie hat ihn nicht losgelassen und er hat's auch nicht geschafft, sich von ihr zu trennen … Außerdem«, sie stockt und sucht nach einem Taschentuch, um Rotz und Tränen aus dem Gesicht zu wischen, »außerdem hat sie mir schon einmal einen Mann ausgespannt, nur um ihn dann fallen zu lassen wie eine heiße Kartoffel. Das war so … so verletzend.«

Dominique und Alfred tauschen einen kurzen Blick. Beiden ist klar: Unter der Fassade schwesterlicher Einvernehmlichkeit lag wohl lange eine schwere Kränkung begraben.

»Was genau ist passiert? Und was hatten Sie wirklich vor da oben auf dem Berg?« Die Kommissarin schiebt der Schwester ein Glas Wasser über den Tisch.

»Ich … ich wollte Marie bestrafen, sie vielleicht allein auf dem Staffelberg zurücklassen, keine Ahnung. Ich hab sie angerufen und ihr einen Mädelsabend vorgeschlagen, mit Wein auf den Berg, so wie früher. Sie hatte wohl auch nichts vor und war sofort einverstanden.«

»Ihr Mann hat wirklich nicht bemerkt, dass Sie das Haus verlassen haben?«

»Er ist eingeschlafen, wie immer. Hat auch nicht gehört, wie ich zurückkam. Wir ... Marie und ich haben uns in Staffelstein an der Kirche getroffen, sie hat mich mit ihrem Auto abgeholt. Wie früher sind wir auch aufs Plateau hochgefahren. Sie hat sehr viel Wein getrunken, ich kaum etwas.«

»Wollten Sie sich mit ihr aussprechen? Wegen ihres Freundes?«, hakt Dominique nach.

Die Schwester schluckt hörbar. Die Antwort fällt ihr sichtlich schwer.

»Ich hab's ihr gesagt, ja. Dass sie uns im Weg ist. Dass sie ihn aufgeben soll oder ...«

»Oder?«

»... sie würde es bereuen. Sie hat mich nur ausgelacht. Ich war so wütend ... Obwohl sie so betrunken war, habe ich sie aufgefordert, das Auto noch zu wenden, bevor ich mich ans Steuer setzen wollte. Ich wollte sie wegen der schlechten Sicht lotsen, aber dann ist sie Richtung Felskante gerollt, und ich habe sie nicht aufgehalten ...«

Den letzten Satz schiebt sie zögernd nach: »Und das war doch auch in seinem Sinn.«

»Er hat Sie aufgefordert, Marie zu beseitigen?«, fragt Alfred streng. Zu gern würde er dem Mann einen Teil der Schuld geben.

»Nein, nein!«, beteuert die Schwester, »er weiß bis jetzt nicht, was passiert ist, das müssen Sie mir glauben.«

»Sie mussten zu Fuß zurück – was für Schuhe haben Sie getragen?« Dominique klingt fürsorglich.

»Schuhe? Ich ... es war so glatt da oben, ich hatte nur Halbschuhe an. Im Auto waren Trekking-Schuhe von ... ihm. Marie hat sie mir gegeben, bevor wir ausgestiegen sind. Ich hab große Füße, und mit dicken Socken geht das auch in Männerschuhen.«

Dominique nickt nachdenklich. »Natürlich, Sie wollten ja wieder heil vom Staffelberg runterkommen.«

Als Alfred am späten Abend nach Hause zu seiner Frau fährt, ist er sehr zufrieden: Ein Tag, ein Fall, eine Verhaftung, besser hätte sich die neue Kollegin nicht bei Alfred Meister einführen können.

Staffelberg, 539 m
Fränkische Alb

In Oberfranken gibt es mit Sicherheit niemanden, der den Staffelberg nicht liebt! Das auffällige Plateau mit Gipfelkreuz, rot-weißer Frankenfahne und jähem Felsabbruch ist auf der A 73 schon von weitem zu sehen. War der Berg mit Staffelbergklause und Adelgundiskapelle vor Jahrzehnten noch ein beschauliches und nur an Sonntagen überlaufenes Ausflugsziel, so zieht er heute auch werktags, besonders in den Abendstunden und bei fast jedem Wetter Wanderer an. Was gibt es Schöneres, als da oben ein Staffelberg-Bräu zu schlürfen, weißen Käs oder Bratwurst zu essen und den lieben Gott einen guten Mann sein zu lassen! Der Berg ist außerdem geschichtsträchtig, war einst Siedlungs- und Kultstätte der Kelten, noch heute wird dort nach Relikten dieser Zeit gegraben. Aber erst der Dichter Viktor von Scheffel hat dem Berg seinen festen Platz ins Frankenlied geschrieben: »Zum heil'gen Veit von Staffelstein / komm' ich emporgestiegen / und seh' die Lande um den Main / zu meinen Füßen liegen: / Von Bamberg bis zum Grabfeldgau / umrahmen Berg und Hügel / die breite, stromdurchglänzte Au – / ich wollt', mir wüchsen Flügel!«
Mein Lieblingswanderweg – Dauer rund eine Stunde und weitgehend eben – führt von der Basilika Vierzehnheiligen über den Höhen-

weg zum Staffelberg. Unterwegs kann man auf den frisch gepflügten Feldern Versteinerungen finden und dabei schon mal vergessen, welches Ziel man hat ...

Nicole Eick

Nicole Eick stammt aus Karlsruhe, ist aber seit Jahrzehnten in Oberfranken zu Hause und lebt heute in Coburg. Nach dem Studium der Sozialpädagogik in Bamberg arbeitete sie unter anderem im Frauenhaus, in der Schwangerenberatung und im Sozialpsychiatrischen Dienst. Ihren Beruf hat sie immer auch mit dem Schreibhandwerk verknüpft – als freie Mitarbeiterin regionaler Zeitungen ebenso wie als Autorin zahlreicher Kurzgeschichten und mehrerer Romane. Ihr Ermittlerduo Alfred Meister und Dominique Brodbecker schickt sie im Kriminalroman *Wer kennt diese Frau?* auf die Spur einer ominösen Edel-Prostituierten.

nicoleeick.hpage.com

Heidi Rehn

Gottesurteil

Stolze sechzig Meter erhebt sich der Olympiaberg im Münchner Norden. Seine Anfänge reichen in den Dezember 1947 zurück. Nein, eigentlich in die Zeit der Fliegerangriffe auf die Stadt während des Zweiten Weltkriegs. Nahezu die gesamte Altstadt war bei Kriegsende zerstört, rund die Hälfte der städtischen Bausubstanz vernichtet. Mehrere Millionen Kubikmeter Schutt bedeckten das Stadtgebiet. Ab Januar 1946 wurden sie systematisch geräumt, im Durchschnitt mehrere tausend Kubikmeter Trümmer pro Tag. Doch wohin damit? Auf einem damals brachliegenden Militärgelände im Norden der Stadt fand sich ein günstiger Platz. Am 8. Dezember 1947 transportierten die ersten Züge der »Bockerlbahn« den Schutt auf den ehemaligen Exerzierplatz Oberwiesenfeld und luden ihn dort ab.

Allmählich erwuchs daraus ein kleiner Hügel, der spätere »Olympiaberg«, der ideale Ort, um so einiges, was in den ersten, chaotischen Nachkriegsjahren rasch in Vergessenheit geraten sollte, für immer unter sich zu begraben ...

München, Mitte Januar 1948

Emil kam zu spät. Das verriet die riesige Blutlache, die sich selbst im schwindenden Tageslicht noch gut sichtbar auf dem Geröll abzeichnete und den Kopf eines dort liegenden Mannes umgrenzte. Die offensichtliche Tatwaffe, ein schwerer, spitzer Stein, lag blutverschmiert daneben. Entsetzt ging Emil neben dem reglosen Körper in die Hocke, tastete nach dem Puls am Hals. Zugleich versuchte er, ruhiger zu atmen, um den eigenen Pulsschlag zu drosseln – das Bergaufstürmen wie auch die Anspannung, ob er noch rechtzeitig einträfe, hatten ihn erheblich in die Höhe getrieben.

Weder das eine noch das andere gelang. Der junge Mann, der bäuchlings vor ihm auf dem Trümmerberg lag, war tot, sein Körper aber noch warm. Alarmiert schoss Kommissäranwärter Emil Graf wieder in die Höhe, fühlte seinen Herzschlag von Neuem davongaloppieren. Allzu weit konnte der Täter also noch nicht gekommen sein – oder die Täterin, wenn der anonyme Anrufer vorhin recht gehabt hatte. Es fiel Emil schwer, nicht blindlings loszustürmen, sondern erst einmal auf der Anhöhe zu verharren und sich einen Überblick über die Umgebung zu verschaffen. In welche Richtung mochte er oder sie geflüchtet sein?

Das Gelände war riesig, fast vollständig kahl und nahezu eben. Bis auf den Hügel, auf dem Emil stand. Seitdem der kleine Berg tagtäglich mit mehreren tausend Kubikmetern Schutt und Trümmern aus der von Fliegerbomben zerstörten Münchner Innenstadt aufgeschüttet wurde, hatte er bereits eine recht ansehnliche Höhe erreicht. Dadurch bot er Emil jetzt einen exzellenten Aussichtspunkt.

Rasch hatte er sich davon überzeugt, dass der ehemalige Exerzierplatz relativ wenige Möglichkeiten aufwies, sich zu verbergen. Zumindest, solange die Sonne noch nicht vollends untergegangen war und sich die Dunkelheit ausbreitete. Einem Flüchtenden, der es bis zu den Gebäuden der Leopoldkaserne am südöstlichen Rand geschafft hatte, eröffneten sich dagegen tausenderlei Schlupfwinkel.

Auf dem Weg dorthin ragten lediglich einige hüfthohe, dürre, windzerzauste Sträucher aus der karg bewachsenen Erde. Dahinter würde niemand Schutz finden. Am Ende der für die »Bockerlbahn« verlegten Schienen waren allerdings zwei leere Kipploren abgestellt, mit denen werktags der Schutt aus der Innenstadt aufs Oberwiesenfeld transportiert wurde. Die eigneten sich durchaus als Versteck. Sie sollte er zuerst anpeilen.

Widerwillig nahm er die Pistole aus dem Halfter, entsicherte sie und machte sich so schnell wie möglich an den Abstieg.

Die frühlingshaften Temperaturen wie der zu wahren Sturmböen von mehr als hundert Stundenkilometern aufbrausende Wind hatten den Untergrund ausgetrocknet. Locker lagen Steine, Schutt und Erde aufeinander. Halt war darauf nur schwer zu finden. Ein falscher Tritt brachte alles sofort ins Rutschen. Emil fluchte, stolperte mehr, als dass er lief, schlitterte immer wieder einige Meter rasant bergab, bis er sich wieder fing und einigermaßen trittsicher laufen konnte. Schon stolperte er von Neuem, strauchelte, ruderte mit den Armen wild durch die Luft, um das Gleichgewicht zu wahren. Und das mit der entsicherten Waffe in der Hand! Er erschrak. Wie leicht löste sich ein unbeabsichtigter Schuss.

Plötzlich vernahm er ganz in der Nähe ein Geräusch. Auch dort waren Steine, Erde und Schutt in Bewegung geraten. Aus dem Augenwinkel bemerkte er links von sich einen Schatten, nur wenige Meter entfernt. Er fuhr herum.

Tatsächlich. Da war jemand. Eine zierliche Gestalt suchte in letzter Sekunde Schutz in einer Mulde. Zweifellos eine Frau. Langsam hob er die ausgestreckten Hände mit der Waffe, brachte sie in Anschlag, kniff die Augen zusammen, um Genaueres zu erkennen, und holte Luft, wollte seinen Warnruf abgeben.

»Emil?« Eine Frauenstimme aus der entgegengesetzten Richtung machte das zunichte.

Verflucht!

Billa.

Seine Verlobte, die eigentlich aus München gebürtige, jetzt aber amerikanische Reporterin. War sie wahnsinnig? Sie begab sich in Lebensgefahr! Angstschweiß rann ihm den Rücken hinunter.

Eigentlich hatte er Billa angewiesen, beim Wagen zu bleiben, bis er herausgefunden hatte, was auf dem Oberwiesenfeld geschehen war.

Kaum wandte er sich zu ihr um, um sie wegzuscheuchen, damit ihr nichts geschah, erhob sich der Schatten auf seiner linken Seite und stürmte los. Emil rannte oder vielmehr stolperte wieder hinterher.

Bis zum Fuß des Hügels war es nicht mehr weit. Endlich erreichte er ebene Erde, auf der es sich schneller laufen ließ.

»Stehenbleiben! Hände hoch! Polizei!«

Kurz hielt er an, schoss zur Warnung in die Luft.

Hoffentlich kapierte Billa, was los war.

Ihm blieb keine Zeit, sich um sie zu kümmern. Die andere lief weiter. Nach Südosten.

Verdammt. Emil wusste, dass er nicht noch einmal schießen würde. Auch wenn es ihm als Polizisten seit gestern erlaubt war. Vor allem in einer so eindeutigen Situation mit einer klar Verdächtigen und offensichtlicher Gefahr in Verzug. Noch dazu bei anbrechender Dunkelheit.

Doch er brachte es nicht über sich.

»Die Kollegen sind alarmiert. Gleich sind sie da«, rief Billa in seinem Rücken.

»Oben auf dem Hügel liegt ein Toter«, erwiderte er und wies mit dem Kopf zum Schuttberg. »Das da vorn muss die Täterin sein. Sie läuft zu den Loren. Ich muss ihr nach.«

Er sicherte die Waffe und stürmte wieder los.

Der Schatten erreichte die Loren schneller als er und verschwand hinter ihnen.

Emil drosselte sein Tempo, steckte die Pistole zurück ins Halfter und hob die Hände zum Zeichen, nicht mehr schießen zu wollen.

Natürlich war es Wahnsinn, was er vorhatte. Natürlich konnte er nicht wissen, ob er nicht gerade alles riskierte. Andererseits rettete er damit womöglich ein Menschenleben. Das war den Einsatz in jedem Fall wert.

Er konnte nicht anders.

»Ich weiß, dass Sie dort sind«, rief er in Richtung der Loren. »Ich weiß, was passiert ist. Haben Sie keine Angst. Wir können reden. In aller Ruhe. Und eine Lösung finden, wie Sie aus der Sache herauskommen.«

Es blieb still. Keine Antwort.

Stattdessen heulte der Wind auf, eine heftige Böe schlug ihm entgegen, schleuderte ihm Dreck ins Gesicht.

Er schloss die Augen, prustete und spuckte, schüttelte sich.

So plötzlich, wie der Wind aufgebraust war, legte er sich wieder. Abermals wurde es ruhiger.

War die Frau noch da? Kauerte sie noch hinter den Loren? Wenn der anonyme Anrufer die Wahrheit gesagt hatte, dann handelte es sich um die 28-jährige Helga Grabe, Germanistikstudentin an der Universität. Und der Tote oben auf dem Hügel musste der dreißigjährige Arnold Feichtinger sein, Jurastudent. Von Neuem kniff Emil die Augen zusammen, versuchte, Genaueres zu erkennen. Lauschte in die unheimliche Stille hinein.

Nichts.

»Ich bin Kommissäranwärter Emil Graf von der Mordkommission. Jemand hat bei uns angerufen. Im Präsidium. Heute Mittag.«

Wieder hielt er inne. Wartete.

Wieder geschah nichts.

»Er hat uns von Arnold Feichtinger und seinen beiden Freunden erzählt«, fuhr er fort und wagte zwei weitere Schritte auf die Loren zu, beugte sich nach unten, um zwischen die Achsen zu sehen, doch es war längst zu dunkel, um dort irgendwo Füße und Beine zu erkennen.

»Der Anrufer hat uns auch von Feichtingers Idee berichtet, eine private Spruchkammer zu installieren, weil ihm die Arbeit der offiziellen bei der Entnazifizierung nicht effizient genug gewesen ist. Weil

238

die in seinen Augen viel zu viele ehemalige Parteigenossen hat laufen lassen und damit einigen von ihnen letztlich sogar den Zugang zum Studium ermöglicht hat.«

Abermals machte Emil zwei Schritte nach vorn, überlegte, ob er besser links oder rechts um die Loren herum sprinten sollte, um die Verdächtige zu überwältigen. Dass sie noch dort war, davon war er überzeugt. Wo sonst sollte sie stecken? Wäre sie weiter gerannt, hätte er das gehört, trotz des heulenden Windes. So trocken und hart, wie der Boden war, konnte man sich nicht lautlos darauf bewegen.

»Außerdem hat er uns erzählt, dass letzte Woche Ihr Verlobter, Luitpold Steidl, von Feichtinger und seinen Freunden einbestellt worden ist. Weil Ihr Verlobter sein Jurastudium fortsetzen wollte. Auf das Gelände unweit der Kunstakademie haben sie ihn zitiert, dort, wo sie immer zu tagen pflegen.«

Täuschte er sich? War da gerade ein Seufzen gewesen? Oder war es der Wind, der wieder auffrischte? Angestrengt spitzte Emil die Ohren, wollte einen weiteren Schritt nach vorn gehen, da hörte er es wieder. Eindeutig ein Seufzen. Und ein Schniefen.

Jemand weinte.

Sie war da. Hinter den Loren. Es konnte nur Helga Grabe sein. Bei der Erwähnung ihres Verlobten musste sie offenbar weinen, weil der Schmerz noch so frisch war.

»Ich weiß, dass Luitpold tot ist«, setzte Emil jetzt alles auf eine Karte.

Wieder ein Seufzer.

Er hatte sich für die richtige Strategie entschieden.

»Erschlagen …«, fügte er hinzu.

Darauf wurde das Schniefen noch eindeutiger.

»… von einer Hausfassade, die der Sturm letzte Woche hat einstürzen lassen.«

Noch einmal musste Emil innehalten. Dieses Mal, weil er sich den Anblick des Geschehens in Erinnerung rief.

Der Tote neben der Akademie war nicht der einzige Einsatz gewesen, den Emil und seine Kollegen nach den heftigen Stürmen gehabt hatten. Es war auch nicht der einzige Tote gewesen, den einstürzende Mauern, Schornsteine oder ganze Fassaden unter sich begraben hatten.

Aber es war der einzige Tote gewesen, der an einen Stuhl gefesselt unter den Steinbrocken gelegen hatte, eindeutig nicht in der Lage, sich rechtzeitig in Sicherheit zu bringen.

Weil ihn jemand womöglich ganz bewusst der Gefahr ausgesetzt hatte. Oder zumindest nicht rechtzeitig daraus befreit hatte, damit er ihr entrinnen konnte – und so seinen Tod billigend in Kauf genommen hatte. Ein Gottesurteil, wie es im Mittelalter üblich gewesen war.

»Ich war da, am Tatort. Es war offensichtlich«, rief er erneut zu den dunkel vor ihm aufragenden Güterwaggons. »Luitpold hat keine Chance gehabt. Weil Feichtinger und seine Freunde eine höhere Instanz darüber befinden lassen wollten, ob Luitpold schuldig war oder nicht.«

Ein anschwellendes Wimmern hielt ihn vom Weiterreden ab. Er presste die Lippen aufeinander, zwang sich zum Warten.

Es lohnte sich.

»Mich hat auch jemand angerufen. Heute Mittag«, hob die Frauenstimme hinter den Loren leise an. Räusperte sich, schniefte, dann fügte sie lauter hinzu: »Gestern bin ich nach München zurückgekommen, hab da überhaupt erst erfahren, dass Luitpold tot ist. Aber nicht, warum und wie er gestorben ist. Das hat mir erst der Anrufer gesagt. Erzählt hat er mir, dass Arnold Feichtinger den Luitpold vorgeladen hat. Letzte Woche. Weil Luitpold vergessen hat, bei der Einschreibung an der Universität seine Mitgliedschaft in der NSDAP anzugeben. Warum auch? Bei der Entnazifizierung vor zwei Jahren hat man ihn als unbelastet eingestuft. Damit war das erledigt. Aber das hat Arnold anscheinend anders gesehen.

Was gibt ihm das Recht, Luitpold deshalb zu töten?« Spitz lachte sie auf. »Natürlich hat er es darauf ankommen lassen. Ganz genau hat er gewusst, was er tut, wenn er den Luitpold dorthin zitiert. Seit Tagen fegt der Sturm durch die Stadt. Immer wieder stürzen Mauern und Ruinen ein. Das hat auch der Anrufer gesagt. Und mir erzählt, dass er deshalb den Arnold auf den Trümmerberg am Oberwiesenfeld bestellt. Um ihm das auf den Kopf zuzusagen. Und dass auch ich kommen und es ihm sagen soll. Das wäre mein gutes Recht als Verlobte vom Luitpold. Der Arnold ist kein Richter. Und kein Ankläger.«

»Ist der Anrufer vorhin auch dagewesen?«

»Nur der Arnold und ich waren da oben.«

»Haben Sie eine Idee, wer er sein könnte?«

»Er muss den Arnold auch angerufen und unser Treffen arrangiert haben. Arnold wusste bereits, warum ich komme, und ist gleich auf mich ...« Mitten im Satz brach sie ab, schluchzte laut auf.

»Hat Arnold Sie angegriffen? Wollte er Sie ...«

Jäh hielt er inne.

Rechts bewegte sich etwas. Emil meinte, Schritte zu hören.

Verflucht, warum ausgerechnet jetzt?

»Bedroht hat er mich«, schrie sie im selben Moment auf. »Umbringen wollte er auch mich!«

»Und da haben Sie den Stein genommen und sich ...«

Weiter kam er nicht. Auch sie musste gehört haben, dass da plötzlich noch jemand war.

Er vernahm einen unterdrückten Schrei.

Auf einmal ging alles sehr schnell.

Ein uniformierter Gendarm mit Pistole im Anschlag kam von hinten auf ihn zu. Emil zückte seine Dienstmarke, wies stumm mit dem Kopf zu den Loren. Dahinter wurde es unruhig.

Ein Scharren, ein lautes Schnaufen, dann rannte Helga plötzlich los.

Sofort fuhr der Schandi herum, stürmte hinter die Loren, brüllte »Hände hoch! Stehen bleiben!«

Emil schrie »Nein! Nicht!« und stürmte ebenfalls los.

Zu spät.

Ein Schuss.

Ein Körper fiel zu Boden.

Emil sah es gerade noch, als er die andere Seite der Loren erreichte.

Die Waffe weiter im Anschlag, stand der Polizist breitbeinig da.

Helga lag wenige Schritte vor ihm auf dem Boden.

»Die Anweisung ist eindeutig. Bei Dunkelheit müssen wir mit entsicherter Waffe los und sofort auf verdächtige Personen schießen«, erklärte der Schandi, als Emil fassungslos zu ihm trat.

Schon wieder war er zu spät. Resigniert ging er zum zweiten Mal an diesem Abend neben einem reglosen Körper in die Hocke, tastete nach dem Puls am Hals. Dabei versuchte er abermals, den eigenen Pulsschlag zu drosseln, den das Rennen wie auch die Anspannung erheblich in die Höhe getrieben hatte.

Wieder gelang ihm weder das eine noch das andere. Auch die junge Frau, die bäuchlings vor ihm auf dem Boden lag, war tot.

Wer der geheimnisvolle Anrufer gewesen sein konnte, der sie und ihn in der Dämmerung zum Schuttberg am Oberwiesenfeld bestellt hatte, würde er wohl nie erfahren.

Olympiaberg
München

242

Da ich im Mittelrheintal aufgewachsen bin, wo die Berge zumeist lieb-liche Weinberge von eher bescheidener Höhe sind, besitze ich höchsten Respekt vor alpinem Gelände. Allerdings bewundere ich es vorzugsweise aus der Ferne, träume mich lieber auf die Gipfel hinauf, statt sie realiter zu besteigen.

Einen Berg aber besteige ich regelmäßig, weil er mir eine grandio-se Aussicht auf meine Wahl- und Herzensheimat München bietet: den Olympiaberg.

Seine Entstehungsgeschichte als einer der beiden großen Schuttberge der Stadt nach Kriegsende 1945 hat meine Phantasie von jeher be-flügelt, zumal mich die Geschicke Münchens in der ersten Hälfte des 20. Jahrhunderts bereits in vielen meiner Romane unter den ver-schiedensten Gesichtspunkten beschäftigen. Unter den zahlreichen Geschichten, die mir dabei in den letzten Jahrzehnten durch den Kopf gespukt sind, fand sich demzufolge auf Anhieb eine, die ich mit größter Freude zu den Mordsgipfeln beisteuere. Sie führt Emil Graf und Billa Löwenfeld, das Ermittlerduo meiner Krimiserie aus dem München der sogenannten »Stunde Null« 1945-1949, an diesen Ort und konfron-tiert sie einmal mehr mit den unmittelbaren Auswirkungen jener düs-teren Epoche.

Heidi Rehn

Heidi Rehn kam zum Studium der Germanistik und Geschichte nach München. Mit Romanen über die gesellschaftlichen, politi-schen und wirtschaftlichen Entwicklungen in der ersten Hälfte des 20. Jahrhunderts am Beispiel ihrer Wahlheimat München hat sie sich einen Namen gemacht, darunter der Bestseller *Das Haus der schönen Dinge* über eine fiktive jüdische Münchner Warenhausdynastie von der Prinzregentenzeit bis 1938 sowie *Das Lichtspielhaus* über Münchner Kino- und Filmgeschichte(n) der 1920er- und 1930er-Jahre. Von ihrer Krimiserie aus dem unmittelbaren Nachkriegsmünchen mit dem Ermittlerduo Billa Löwenfeld und Emil Graf sind bislang die beiden Bände *Das doppelte Gesicht* sowie *Die letzte Schuld* erschienen. 2014 erhielt Heidi Rehn den *Goldenen Homer* für den besten historischen Beziehungs- und Gesellschaftsroman. Unter dem Titel *Auf den Spuren von ...* führt sie seit vielen Jahren auf ihren beliebten Romanspaziergängen zu den Schauplätzen der München-Romane und gewährt einen etwas anderen Einblick in Münchner Geschichte.

www.heidi-rehn.de

Manuela Obermeier

Öha

Es ist schon schön hier im Allgäu. Das denke ich mir jedes Mal, wenn ich zur Krähe hinaufsteige. Die ist mein Lieblingsgipfel. Schon allein wegen des Namens. Der hat was, finde ich. Wobei der wahrscheinlich mit dem schwarzen krächzenden Vogel rein gar nix zu tun hat, sondern mit einem frühneuhochdeutschen Wort für Weidefläche. Was mir aber ziemlich wurscht ist. Ich finde, der Berggipfel sieht aus wie eine sich in den Himmel aufschwingende Krähe, und damit hat er seinen Namen voll und ganz verdient, egal was irgendwelche Sprachforscher sagen.

Heute sitze ich ihr jedoch mehr oder weniger zu Füßen, gleich neben dem »Fensterl«, das für meine Zwecke wie geschaffen ist. Mutter Natur muss wohl einmal langweilig gewesen sein, weil sie wie in einen Schweizer Käse ein fast mannshohes Loch in den Stein gebohrt hat, so dass man mitten durch den Felsen hindurch auf die andere Seite klettern kann. Für mich ist das Fensterl heute aber weniger Schlupf- sondern mehr Guckloch, oder fast schon ein Türspion, weil ich den perfekten Überblick habe, wer da des Weges kommt, ohne dass ich selbst auf dem Präsentierteller sitze.

Vom Fensterl aus kann man entweder zur Krähe oder zur Hochplatte weitergehen, wobei sich die meisten Wanderer für die Hochplatte entscheiden und meinen Lieblingsgipfel links liegen lassen, was mir nur recht ist. Mich stört nichts so sehr wie andere Menschen. Vor allem heute.

Noch ist weit und breit aber niemand zu sehen. Kein Wunder, bei der Uhrzeit. Die ersten Sonnenstrahlen tasten sich gerade so über die Bergrücken. Ich bin noch im Dunkeln aufgestiegen, wie damals mit meinem Opa. Ich weiß genau, wie er reagieren würde, wenn er mich jetzt sehen könnte, wie ich in meinem Tarnanzug in der Felsnische hocke: »Öha«, würde er sagen. Nicht mehr und nicht weniger. Mein Opa war kein Mann vieler Worte. Öha drückte in so ziemlich jeder Situation alles aus, was ihm gerade durch den Kopf ging. Das hat er damals auch gesagt, als ich ihn in aller Herrgottsfrüh mit dem Gewehr in der Hand und dem Reh im Rucksack erwischt hab. Ich hatte nämlich mitgekriegt, dass mein Opa sich nachts aus dem Haus geschlichen hat. Und zwar immer um Vollmond herum. Ich hatte damals meine Geisterjäger-John-Sinclair-Phase, und deshalb war die einzig logische Erklärung für diese Heimlichtuerei, dass mein Opa ein Werwolf ist. Was man mit dreizehn halt so denkt. Jedenfalls hab ich einmal meinen ganzen Mut zusammengenommen und mich draußen beim Brennholz versteckt und auf ihn gewartet. Aber statt mit Werwolfschnauze stand er mit Gewehr, Reh und dem Öha vor mir. Sonst hat er kein Wort darüber verloren. Stattdessen hat er nach dem Abendessen noch einmal sein Gewehr gepackt und ist mit mir in den Wald gefahren. Erst hab ich gedacht, dass er mich jetzt erschießt wie das Reh, dann, dass ich ein Reh erschießen muss. Ich weiß bis heute nicht, welcher Gedanke schlimmer war, aber es traf weder das eine noch das andere ein. Stattdessen sammelte er ein paar von den Sachen auf, die üblicherweise nahe der Wanderwege herumliegen, und drapierte sie auf einem umgestürzten Baumstamm. Er gab mir das Gewehr, erklärte mit knappen Worten, wie es funktioniert und wo ich hindurchschauen muss – und dann drückte ich auch schon ab.

Zu unserer beider Überraschung erwies ich mich als Naturtalent. Nachdem ich die *Fanta*-Dose zweimal verfehlt hatte, erlegte ich sie beim nächsten Versuch mit einem Schuss mitten durch das »n«.

Die Weinflasche musste sofort dran glauben, und gerade, als ich auf den herrenlosen Turnschuh anlegte, landete direkt daneben eine Taube. Ohne lang zu überlegen, korrigierte ich ein paar Zentimeter nach rechts und drückte ab.

Puff.

Ich hab gar nicht gewusst, wie viele Federn so eine Taube hat. Es sah aus, als wäre ein Kissen explodiert, dessen Inhalt nun in einer blassgrauen Wolke sanft zu Boden schwebte.

Und da war es wieder, das Öha.

Es war ein überraschtes Öha. Aber auch eines voller Anerkennung, was meinen Bauch mit einem wunderbar warmen Prickeln füllte und mich auf einen Schlag mindestens fünf Zentimeter wachsen ließ. Mein Opa musste deshalb auch ein wenig am Lauf ziehen, damit ich das Gewehr wieder hergab. Am liebsten hätte ich gar nicht mehr losgelassen.

Das warme Prickeln in meinem Magen kondensierte allerdings schlagartig zu kalter Übelkeit, als wir die Stelle erreichten, wo vor wenigen Augenblicken noch die Taube gesessen hatte. Jetzt lagen dort noch zwei körperlose Beinchen mit winzigen Krallen und dazu glibberiges Zeug, das eigentlich im Inneren des Vogels hätte sein sollen. Eine letzte Flaumfeder torkelte lautlos herab, legte sich anklagend auf die blutigen Klumpen, und ich schwor mir, nie mehr in meinem ganzen Leben ein Gewehr in die Hand zu nehmen.

Tja, Teenager und Schwüre. *Nie mehr* dauerte ziemlich genau zwölf Monate, bis mich meine Eltern während der Sommerferien wieder bei Oma und Opa im Allgäu parkten. Taubenfüßchen hin oder her – der matte Glanz des brünierten Laufs, der gemaserte, abgegriffene Holzschaft und der Geruch nach Waffenöl übten eine schier unwiderstehliche Anziehungskraft auf mich aus, und noch im selben Sommer schoss ich mein erstes Reh. Zugegeben, ich hab gleich nach dem Schuss vor Aufregung auf einen Tannensetzling gekotzt, aber mein Opa war trotzdem mächtig stolz auf mich und drückte mir mit einem gebrummten »Waidmannsheil« seinen silbernen Flachmann in die Hand. Ich nahm einen kräftigen Schluck und hätte beinahe wieder gekotzt, aber im Lauf der Zeit gewöhnte ich mich daran und verzog irgendwann nicht einmal mehr das Gesicht.

Zu meinem achtzehnten Geburtstag hatte mein Opa eine ganz besondere Überraschung für mich. Eigentlich habe ich ja im Oktober Geburtstag, aber mein Opa hat die Schenkerei einfach in den August vorverlegt, weil meine Eltern garantiert einen gemeinschaftlichen Herzinfarkt bekommen hätten, wäre mein Opa an meinem Geburtstag mit einem Gewehr in der Hand bei mir zuhause aufgetaucht.

Wobei ich weder von dem Gewehr noch von der anderen Überraschung etwas ahnte, als mein Opa mich um zwei in der Früh weckte, mit mir auf einsamen Straßen durch die Nacht fuhr und wir dann noch gut zwei Stunden bergauf wanderten. Zugegeben, begeistert war ich nicht unbedingt, aber das behielt ich für mich. Widerworte quittierte mein Opa gerne mit Kopfnüssen. Wir erreichten unser Ziel in dem Moment, als die ersten Sonnenstrahlen die Schnabelspitze der Krähe berührten. Schon allein der Anblick war grandios – vermutlich habe ich diesen Gipfel auch deshalb so in mein Herz geschlossen – und dann drückte mir mein Opa mit einem gebrummten »Da. Deins. Für deine erste Gams« einen wunderschönen Stutzen in die Hand. Ich war komplett von den Socken, musste immer wieder über die Holzmaserung und die Gravur streichen, ganz vorsichtig, als könnte das Gewehr sich jeden Augenblick in Luft auflösen. Und wie es die Berggeister, der Teufel oder wer auch immer wollte – an diesem Morgen bekam ich meine Gams.

Der Stutzen lehnt auch heute neben mir in der Felsnische, und mir wird ein bisserl schwer ums Herz, weil mein Opa nicht dabei ist. Gut, das wäre er vermutlich so und so nicht, weil er mittlerweile zweiundachtzig wäre, aber vielleicht wäre er zumindest noch am

Leben, wenn die Sache mit dem Krautinger Sepp nicht gewesen wäre.

Der Sepp hatte die größte Wirtschaft im Ort, und mein Opa hat ihn regelmäßig beliefert. Aus einem Grund, den ich bis heute nicht weiß, kam es zum Streit zwischen den beiden, und zwei Tage später stand die Polizei bei meinen Großeltern im Haus. Wildern soll er, mein Opa, haben sie gesagt und alles nach dem Gewehr durchsucht, das er laut einem anonymen Hinweis besitzen sollte. Natürlich haben sie es gefunden. Meinen Stutzen zum Glück nicht, weil ich just an diesem Tag allein unterwegs war. Mein Opa hat sich in der Früh nicht gut gefühlt, weshalb er lieber daheim geblieben ist. Das Nichtgutfühlen hat vermutlich dazu beigetragen, dass er auf dem Polizeirevier, wohin sie ihn nach der Durchsuchung mitgenommen haben, vor lauter Aufregung einen so schweren Schlaganfall bekommen hat, dass er drei Wochen später gestorben ist.

Natürlich konnten meine Oma und ich es nicht beweisen, doch wir haben genau gewusst, dass der Krautinger Sepp den anonymen Hinweis gegeben hat. Bestimmt hat es ihn gewurmt, dass sie mich nicht auch erwischt haben, und weil ich ihm den Gefallen nicht tun wollte, dass sie mich am Ende doch noch kriegen, hab ich von dem unseligen Tag an meine Aktivitäten hier komplett eingestellt.

Bis von einer Woche.

Dem legendären Wildschütz Jennerwein hat man an seinem 99. Todestag eine gewilderte Gams auf sein Grab gelegt. So lange kann ich natürlich nicht warten, deshalb hab ich mich a) für den zehnten Todestag meines Opas entschieden und b) für ein ganz spezielles Wildbret, das ihm garantiert das größte Öha aller Zeiten entlocken würde. Zur Not tut es aber auch eine Gams.

Das ist jetzt allerdings bereits der sechste Morgen, an dem ich hier sitze und warte. Langsam läuft mir die Zeit davon, denn morgen ist der zehnte Jahrestag. Als hätten meine Gedanken magische Kräfte, sehe ich eine Bewegung. Ich hebe das Fernglas an die Augen, und mein Herz macht einen Satz. Eine Gams. Und was für eine! Sie steht auf einem Felsen, ihre Silhouette hebt sich pechschwarz vor dem heller werdenden Himmel ab. Ich lasse das Fernglas sinken und greife nach meinem Gewehr.

Dabei muss ich an den Sepp denken. Kurz bevor auch meine Oma gestorben ist, hat sie mir erzählt, dass der Sepp die Wirtschaft inzwischen an seinen Sohn übergeben hat und nun so oft wie möglich in die Berge geht. Ich hab ihn dank seiner knallroten Jacke auch tatsächlich zweimal kurz nach Mittag unten in Halblech auf dem Wanderparkplatz entdeckt, als er in sein Auto gestiegen und heimgefahren ist. Wenn andere noch auf dem Weg nach oben sind, kommt er schon wieder vom Berg retour. Eindeutig ein Frühaufsteher, der alte Krautinger, auch noch mit einundsiebzig.

So eine Sepp-rote Jacke bewegt sich nun den Weg entlang. Ich schaue durch das Zielfernrohr. Tatsächlich. Er ist es. Und er scheint erstaunlich fit zu sein, so schnell wie er vorankommt. Ich werfe wieder einen Blick zur Gams. Sie steht immer noch da, ruhig und majestätisch, wie eine Königin, die über ihr Reich wacht. Die Grasbüschel vor ihr neigen sich im Wind, als würden sie ihr huldigen. Gute hundert Meter sind es bis zu ihr. Ein Kinderspiel für mich und meinen Stutzen.

Der Sepp kommt näher, ich kann bereits das Knirschen seiner gleichmäßigen, zügigen Schritte und das Klacken seiner Wanderstöcke hören. Über mir ruft eine Dohle. Als wäre das mein Stichwort, mache ich mich bereit.

Der Sepp nimmt die Stöcke in eine Hand, greift mit der anderen nach dem Stahlseil, das hinauf zum Fensterl und somit hinauf zu mir führt.

Die Gams dreht den Kopf in meine Richtung. Sieht sie mich trotz meines Tarnanzugs? Ich ziehe das Gewehr fest in die Schulter, sammle mich, schmiege meine Wange an den kühlen, glatten Schaft.

Für einen Moment schließe ich die Augen, öffne sie wieder, richte den Blick auf mein Ziel.

»Buh!«

Ich weiß nicht, was mich dazu bewogen hat, ausgerechnet dieses Wort zu rufen, als ich aus meiner Felsnische aufspringe und mich dem Sepp in den Weg stelle. Ich weiß auch nicht, ob ihn mein plötzliches Auftauchen, mein Tarnanzug, das alberne »Buh!« oder die auf ihn gerichtete Gewehrmündung so erschreckt hat, dass er das Seil loslässt, einen Schritt nach hinten macht und für einen Augenblick in der Luft zu schweben scheint, bevor er mit seinen Stöcken durch die Luft rudert und schließlich rückwärts die Felsen hinunterstürzt.

»Öha.«

Das ist mir jetzt so rausgerutscht. Es ist ein überraschtes Öha. Und ein etwas verdrossenes. So war das nicht geplant. Ich weiß ja gar nicht, ob er mich erkannt hat. Genau das hätte er aber tun sollen. Im dümmsten Fall hat er mich für einen x-beliebigen Verrückten gehalten, der x-beliebige Wanderer erschreckt, und das bin ich nun wirklich nicht. Vor allem hätte ich es nicht beim Erschrecken bleiben lassen, aber das wäre ihm erst ganz am Ende klar geworden. Kurz vor dem Knall.

Ich drehe den Kopf, schaue zur Gams. Sie steht immer noch da, senkt kurz das Haupt, als nicke sie mir zu, dann wendet sie sich ab und springt davon. Ich nicke zurück in die Leere des Morgens.

Und jetzt? Ich seufze. Dann muss ich wohl zum Sepp hinabsteigen. Vielleicht lebt er ja noch und ich kann ihm klar machen, wer ich bin. Die Genugtuung hätte ich schon gern, schließlich hab ich ja lang genug auf diesen Moment hingearbeitet.

Wenn man es genau nimmt, ist es ja ganz praktisch, dass er von selber gefallen ist. Hätte ich ihm eine Kugel zwischen die Augen gesetzt, hätte das einen riesigen Wirbel nach sich gezogen von wegen Polizei, Ermittlungen und so weiter. Ein abgestürzter Wanderer hingegen – tragisch, aber kommt vor. Der Jüngste war der Sepp ja auch nicht mehr, da kann man schon mal stolpern.

Zum Kraxeln ist es hier allerdings nicht gerade angenehm. Ziemlich steil mit losem Untergrund. Wenn das mit dem Absturz nicht Zufall gewesen wäre, würde ich jede Wette eingehen, dass er sich absichtlich so ein schwieriges Gelände ausgesucht hat, um mir eins auszuwischen.

»Sepp?«

Komisch verdreht liegt er da, als hätte er hier und da Gelenke, wo keine hingehören. Ich stupse ihn mit dem Fuß an. Der Schotter unter meinen Bergstiefeln gibt nach. Ich rutsche, kann mich gerade noch am Felsen festhalten. Hui, das war knapp.

Hat er was gesagt? Oder wenigstens gestöhnt? Ich kann es nicht mit Sicherheit sagen, weil sein Kopf talabwärts zeigt. Vorsichtig lasse ich mich hinabrutschen. Als ich sein Gesicht sehe, muss ich an eine Zeile aus dem Jennerweinlied denken: »Zerschmettert war sein Unterkinn.« Das trifft auf den Sepp auch zu. Und die Stirn sieht ebenfalls nicht mehr gut aus. Ich will gar nicht genau wissen, ob das nur Blut ist, das aus der Wunde über seinen geschlossenen Augen gelaufen ist.

Tja.

Das wars dann wohl mit ihm. Ich hätte gedacht, dass mich das mehr freut, aber es fühlt sich irgendwie schal an. Als wäre die Gams, die ich im Fadenkreuz hatte, unmittelbar vor dem Schuss vom Blitz erschlagen worden. Das Ergebnis ist zwar dasselbe, das ersehnte Beutestück ist tot, aber der Weg ist ja bekanntlich das Ziel, und der war auf den letzten Metern leider unbefriedigend.

Ich seufze wieder, dann greife ich nach einem Latschenzweig und breche ihn ab. Einem erlegten Wild erweist man Ehre, indem man ihm einen Zweig als letzten Bissen ins Maul steckt. Das hat der Sepp zwar eigentlich nicht verdient, aber mir ist trotzdem gerade danach.

Um mein Gleichgewicht bemüht, gehe ich neben seinem Kopf in die Knie und schiebe den Zweig zwischen die leicht geöffneten

Lippen. Ein paar Zähne fallen auf der anderen Seite heraus, landen leise klickend auf dem Fels. Eine blutige Blase quetscht sich hinterher und platzt. Dann noch eine und eine dritte, begleitet von einem gurgelnden Röcheln. Ich komme nicht dazu, den Gedanken zu Ende zu denken, was ich mache, wenn der Sepp doch nicht ganz tot ist, weil er auf einmal die Augen aufreißt und mich am Bein packt. Überrumpelt springe ich auf und spüre, wie im selben Moment das Geröll unter meinen Sohlen nachgibt. Ich greife nach der Latsche, doch die Nadeln gleiten mir durch die Finger. Meine Arme rudern durch die Luft, und plötzlich ist da nichts mehr unter mir. Die Welt kippt, ich sehe Fels, den Himmel, die Dohle und dann wieder Fels, der direkt auf mich zu-

Krähe, 2.010 m
Ammergauer Alpen

Die Krähe und ich

Mit der Krähe führe ich bisher leider eine Fernbeziehung. Mein Mann und ich waren schon auf dem besten Weg zu ihr, haben uns mit dem Wanderbus von Halblech bis zur Kenzenhütte chauffieren lassen, sind von dort Richtung Krähe aufgebrochen – und mussten wegen eines Wetterumschwungs vorzeitig wieder absteigen. Aber aufgeschoben ist nicht aufgehoben. Immerhin haben wir ein Rudel Gämsen gesehen, das hat uns ein wenig entschädigt. Und natürlich die Krautkrapfen auf der Kenzenhütte, die sind eine absolute Empfehlung.

Manuela Obermeier

Manuela Obermeier ist gebürtige Münchnerin, konnte bereits im Kindergarten lesen, weil sie unbedingt die Texte unter den Bildwitzen in der *Bild am Sonntag* verstehen wollte, und versuchte sich bereits in der fünften Klasse an ihrem ersten Roman. Trotzdem schlug sie beruflich eine völlig andere Richtung ein und ging 1990 als eine der ersten Frauen in Bayern zum uniformierten Dienst der Polizei. Dem Schreiben ist die Polizeihauptkommissarin aber dennoch treu geblieben. Seit 2005 erschienen mehrere Kurzgeschichten sowie drei Kriminalromane mit der Münchner Kommissarin Toni Stieglitz. Die Fotografie ist die zweite große Leidenschaft von Manuela Obermeier, und wäre sie nicht zur Polizei gegangen, wäre sie wohl Fotografin geworden.

www.freude-am-morden.de

Sie haben Blut geleckt? Dann holen Sie sich noch mehr Spannung aus der *edition tingeltangel* von Bettina Brömme, Marta Donato, Nicole Eick, Alexandra Kolb, Markus Richter und Arno Wilhelm:

Bettina Brömme: *Des Glückes dunkle Seele*
Thriller

Neun Jahre in Haft. Unschuldig! Als sie entlassen wird, wartet der wahre Täter schon auf sie.

Ein mitreißender Thriller um Liebe, Familie, Eltern-Kind-Beziehungen, über Verantwortung und Schuld. Immer wieder wechseln die Erzählebenen von Gegenwart zu Vergangenheit, was dem Thriller eine zusätzliche Spannung verleiht. (ekz Bibliotheksdienste)

Marta Donato: Tod am Gardasee
Ein Italien- & Bayern-Krimi

Matthias Holzinger, Bürgermeister einer Chiemsee-Gemeinde, wird am Gardasee jäh aus dem Leben gerissen. Die Kommissare stoßen auf Korruption, Immobilienschwindel und Künstlerneid.

Marta Donato (...) mordet mit leichter Hand, stets sehr amüsant und spannend bis zum Schluss. (BR)

Folgebände:
Flucht über den Brenner, Schnee vom Gardasee

Nicole Eick: Wer kennt diese Frau?
Kriminalroman

Im Apartment der verführerischen Eva wird ein Frauenarzt tot aufgefunden. Von der Edelprostituierten allerdings fehlt jede Spur. Nicht einmal ihre DNA lässt sich am Tatort nachweisen.
Nur Gudrun, eine ältere Frau, die bei Eva putzt, könnte Licht ins Dunkel bringen.
Doch die beseitigt lieber alle Hinweise, die zu Eva führen.
Denn das, was die beiden Frauen verbindet, reicht tief in ihr Innerstes.

Alexandra Kolb: Rindviehdämmerung
Heimat-Mystery-Thriller

Es muss nicht New York sein oder eine
andere Metropole, nicht der Dschungel der
Großstadt mit düsteren Straßen. Es reicht ein
verschlafenes Dorf am Rand der Alpen.

Das Buch ist spannend, gruselig und trotzdem
warmherzig, mit großartigen Figuren. (BR)

Markus Richter: Ins Herz
Neuschwanstein-Thriller

Ausgehend vom angeblichen Selbstmord des
Bauführers baut Richter seinen Thriller zu
einer atemlosen Jagd nach einem Päckchen aus,
dessen Inhalt König Ludwig II. stürzen könnte.
Geschickt verbindet er dabei historisch belegbare
Fakten mit Fiktion und schafft eine fesselnde
Erzählung. (Mittelbayerische Zeitung)

Band 2: *Ohne Herz*

Arno Wilhelm: Was man so alles tut kurz vor dem
Weltuntergang – Roman

In einer Woche findet das Jüngste Gericht statt.
So lautet die Pressemitteilung der Götter an die
Weltbevölkerung. Da hilft es auch nichts, die
Ankündigung als Fake-News abzutun.
Der chaotische Verkäufer Thomas will seiner
Freundin die desaströse Neuigkeit verheimli-
chen, scheitert aber und wird vor die Tür ge-
setzt. Nicht nur er muss versuchen, die nächste
(oder letzte?) Woche zu nutzen.

Lektorat: Thomas Endl, Klaus Reichold
Gedruckt in Europa
Originalausgabe

ISBN 978-3-944936-57-4

Umschlag- und Klappengestaltung
unter Verwendung folgender Abbildungen:
Zugspitze (Videografik/stock.adobe.com), Hinweisschild (Drepicter/ stock.adobe.com), Blick vom Pürschling (fottoo/stock.adobe. com), Felswände/Marta Donato/Markus Richter/Arno Wilhelm (Thomas Endl), Bettina Brömme (Anna Iding), Nicole Eick (privat), Daniela Esch (Daria, PicturePeople Wien), Bernhard Hagemann (Jim Reifferscheid), Harry Kämmerer (Christian Martin Weiß), Alexandra Kolb (Foto Sessner), Beatrix Mannel (Erol Gurian), Manuela Obermeier (Werner Bauer), Heidi Rehn (Susie Knoll), Friederike Schmöe (privat), Wolfgang Schweiger (Marietta Heel)

Fotografische Vorlagen der Berggrafiken:
Blick vom Großen auf den Kleinen Osser (Archer90, CC0, commons. wikimedia.org/w/index.php?curid=42126702), Ochsenkopf (Adrian Michael, CC BY 2.5, commons.wikimedia.org/w/index.php?curid=1297012), Geigelstein (Kogo, GFDL, commons.wikimedia.org/w/ index.php?curid=61927), Teufelstättkopf (Henning Schlottmann, User:H-stt, CC BY-SA 4.0, commons.wikimedia.org/w/index.php?curid=73361527), Hochfelln (SalzAlpenSteig, CC BY-SA 4.0, commons. wikimedia.org/w/index.php?curid=47580854), Wallberg (Alexandra Kolb), Partnachklamm (Zairon, CC BY-SA 4.0, commons.wikimedia. org/w/index.php?curid=43394120), Kofel (Michael 2015, CC BY-SA 4.0, commons.wikimedia.org/w/index.php?curid=108792644), Ochsenälpeleskopf (Tueftli, gemeinfrei, commons.wikimedia.org/w/ index.php?curid=17626000), Tegelberg und Säuling (Flodur63, CC BY-SA 4.0, commons.wikimedia.org/w/index.php?curid=37440044), Teisenberg - Stoißer Alm (Edelmauswaldgeist, CC0, commons.wikimedia.orgwindex.phpcurid=87968308.png), Staffelberg (TK Höchen, CC BY-SA 4.0, commons.wikimedia.org/w/index.php?curid=87256869), Olympiaberg (Sweet Chily, gemeinfrei, commons.wikimedia.org/w/ index.php?curid=2597607), Krähe (Bbb auf wikivoyage shared, CC BY-SA 3.0, commons.wikimedia.org/w/index.php?curid=22656452)